U0660524

凉 小 桃

怪你过分可爱

凉小桃

Liang Xiaotao

著

版 武汉出版社
WUHAN PUBLISHING HOUSE

图书在版编目（CIP）数据

怪你过分可爱 / 凉小桃著. -- 武汉：武汉出版社，2021.7
ISBN 978-7-5582-2888-9

Ⅰ.①怪… Ⅱ.①凉… Ⅲ.①散文集—中国—当代 Ⅳ.①I267

中国版本图书馆CIP数据核字（2019）第089194号

怪你过分可爱

著　　者：凉小桃

责任编辑：雷方家

特约编辑：赵芊卉

封面插图：Mer么

装帧设计：凡人_sandy

出　　版：武汉出版社

社　　址：武汉市江岸区兴业路136号　邮　编：430014

电　　话：（027）85606403　85600625

http://www.whcbs.com　E-mail:zbs@whcbs.com

印　　刷：北京金康利印刷有限公司　经　销：新华书店

开　　本：880mm×1230mm　1/32

印　　张：9.5　字　数：240千字

版　　次：2021年8月第1版　2021年8月第1次印刷

定　　价：49.80元

版权所有·翻印必究

如有质量问题，由承印厂负责调换。

PREFACE / 序

其实，为什么写这本书呢，因为我想要个哥哥。

我的家庭是我作为姐姐照顾弟弟的角色，所以一直以来，都想得到来自哥哥的体贴。温暖，宠爱。

《怪你过分可爱》这个故事由此发生。

在写这本书之前，我已经写过好几本校园甜宠文，故事设定都偏向简单。渐渐地，我开始不满足于这样止步不前，想挑战突破自己，也想给一直支持我的读者带来一个全新的阅读体验。考虑了很久，最终决定改变之前的小甜饼风格，写一个复杂上许多的、关于爱、温暖和救赎的故事。

于是，就有了这本书。有了易简、易北北和凌意这些人物。

易简和易北北小时候都遭遇了家庭的不幸，因为有对方，才逐渐走出痛苦和阴影。虽然不是亲生兄妹，但胜似亲生，在很长一段时间里，他们都是彼此最亲近的人。但易简的家庭背景，和北北的相遇，以及让她成为自己"妹妹"的方式，注定了他和北北之间的感情只能止步于"兄妹"，加上凌意的出现，将他原本跟北北永远在一起的计划打破。

北北在遭遇家庭变故后，被易简从福利院带回了家，在他无微不至但也束缚得让人喘不过气的呵护中长大，她感激易简的同时，也渴望拥有自由快乐。而与凌意的相识，是她第一次跟除了易简以外的男生那样亲近。

他跟易简完全不一样，虽然一开始跟易北北互相看不顺眼，但熟悉之后，他会尊重她，不会强迫她去做不喜欢的事，不会让她活得压抑，而是给她打开了一扇新世界的大门，让她体会到了在易简身边没有的自由、轻松、快乐。

但易简无法忍受北北与凌意的亲近，为了得到她，他开始走向极端，开始不择手段。他从小到大都生活在一个极端冰冷的家庭环境，心也逐渐变得冰冷坚硬，慢慢丧失同理心，让人恐惧而不敢靠近，他也因此越发孤单。可他的内心深处，还是渴望着能有温暖和陪伴，于是他锁定了北北，那个他见到她的第一面，就觉得像洋娃娃的小女孩。

他把自己仅剩的那些感情，全部都倾注在了她的身上。

在他看来，北北是他黑暗世界里唯一的光，是他的精神寄托。易简没有得到过多少爱，所以也不懂得爱，给予北北的不过是以爱为名的伤害。他尝试过改变，可是，骨子里的东西，怎么可能轻易改变？

凌意跟易简是完全相反的性格，他同样有个不幸的童年，但他比易简幸运一些，有个疼爱他的爷爷。是爷爷不断地开导他，给予他温暖关怀和无条件的爱，才让他慢慢地从伤痛中走出来，同时，也能成为温暖别人、给予别人爱的那个人。

他给予北北真正的爱和温暖，并且与北北一起将易简从错误的方向拉回，让他得到了真正的解脱和救赎。

而易简其实一直都在作茧自缚，如果他愿意敞开心扉，走出他在自我世界中设立起来的屏障，多去看看外面的风景，就会发现一个全新的世界，也许会觉得，哪怕是一片云都可以很美。

这本书发表之后，因为少见的"双男主"的设定引发了不少争议，喜欢易简的读者和喜欢凌意的读者经常在评论区争论，我也开始怀疑这样的设定是否出了问题。我太在意别人的看法，因此一度想要放弃，但最终想到书里那些我投入了许多感情和心血的人物角色，最终还是决定坚持下去，并且尊重自己的内心，按照原本的设想去写。

因为，如果写出来的内容偏离自己内心的想法，就算再好也不是自己想要的。

　　我写作已经好几年了，写过的小说不下十本。这一本书虽然是几年前写的，还存在许多不足，但相比以前的作品已经有了进步，也是我最喜欢的一本，算是完成了我给予自己的挑战。不管是易北北、易简，还是凌意，我都很喜欢，希望你们也喜欢。只要你们在看这本书时能有那么一点触动，我也就满足了。

　　感谢你们的支持和陪伴，因为有你们这些可爱的读者，我才会有在写作这条路上坚定向前的勇气和毅力。未来的日子里，我会争取写出更多更好的作品，毕竟，写作是我唯一坚持了许多年不变的爱好啊。

　　但愿我能一直写，你们能够一直在，初心不改，热爱不变。

　　感谢拿起这本书的你，欢迎走进他们的世界，阅读愉快。

凉小桃

易北北记得，自己被收养的那天，福利院里的玉兰树开花了，白色的小花散发着浓郁的香气，幼小的她独自坐在树下的秋千上轻轻摇晃，院长阿姨领着两个陌生的大人过来："这孩子不爱说话，整天发呆，好像挺孤僻的，老爷子确定要收养？"

"当然，老爷子指定要她。所有手续都办好了，你把孩子交给我们就行。"

易北北看着院长阿姨走到她面前，低头温柔地对她说，有一户很好的人家要收养她，以后她就有家了，还问她开不开心。

她茫然地看着院长阿姨身后的那两个大人，他们的表情那么冷漠，很像是坏人。

她惊恐地从秋千上跳下来，往后退了几步，使劲摇头。

院长阿姨连忙劝她，说那户人家特别有钱，住的地方像城堡，去了之后可以过公主一般的生活，她仍旧不愿意，转身想跑，却被人粗鲁地一把抱起来往外走，不管她怎么挣扎和哭喊，还是被强行地塞进了一辆车里。

院长阿姨没有骗她，她真的被带到了一个宏伟华丽得像是城堡一样的地方。

而在那个地方，她第一次见到了易简。

她发誓自己长这么大，从来没有见过这么好看的小哥哥，就像童话故事里的小王子。

可是，她还是很害怕。

只因为他看她的眼神，就像看到了一件最想要的玩具，充满了强烈的侵略性和独占欲。又像是动物世界里的狼，看到了可口的猎物，想要一口吞掉。

她听见有人对他说，看，这就是你的生日礼物，喜欢吗？

接着，她就被强行拎到了他的面前。

她吓得哭了起来，他漆黑的眸子深深地看了她一会儿，然后，伸手揉揉她的头发，对她说，不要哭。

还说，从现在开始，他就是她的哥哥，他会保护她，不会让任何人欺负她。

自那天起，她和他的人生轨迹都被改变了。

如果时光可以倒流，她宁愿不要那个所谓的"家"，宁愿一直留在福利院。

宁愿，从来都没有见过他……

CONTENTS / 目录

酒吧

1

易北北醒来时，发现自己被捆绑着扔在沙发上，旁边是一个秃头啤酒肚的老男人，正用一种如狼的眼神看着她。

易北北吓了一跳，转而反应过来——肯定是自己刚才喝的那杯饮料不对劲，所以喝了之后就头昏脑涨，晕倒在了去洗手间的路上。

"醒了啊？"老男人笑嘻嘻地凑近了她。

看着眼前这张猥琐的脸，易北北紧张地咽了下口水。

不行，必须冷静下来，想办法开溜。

易北北飞快地转动着脑子，接着歪了歪头，冲着老男人笑了起来："大叔，你谁啊？"

她好像不害怕自己，老男人有些意外。看来这姑娘有点个性。

不得不说，这丫头有着白皙的小脸，俏挺的鼻子，粉嫩的唇，那双水汪汪的大眼睛狡黠灵动，像是会说话，长长的睫毛扑闪着，很会撩拨人。

金老板搓了搓手："唉，你多大了？"

"大叔，我还是学生呢，你要是敢对我怎么样，可是很危险的哦。"易北北的笑容天真无邪。

"是吗？学生啊，哥哥我更喜欢！"金老板嘿嘿一笑。

这个猪头一把年纪了，还自称哥哥，易北北的早饭都要吐出来了。

易北北连忙开口："大叔，你先等等，你知道我是谁吗？"

金老板不屑地嗤笑一声："那你说，你叫什么？"

"我叫易北北。"

"不认识！"

"不认识我，那你总该认识易简吧？我是他妹妹！"

金老板的脸色瞬间大变。

这丫头说……她是易简的妹妹？

易简这个名字，只要是锦城的人都不会陌生。

他是易氏财团的唯一继承人，无情，杀伐果断。最重要的是，他确实有一个妹妹，传言是被他当成宝贝宠着的人物。

金老板吓得三魂掉了两魄。但转念一想，不对啊，易简既然是个宠妹狂魔，怎么会允许她单独来酒吧这种危险的地方？

金老板呵呵冷笑了两声："小姐，你是易简的妹妹？那我还是他爹呢！敢骗我，信不信我弄死你？"

眼见金老板恶心的身体就要贴上来，易北北急忙又说："等一下！"

"又怎么了？"金老板有点不耐烦。

易北北眨巴着眼，可怜兮兮地看着他："既然你不相信我是易简的妹妹，那就没办法咯。既然我今晚逃不掉了，就任由你为所欲为吧。不过，你能不能把我放了？这样绑着，好难受哦……"

软糯的声调，让金老板的骨头都酥了。

他摸摸下巴："放了你呢，也不是不行。但是，你保证不会逃跑？"

"我怎么跑啊？我只是个小女生，哪里是你一个大男人的对手？"易北北一脸委屈，楚楚可怜。

"那好吧，别跟我玩儿没用的啊。"

金老板伸手解开了易北北身上的绳子："好了。"

易北北甜甜一笑。

下一秒，她突然敛了笑容，猛地抬起腿，一脚就狠狠地朝着金老板下身的要害部位踹了过去："老色狼，你去死吧！"

"啊！"金老板惨叫一声，整个人被踹翻在了地上，捂着剧痛的下身哀号不止。

眼见易北北冲出了包厢，他大喊道："来人，给我抓住那个丫头！"

2

深秋的夜，气温很低。

易北北一路跌跌撞撞地跑出了酒吧，可浑身绵软无力，快要跑不动了。但是不跑的话，一定会被后面的那些人抓到的。

易北北惊慌失措着，抬眸朝大街上看去，却看不到一辆出租车。正打算横穿马路继续跑时，一束刺眼的车灯灯光打了过来。

易北北下意识地伸手一挡。

将眼睛睁开一条缝，就看到一辆黑亮的宾利迎面开来。

这辆车……不如，就向它求救好了。

易北北连忙在车前挥了挥手。看到她，宾利司机愣了愣。

"这大晚上的，从哪儿冒出来的一个小丫头？还招手，这可是价值千万的豪车，不是载客的出租好吗！"司机在心里吐槽着。

见车子没停，那几个保镖又已经追了过来，易北北的心悬到了嗓子眼儿。

不管了，豁出去了。易北北猛地冲出了马路，不顾一切地拦在了那辆车的前面。司机没想到她会突然冲出来，吓得脸都白了，狠狠地踩下刹车。

易北北吓得闭上眼睛，车子在她身前不到半米的地方停下。司机大口地喘着气，惊魂未定，连忙转向后面坐着的少年，颤抖着声音说："凌……凌少，对不起！"

车后座，一个慵懒的声音传来："什么情况？"

"有个女孩儿突然冲出来拦车，我不得已踩了刹车……要不然就撞到她了。"

司机慌乱地解释着，擦了擦头上冒出的冷汗。

少年不悦地睁开眼，往前方看去。

果然看到一个女孩儿张开双臂拦在车前，不怕死地挡住了他的道。

车停了。

易北北惊喜着，立即小跑过来，二话不说就拉开后面的车门坐了进去。"……"司机瞪大了眼睛。

"你们好，真的很不好意思，刚才有几个坏人在追我，我不得已才拦车的。能不能载我一程？拜托了！"易北北边说边将车门关上。

看着这个突然闯进来的女孩儿，凌意皱起了眉。

易北北说完就回过了头，跟他四目相对的瞬间，她愣住了。

墨黑的碎发下，浓黑英挺的眉，高挺的鼻梁，薄削的唇轻抿着。那双黑眸，深邃得如同子夜，又像是一个无底的漩涡。

少年穿着一件白衬衫，领口随意解开了两粒扣子，隐约可见精致撩人的锁骨……

她一直以为，易简是她见过的最帅的男生了。没想到这个少年，竟然丝毫也不比他差。

可少年眉宇间透露出的桀骜不驯，又让她觉得，这人有点危险。所以，这个少年虽然很帅，但是……貌似不太好惹。

凌意冷冷地看着她："你是谁？"

他的嗓音也那么好听有磁性，让人有片刻的失神。

"呃……"易北北迟疑了两秒。

怎么说呢？

想了想，她脱口而出："我是好人，你放心吧。"

好人？凌意鄙夷地扯了扯唇："是爷爷让你来的？"

"什么？"

"呵！"凌意冷笑了一声："给我说实话，谁让你来的，是不是爷爷？"

易北北莫名其妙道："我不知道你在说什么。"

"你装傻也没用！"凌意嘲讽着："爷爷给我塞女人的手段，真是越来越高明了。"

让这丫头大半夜拦他的车，真有些出乎他的意料。

易北北一头雾水，但不打算跟他纠缠，只是说："那个……这么晚了，能不能送我回家？我一定会好好谢谢你们的！"

如果她再不回去的话，不知道哥哥会怎么罚她。

然而才说完，易北北就发现少年看自己的眼神，更鄙夷了。

"送你回家？"凌意觉得可笑："喂，你这种搭讪没用的。"

易北北连忙否认："我是真的要回家，拜托了，送我一程吧。"

刚才要抓她的那几个人，这会儿已经停了下来，都站在路边朝车内张望着，伺机而动。

司机看了易北北一眼，又看看凌少阴沉的脸色，有些为难道："凌少，这……"

凌意盯着易北北看了好一会儿，她眼神里的请求，看上去不像是装的。

他突然很想看看，她想玩什么把戏。

心里有了某种主意，凌意恶劣地扬唇："走！"

什么？司机有些诧异。

没有被赶下车，易北北长长地松了一口气。

车子重新发动，后面的人没办法再追，只能回去向金老板复命。

几分钟后，四辆黑色的兰博基尼，风驰电掣般地在酒吧门口停下。

一个保镖模样的人先下车，恭敬地拉开后座的车门。

一双修长的腿迈下，然后，便是少年高大挺拔的身躯。那张俊美的脸上，带着与生俱来的冰寒和威严。

"她在这儿？"薄唇翕动，发出的声音让人不寒而栗。

"是。今天小姐的一个同学过生日，邀请了班上一些同学来这儿。小姐可能是之前没来过酒吧，一时好奇，所以没有拒绝……"

保镖毕恭毕敬地回答。

看着易少冰冷难看的脸色，他的心狂跳不止。

凡是接触过易少的人都知道，要是惹到了他，绝对不会有好下场。

然而，只有一个人例外，那就是小姐。

因为，她是少爷最宠爱的人。

易简冷冷地扫了一眼酒吧的招牌，便带着浑身的煞气，大步迈了进去。

身后的一群保镖不敢怠慢，立即跟上。

3

包厢内。"老板，我们没有抓到人，那丫头不知道上了谁的车走了。

所以……"

"真是一群废物，连一个小丫头都抓不住！"金老板气急败坏，只觉得身下被踹的那个地方这会儿疼得更厉害了。

金老板骂到一半，在看见拥进来的十几个保镖之后，就什么话都说不出来了，倒吸一口凉气："你……你们……"

保镖在门口排成两列，其中一人恭敬道："易少，请。"

话音落下，一个身形挺拔的少年出现在了包厢门口。

昏黄的灯光中，他如同刀刻般的五官，彰显出迷离的矜贵。

易简的知名，不仅仅因为他的身份，他的行事作风，还因为……他有着一张蛊惑人心的俊美的脸。

只一眼，金老板腿都软了。

这……这就是传说中的易少了吧，他怎么找上门了？

难道说，刚才那丫头没骗他，她真是易少的妹妹？

完了，这下完了！

保镖在包厢内找了个遍，没有发现易北北，恭敬地对易简说："易少，小姐不在这里。"

易简一听，狠戾的眼神扫向一旁的金老板："你是活得不耐烦了，识相的，就马上把北北给我送回家！"

他掷地有声，天然的威慑力让人胆战心惊。

金老板哭丧着脸，慌乱地解释道："易少，我不知道那丫头是您妹妹，真的不知道！可是我没对她做什么，她……她就跑了，我也不知道她现在在哪儿。"

易简的眼中，此时已经沾染了一丝杀气："说，你哪只手碰过她？"

"易……易少？"金老板惊恐万分，有种很不好的预感。

金老板被吓蒙了，扑通一声跪下来求饶："易少，对不起！我不敢了！"

在这个不过十八九岁的少年面前，他感到了前所未有的巨大压力。

对他的求饶，易简根本不为所动，冷酷下令："让他长点记性！"

"不要啊！易少，求你了！饶了我吧，啊——啊——！"

包厢的门关上，只剩金老板的哀号和惨叫声被关在了里面。

砰——，易北北重重地跌倒在地。

她上了他的车之后，他就锁死了车门，一路把她带到了这里。接着就把她拽进大门，毫不客气地把她扔了进来。

这栋位于海岛上的奢华欧式别墅，是全巴洛克的风格，装潢复古，看得出每个细节都经过顶级匠人的精雕细琢。

在看到它如同城堡般宏伟壮观的外观时，易北北已经很震惊了，没想到进来之后，又大开了眼界。这奢华程度像极了易家。

看到凌意，管家率先迎了上来，恭敬道："凌少，您回来了。这位是——？"他诧异的目光落在易北北身上。

"路上捡的。"

凌意不屑地说着，大步走到客厅中间的法式沙发上坐下，盛气凌人地跷起了腿。

"你过来！"这话是冲着易北北说的。

这种命令的口吻真让人不适，易北北气愤着，从地上爬起来，揉了揉摔疼的肩膀。不过，看在这少年算是间接帮了自己的分儿上，她挪动着脚步，慢吞吞地走了过去，没好气道："干吗？"

"给你一个说实话的机会。"

凌意冷眼睨着她，表情倨傲得不可一世："你到底是什么人？今晚的事，是不是我爷爷指使你做的？"

"我不认识你说的什么爷爷，我要回家了。"说完，易北北果断地转身。直觉告诉她，她必须尽快离开这里。

"给我拦住她。"

凌意话音一落，唰啦——，门口拥出来一大群保镖，将她的去路堵死了。看着这样的阵仗，易北北这才意识到，自己遇上了一个难缠的人物。

凌意轻蔑地看着她："说不说？"

"你要我说什么？我真不认识你爷爷！"易北北气急败坏。

凌意彻底失去了耐心，命令保镖："把她押过来！"易北北立马被两个保镖强行押了过去。

凌意斜睨着她，冷声质问："如果你不是蓄谋的，为什么那么多车，你哪辆都不拦，偏偏拦我的车？"

"碰巧的行不行？我当时哪会想那么多啊！"如果时间可以倒退的话，易北北发誓，自己一定不会上他的车。

"呵。"

凌意讥讽着站起身，转向一旁的用人："把她送到房里。"

听到这句，易北北愕然地瞪大了眼睛："你想干什么？"

凌意懒得回答，径自单手插着兜，迈步往楼上走去了。

"放开我！你们到底要干吗？"被几个女佣押进一个房间，易北北奋力地挣扎着。

女佣没理会她，直接将房门给反锁了。易北北咬牙，果断地跑到阳台，探着脑袋往窗外看，思考着自己怎样才可以逃跑。"咔嚓——"

易北北听到了房门打开的声音，心里一惊，紧张地回过头。

是……是他？

看着门口的凌意，易北北猛地往后退了两步。凌意紧盯着她，单手插兜，慢条斯理地朝她走近。易北北的心悬了起来，左右环顾，才发现这里是间客房，除了家具和一些摆设之外，什么防身的东西都没有。

她也只能一步步往后退着，警惕地看着凌意："我和你说，你不要过来。"凌意就猜到，她不会老实。这丫头的眼睛里，有着一股倔强和不服输的劲儿。

"哦，是吗？"凌意走近了她："我就要过来，你能把我怎么样？"

"你这个人，怎么这么莫名其妙？"易北北气恼道："你还要我说多少次，我不认识你爷爷，为什么不放我走？"

"你说呢——？"拖长的尾音，蕴含着未知的凶险。

易北北更加紧张，瞪圆了一双眼睛，身体都变得僵硬了起来。

灯光下，她的脸蛋精致得如同洋娃娃。皮肤白皙粉嫩，带着可爱的婴儿肥。凌意诡谲地眯起眼睛。

被他这么直勾勾地盯着看，易北北的脸不争气地红了："你……看什么看？"凌意不屑地哼了一声："我发现，爷爷这次的眼光还过得去。说吧，你叫什么名字？"

"我干吗要告诉你？"

"你不说也无所谓，只要配合我就好。"

易北北不明所以："你什么意思？"

凌意不慌不忙道："等会儿我爷爷就过来了，你配合我演一出戏，就演我的女朋友。"

"我不！"易北北严词拒绝。她又没谈过恋爱，怎么演他女朋友？

她凶巴巴的模样，让凌意忽然觉得有趣。

这时，他忽然听到门外好像有动静，而后伸手撑在她的身侧，低头看她："事到如今，你要是想离开这儿，就乖乖地照我说的做。"

他的俊脸离自己那么近，易北北瞪大着眼睛，心里不停地打着鼓："你……你想让我怎么做？"

凌意眉毛一挑："呵"地悠然一笑。

易北北的脑子里轰然炸响，呆愣地看着他的笑。

此时，房间门口，管家和几个用人挤在门边，争先恐后地把耳朵贴在门上听着。可惜隔音效果太好，什么都没听到。

不过，凌少从来没有跟任何一个女生单独待在一起过，现在却破例了，这就说明有情况。

房间里，凌意沉声警告："等我爷爷来，你就假装是我女朋友，跟我表现得亲密一些，懂了吗？"

"谁要跟你亲密？混蛋！"易北北怒了，扬手就想给他一巴掌！

易北北接着无奈又气急了地说："你真的搞错了，我不是你爷爷派来的人！"

这时，凌意的目光突然定格，停下了所有动作。

因为刚才挣扎过猛，易北北脖子上戴着的一样东西就这样甩了出来。

那是一个金色的徽章，上面刻着鹰和盾牌的图案，用一根红线系着。凌意认出来了，这是易家的族徽。

只有易家的人，才会拥有这个东西。

凌意眼底掠过一抹暗光："你是易家的人？"

他知道这个？

易北北有些意外，连忙抓住自己的徽章，愤然开口："怎么样？怕了吧！识趣的话，就赶紧放了我！"

在锦城，易家算是一家独大的家族。

可易北北没想到的是，凌意的脸上不但没有流露出一丝害怕，反倒玩味地扬起唇："你跟易简是什么关系？"

他果然知道易简。易北北瞪着他，咬牙没说话。

"就算你不说，我也能猜到，你是易简的妹妹。呵，他的宝贝妹妹居然落在我的手上，有意思。"凌意"啧"了一声，就像是一个孩子发现了什么有趣的玩具。

看着他猖狂的表情，易北北不由得疑惑，他居然不害怕易简？

这么想着，她又紧张了起来，却努力让自己镇定下来，提高了声音：

"你说对了！我警告你，如果你不放我走，等我哥找到我，他再找你算账。"

"你以为我会怕他吗？他尽管来，我正想见见他。"凌意不屑地伸手拍了拍她的脸蛋："所以，你就乖乖地待在这儿吧。"

说完，他松开了手，举步往外走去。

凌意一离开，易北北就环顾起这个房间来，一心想要跑路。

走出房间后，凌意把房门锁上，唇边仍旧噙着邪气的笑意。见他似乎心情很好的样子，管家连忙迎上前，八卦地问："凌少，那个女孩儿跟您是什么关系？"

"女朋友！"凌意睨他一眼，漫不经心道："对了，你打个电话给爷爷，跟他说这件事，让他不要再塞女人给我了。我认定里面那丫头了，别人不要，明白了？"

"好的，我知道了，凌少。"管家喜出望外地点头。

太好了，凌少总算是开窍了，他得赶紧给老爷子打电话，把这个好消息告诉他。

房间里，易北北拧了好几次门都拧不开，估计是又被反锁了。

气死人了，自己怎么这么倒霉，遇上了这么个难缠的家伙！她现在都没回家，易北北不敢想象易简会怎么惩罚她了。易北北咬咬牙，只能寻找别的出路。

这时，她的目光无意间一转，落在外面的阳台上。房门被锁，也只能从那儿出去了吧？

易北北跑到阳台上，扶着栏杆往下看去，一眼就看到了很多保镖，足足有十几个。

不会吧，那混蛋这么怕死吗？就那副猖狂的样儿，估计仇家也不少。

可是，把守得这么严密的话，自己该怎么出去？又联系不到易简……

易北北陷入了进退两难的境地，焦急地来回走动着。

易北北的脑子里突然灵光一现：这些保镖，会换岗的吧？

易北北站在窗台撑到半夜12点的时候，保镖们真的换岗了。

易北北搓了搓手，眼都亮了，接着动作利落地翻出了阳台，抓着栏杆往下爬，好在这里是二楼，不算很高。易北北小心翼翼地往下爬着，当双脚落地，呼吸到外面的新鲜空气时，她既兴奋又紧张。

利用夜色和高大树木的遮挡，易北北一路跑了出去，跑出好长一段距离，她才停下来休息，扶着两条酸软的腿，不停地喘气。谢天谢地，终于出来了！现在，她得赶紧回家才行。

不知道跑了多久，前方漆黑的夜色中，突然出现了一列车队。她认出了打头那辆黑色兰博基尼，是易简的车。

与此同时，车队也发现了她。

几个保镖率先下车，火速冲到易北北面前："小姐，你怎么跑到这里来了？可让我们一顿好找。要是再找不到你，少爷非得骂死我们。"

易北北摸摸鼻子，一脸窘迫："那个……我哥是不是生气了？"

"你说呢？"

冷冽的声音传来，易北北打了个哆嗦，立即抬眸看去。

保镖们让开了一条路，易简手插兜，脸色阴沉着从中走出。

看到他，易北北咽了口口水，声音微颤："哥……"

易简在她面前停下，漆黑的眸子染着一抹厉色："你跑哪儿去了，嗯？大半夜的一个女孩子在外面乱晃，知不知道有多危险？万一遇到坏人怎么办？"

他的气场，实在是太强大，说的话，虽然并没有多严厉，可就是让人胆战心惊。

易北北咬了咬唇，低下头小声认错："哥，对不起……让你担心了。"

她可怜兮兮的模样，让易简的心顿时一软，什么脾气都发不出来了。

　　易简把自己的外套披到她身上，将易北北拥入怀里，揉揉她的头发："好了，你没事就好。走，跟我回家。"

　　易北北溜了之后，凌家的保镖在附近找了一圈，毫无收获，只能回去对凌意说："凌少，很抱歉，我们没能把那丫头带回来。"

　　凌意恼怒地吼着："你们干什么吃的，连个人都抓不住？"

　　"不是的，凌少，我们追到半路，就遇上了易家的车。那丫头肯定被带回去了，所以我们没敢轻举妄动。"

　　那可是易家啊，他们这种小保镖，哪敢跟素有"冷面小阎王"之称的易简起正面冲突？

　　凌意的眉心蹙起：这么说，易简找到她了？

　　保镖观察着他的表情，小心地问道："凌少，现在……您有什么打算？"

　　"行了，没事了，出去吧。"

　　保镖离开后，凌意一只手支着下巴，嘴角突然勾起一抹不着痕迹的弧度。

　　那丫头，居然就这么跑了。但是，不知道为什么，他有种很强烈的预感——自己跟她，还会再见面的。

认错

1

易简的住处，在半山上。

宽阔道路的尽头，是一栋欧式尖顶别墅，有着严密的安保系统。

易北北不知道自己是怎么回来的，在车上的时候，因为残余药性的作用，她再一次昏沉沉地睡了过去。

夜色渐深。

听到外面的刹车声，用人急忙打开别墅大门。看到来人，立即恭敬道："易少，您回来了。"

"嗯。"易简冷淡回应。

一进屋，全身瞬间布满暖意。因为易北北从小身体不好，天气一冷就容易生病，所以易简特地让人在地下铺了水暖管道。室内还铺着羊毛地毯，哪怕是寒冬腊月，也是四季如春。

易简径自抱着易北北上楼，进了房间，把她放到床上，让保姆过来给她换上睡衣后，替她将被子掖好。

看着她恬静的睡容，易简俯身，在她额头上印上一吻。

"睡吧，北北，明天再收拾你。"

翌日，早上。

易北北醒来的时候，天已经大亮了。

她揉了揉惺忪的睡眼，看到的是一片粉白色，是自己的房间……然而，当看到床边站着的人时，她顿时睡意全无。

易简穿着件灰色的针织衫和黑色长裤，潇洒而随性。可整个人的气息，却那么具有压迫感。

他居高临下地看着易北北，黑眸透着冷意："醒了？起来吧。"

易北北的心咯噔一下，有些惊恐地摇摇头，身子还往被子里缩了缩。

易简倾身过来，一只手支在床头，阴冷的气息将她整个笼罩："现在知道怕了？昨晚敢在外面乱晃，害我一顿好找，怎么不知道怕？"

"哥……我错了，我下次不会了，你不要生气好不好？"被他这么严厉的目光逼视着，易北北更害怕了，说话的声音都在发颤。

易简之前跟她说过，晚上不能待在外面。

有什么事，都要跟他报备。可昨晚是她第一次参加同学的生日宴，一时高兴，就把这事儿给忘到脑后了。

"不好！"易简的语气冷冰冰的，扣住她的手腕："出来！"

"我不……哥，我知道错了，真的知道了……啊！"

易北北还没说完，就被他强行从被窝里拽了出来！

然后，易简就像拎小鸡一样，拎着她大步往外走去。

"哥……哥！放了我……"易北北被他这么拎着，挣脱不开，只能被迫跟在他身后。

她不停地恳求着，可易简却没有要放过她的意思。正在楼下忙活着的用人们看到这一幕，脸上的表情有些复杂。

小姐肯定是做错了什么事，惹易少生气了吧？

虽然同情易北北，但用人们都知道易简的脾气，就是个说一不二的主，所以，没有人敢上前去替易北北求情。

面无表情地拎着易北北一路来到室外泳池，易简二话不说，直接就将她丢了进去！

"啪！"

易北北落入水里，泳池激起一大片水花。

咕噜噜……

"咳咳……咳咳咳！"她呛了好几口水，鼻子和喉咙火辣辣地疼！

易北北不会游泳，在水里狼狈地扑腾着，被呛得不停地咳嗽，眼泪都流下来了。

她多么希望，易简马上把自己拉上去。

可是，他却就这样站在岸边，如同一个握着生杀大权的王一般看着她，任凭她徒劳地挣扎。

直到她哭着求饶，易简这才蹲下身，把手递过去，将她拉了上来。

上了岸，易北北已然浑身湿透。

被早晨的寒风一吹，冷得她直哆嗦，嘴唇都白了。

"哥……"看着面前的易简，易北北鼻子酸得厉害，又有种想哭的冲动。被易简一瞪，她只能憋回去。

易简冷声开口："先去把衣服换了，再来跟我好好认错！"

几分钟后，易北北换了身干爽的衣服回来，可头发还是湿漉漉的，水一滴一滴地往下掉着。

她眼眶泛红，模样好不可怜。

易简在池边的太阳伞下坐着，手里拿着一条毛巾："过来。"

易北北咬着唇，小心翼翼地走到他身边。

易简伸手将她抱坐在自己腿上，用毛巾替她擦拭着湿漉漉的头发。

"知道错在哪儿吗？"易间动作温柔。

"知道。"易北北哽咽着点头："我不应该……一个人去酒吧，以后不敢了。"

她没敢把昨晚遇到凌意的事告诉他，搞不好……他会更生气的。

算她有觉悟，易简的脸色好看了些："如果还有下次……？"

"那就……"易北北想了想："随你处置！"

"这可是你说的。"易简的语气已经平和了很多。

"知道了……对不起。"易北北垂下眸子，闷闷地说。

这个少年，时而温柔，时而凶狠，时而冷漠。

但是……专制和霸权主义是无时无刻不在的。

易简继续替她擦着头发，额前的碎发散落，遮住他幽深的眸。

从易北北的角度看去，他的鼻梁又高又挺，薄唇完美……脸上几乎没有一点瑕疵。

不得不说，易简长得真的很帅，是有着男人阳刚味道的那种帅，看着他，易北北的小脸一点点地垮了下来。

或许，很多女生都羡慕她，有一个又帅又多金，还这么宠自己的哥哥。

可她们都不知道，其实，她过得并不是特别开心……

易北北沉默了几秒，然后委屈地抬起眸子，跟他对视着："哥，你知道我为什么会去那种地方吗？"

"嗯？"易简扬眉，示意她继续说下去。

"我长那么大，还没去过酒吧，也没喝过酒。我本来不打算去的，可班上有同学嘲笑我，说我是被你养在笼子里的小鸟，一点儿自由都没有……所以我才去的。"

其实，从小到大，易北北经常被同学们这么嘲笑。

她也觉得，自己就像一只被易简困住的小鸟。

"谁说的？"易简怒了："真低级。"

可是，易北北明显受到了打击。

易简摸摸她的头："以后你想去，我带你去就行了。别让那些不知死活的小屁孩带坏了，离他们远点。还有，以后他们要是再敢说你半句不是，就告诉我，我让人修理他们。"

易北北扁了扁嘴，整个人蔫儿蔫儿的。

看来，他并没有明白她的意思……

跟易简一起吃完早餐后，易北北接了个电话，是昨晚过生日那个同学打来的。

她刚"喂？"了一声，那头就传来了痛哭的声音："易北北，你什么意思？昨晚明明是你自己要跟我去酒吧的，出了什么事应该由你自己负责，凭什么把我开除？家里有钱有势了不起吗？"

易北北愣了愣，开除？什么情况？

结束通话，易北北生气地冲到书房："哥，你太过分了！昨晚是我自愿跟着那个同学去酒吧的，你为什么让人把她给开除了？"

易简放下手里的文件，淡淡地看着她。

他的确是这么做的，但是，他并不打算做什么解释。

"这你不用管，我自有分寸。"易简轻描淡写地说道。

"开除的是我的朋友，我为什么不能管？"易北北捏紧了手指。

因为惧怕易简的缘故，学校里的人都不敢跟她交朋友。唯一的朋友，现在也被开除了，这么一来，她就彻底地被孤立了。

易简置若罔闻，径自说道："明天跟我去锦城一中报到。"

“什么？”易北北一愣。

不知道自己为什么要跟他去锦城一中，也就是他的学校报到。

难道，他擅自把自己转过去了？

“我不要！”易北北一口拒绝。

“由不得你说不，我要亲自监视你。”易简的语气不容置喙。

易北北继续抗议：“我不去！”

她很喜欢弹钢琴，那是她纾解心理压力的一种方式，也是她的梦想，现在要让她从艺术学校转去普通学校，她怎么可能愿意？

“北北，你是想让你那个同学被开除还是听我的，你自己选。”易简开出了条件。

“我不选！”

看到她哭了，易简到底是心疼了。

将易北北抱到自己身前，他伸手给她擦了擦眼泪：“妹妹，我也是为你好。”

“……”易北北心里苦涩难言。

他每次，都口口声声说是为她好，也不管她愿不愿意。而且，他决定了的事，要让他改变主意，基本上是没可能的。

实在是不想连累朋友被开除，易北北就算再怎么不情愿，也只能答应：“你不要开除她，我跟你去就是了。”

易简满意地努了努嘴：“这就乖了。”

易北北委屈地偏过脸，所有的情绪，都只能往肚子里咽。

有的时候，她特别讨厌易简的蛮横、霸道，不顾及别人的感受。

可是，她却无可奈何。

如果什么时候她敢跟他对着干，那就是翅膀硬了。不过，不会有什么好下场的。

她曾经亲眼看见过，他残忍可怕的一面，那一幕，让她永生难忘，至今，易北北都不愿意去回想。

见易北北一脸的憋屈，易简笑了笑，又哄道："好了，北北，别闹脾气了。"

这时，一个用人走了进来，恭敬道："易少，老爷子打电话来，让您待会儿去公司见他，他有事要跟您说。"

易简"嗯"了一声，又看向易北北，眉眼柔和："北北，你要是不开心，就叫司机带你出门逛逛，去买你喜欢的东西，嗯？"

易北北闷声不吭。

"北北，你是在怨我吗？"易简无奈地叹了口气。

易北北苦涩地垂下眸子："怨你？我哪敢啊。"

她不就是在怨他吗？易简失笑。

他知道，北北有点怕他，一直都很听他的话，没有什么逾越的举动。但正因为这样，直到现在，易简都不清楚她对自己是什么感觉。

他担心，她真的只把他当哥哥。

2

临走之前，他又摸摸易北北的头发："北北，明天就要转学了，今天多买点自己喜欢的东西，给你拿一张卡。"

别的女生听到这样的话，或许会兴奋得想要尖叫，可易北北只觉得一阵无力："知道了。"

下午，司机专注地开着车。

易北北坐在车后座，沮丧地趴在窗边，看着外面的车水马龙。

虽然答应了易简的条件，可是，心里真的很压抑。

从小到大，他就把她的每件事都安排好了，就连来大姨妈时用的卫生棉，也是他着手准备的。她什么都要听他的，什么都要按照他的要求去做，一点自主权都没有。

她的那些同学，嘲笑得没错啊。易北北难过地闭上眼……

不知道过了多久，车子在一个地方停下了，司机的声音传来："小姐，到了，请下车吧。"

易北北睁开眼，看到的，是完全陌生的环境。

午后的阳光懒洋洋地洒下，一栋栋白色的花园洋房并排而立。

嗯？

这里不是商场啊，分明是一片住宅区，易北北诧异道："不是要去商场吗？你怎么把我带到这里来了？"

"不好意思，小姐，我也是奉命行事。"

易北北愣住："奉命行事？谁的命令？"

"老爷子。"司机将一串钥匙递给她，指着外面的那栋小洋房："小姐，这是房子的钥匙。从今天开始，你就要在这里住下。老爷子说了，往后，没有他的许可，你不许再踏进易家一步。"

什么？

易北北愕然。

她知道老爷子，也就是易简的外公一向都不喜欢她。没想到，这次居然直接将她赶出了易家。这一招，她毫无防备。

与此同时，另一边的易氏集团，董事长办公室。

"我不去留学！外公，不管你怎么说，我都不会答应的！"易简阴沉着脸，迈步就要往外走。

"你给我站住！我允许让你走了吗？"

一个白发苍苍、面容威严的老人坐在办公桌后，冷冷地盯着易简：

"无论你答不答应，事情就这么定了！"

"我不会去的！"易简断然拒绝。

"混账东西，连我的话都不听了？我知道，你不想去留学，无非就是为了家里那丫头，想跟她待在一起罢了！"龙枭怒目圆睁："可惜，她现在已经被我送走了！"

易简的脚步猛地停住，立即回过头，漆黑的眸子充满了震惊："你什么意思？送走？你把北北送到哪儿去了？"

他的紧张，让龙枭更为恼怒："臭小子，你还要执迷不悟到什么时候？为了一个丫头，整天跟丢了魂似的！所以，我说什么也不能再让她留在易家！"

易简什么都听不进去了，急切地追问着："外公，你告诉我，你把北北送到哪儿去了？"

"你看看你对她上心的样子，真没出息！"

龙枭气得脸色铁青："你不用管我把她送到哪儿去了。反正，我不会再让她待在易家。你放心，我已经给她安排好了住处，她会自己生活。我必须让你习惯没有她的日子！"

早知道易简会对那丫头这么迷恋，当年，他怎么也不会把易北北带到易家！

"外公！"

易简拳头紧握，手背上青筋暴起："北北是我妹妹，你凭什么未经我的同意就这么对她？她还小，你让她一个人独自生活？"

"有什么不行？你已经把她留在身边十年，够久的了，我不能再任由你们这么发展下去！易简，你给我记住，你是有未婚妻的。总之，你后天就跟若沫一起，去国外留学！"

夏若沫，是夏氏企业的千金。

夏、易两家一直都是世交，在夏若沫刚出生没多生的时候，双方家长就约定了要联姻。

龙枭继续冷声说道："我给你一分钟时间考虑，如果你不答应，你这辈子都别想再见到那个丫头。我会让她，从这个世界上消失。"

易简的心，猛地一震，瞳孔也蓦地紧缩。好一会儿，才找回了自己的心跳。

他讥讽地撇了撇嘴："外公，你都这么说了，我还有考虑的余地吗？行，我答应你。但是，你必须让我见北北一面，我要确定她的安全！"

"没那个必要，你不要再挑战我的耐性！"龙枭态度坚决："好了，废话不多说，你可以滚了！"

从办公室离开，易简的力气像是被突然抽走了一般，颓然地靠在墙边。他拿起自己的手机，拨通了易北北的电话。

车内，易北北的手机响了起来。

看到来电显示，她立即按下接听键："喂？哥……"

"北北。"易简的声音有些颤抖。

易北北看向外面的小洋房，不解地问："哥，这到底是怎么回事？是不是……我昨晚在外面乱晃，让你兴师动众地找我，惹得你外公不高兴了，所以把我赶出易家？"

易简沉重地闭上眼："北北，对不起，我要去国外留学了，不能再陪在你身边了。"

"留学？"易北北惊愕着，又是一个猝不及防的消息。

"嗯。你就在我外公给你安排的那个地方住下，等我回来，好吗？"

易北北心情复杂。

这么说，她是真的要自己生活了？

易北北心里闷闷的，但也只能接受这个现实："我知道了。哥，你什么时候走？"

"后天。到时候我会去见你一面，然后就走了。"

来不及做任何的心理准备，易北北咬了咬唇："哥……"

"怎么了？"

"我……舍不得你。"

易简苦笑了一声。"我们形影不离十年，跟你分开，我也接受不了。北北，我一定会想办法把你接回易家，你等着我。"他的语气无比坚定。

易北北吸了吸鼻子："嗯……"

挂断电话之后，她看着手机屏幕发呆。她知道，跟易简的分离，只是暂时的。

因为，以他的性格，是绝对不会那么轻易屈服，一定会想办法尽快回来的。

司机见她在发呆，叹了口气："小姐，你就安心地在这里住下吧，不要去忤逆老爷子的意思。否则，吃亏的是你自己。他老人家能给你安排这样的房子，已经是最大的仁慈了。"

易北北眼神微闪。

转学

1

锦城一中，是一所享誉全国的名校，汇集了大量的优等生和豪门子弟，多少人挤破了头都进不来。

易北北走进去，左看右瞧地打量着四周的环境。

干净的林荫大道、喷泉池、花圃、石膏雕像，一望无际的人工湖，全欧式风格的建筑……简直就像一个森林公园。

她喜欢这所新学校。

易北北拉了拉书包带，一鼓作气地朝前走着。

突然间，嘀嘀——从校门口传来汽车摁喇叭的声音。就像一个讯号，一大群学生朝这边看了过来，一个个激动又兴奋。

"会长，一定是会长来了！"

"啊啊啊——"

易北北惊讶地睁大眼睛。

这……这是什么情况？

嘀——嘀——

车子越来越近。

当女生们看到校门口出现的那辆黑亮的宾利时，再次激动了起来，一个个争先恐后地往那边看。

易北北无语了，这来的到底是谁，就像追星似的。

三辆车子在锦城一中校门口停下。最前面的那辆车，车门打开，下来一个白制服金纽扣的司机。他打开后车门，对着里面的人做了个邀请的姿势："凌少，请。"

话音落下，刚才还吵翻天的学生们都安静了下来。易北北挤进了这些人之中，好奇地探头看着。

率先落地的，是一双干净的白色鞋子。

然后，便是少年挺拔的身躯。全校统一的校服穿在他身上，居然被穿出了礼服一样的贵气。

凌意单手插兜，目光淡淡扫过这些围观的女生，只觉得她们无聊。

他气宇轩昂地朝着这边走来，学生们自动给他让出一条道……

易北北看着他，不由得瞪圆了眼睛。

他……他他他——

不就是前天晚上遇到的那个混蛋吗？他也是这个学校的？

周围的女生兴奋地窃窃私语着："今天的他比昨天的他好像又帅了不少！"

这些女生脑子进水了吗？知道他是什么样的人吗？三观跟着五官走？

看着周围这些被迷得神魂颠倒的女生，易北北恨不得把她们的脑壳打开，看看里面装的都是些什么东西。

似乎感受到了易北北与众不同的视线，凌意下意识地抬眸。

然后，一眼就看到了人群中的她。

是她？

那丫头居然也是这所学校的，他就说，他还会跟她见面的。

微微的惊讶之后，凌意的神态恢复如常。

他邪气地勾起嘴角，眼神也变得不怀好意了起来。

去教务处报到之后，易北北走进教学楼，寻找着自己所在的班级。

高一A班，高一A班……

就是这里了!

易北北仰着脖子，看到教室门口上方的牌子，做了个深呼吸，挺直腰杆走了进去。

一看到她，原本嘈杂的学生们顿时安静了下来，用一种看怪物般的眼神看着她。

奇怪，干吗用这种眼神看她。

她脸上有什么脏东西吗?

易北北诧异地摸了一下自己的脸。

"你们看，就是这个女的，刚才会长看她的眼神显然不一样，不知道怎么回事……"

"我也不知道。她是我们班的转学生吗? 长得挺漂亮的，会长多看她一眼也正常。"

易北北没有听到几个女生的对话，背着书包寻找着空位。看到教室后排有个空位，她便走过去坐下，同桌的女生友好地冲她微笑: "你好，欢迎你来我们学校，我叫夏小葵。"

一直以来都没有朋友的易北北遇到这么主动的问好，很是意外，立即报以友好一笑: "我叫易北北。"

"北北? 你的名字好特别哦。"夏小葵笑起来: "对了北北，你知不知道，你现在可是学校的大名人了。"

易北北"啊"了一声: "为什么?"

"因为，很多人都在传你惹到会长了。"会长，说的是今天早上那家伙吧？

"那又怎么样？"易北北却满不在乎。

反正，她又不是第一次惹他了。

夏小葵不敢置信地看着她："北北，你怎么能这么淡定？你知不知道他是谁。"

"哦，是谁啊？"易北北漫不经心地整理着自己的课桌，显然对凌意不感兴趣。

"他叫凌意，不仅是我们的学生会会长，还是名门中的名门。"夏小葵凑过来，神秘兮兮地问："你知道凌氏财团吧？"

凌氏财团？

易北北愣了下。

这个，她倒是听说过。

因为这些年来，易氏和凌氏两大集团一直在明争暗斗，你争我抢，都想坐商界的第一把交椅……

"是凌氏财团董事长的独子，也就是唯一继承人。你知道'唯一继承人'是什么意思吗？"夏小葵少女心萌动着。

"呵呵……"易北北干巴巴地假笑了两声。这个笑话，真是一点儿也不好笑。

2

傍晚，学生会办公室。

凌意坐在办公椅上，一只手随意地抵着额头，正在听着副会长的汇报。

宋初原身为学生会副会长，凌意的左膀右臂，自然要按照他的吩咐去做。

会长命令他调查易北北的资料，他费了好大的心思，终于查到了一些信息。

"易北北，十七岁，之前一直就读于本市的一所艺术学校。不知道什么原因突然转学过来……咳，会长，能查到的只有这么多。"

宋初原一边汇报，一边小心地观察着凌意的表情。

"就这些？"凌意直直地看着他。宋初原俊秀的脸上落下一滴冷汗，抬手擦了擦，尴尬地笑了笑："是的，就这些。"

太奇怪了，凌意挑眉，眼神晦涩难辨。

居然只有这么点信息，看来，易简对那丫头保护得很好。

如果想要了解她多一些，只能通过真正接触她了。易简的妹妹是吗？有点意思。

凌意的嘴角勾起一抹诡谲的弧度，看到他这样的笑，宋初原不由得打了个哆嗦。

转学的第一天，易北北感觉还不错，除了只交到夏小葵一个朋友之外。

放学的时候，她接到了易简的电话："北北，放学了吗？我在校门口等你。"

"好的，哥，我马上出来。"易北北一边说，一边背起书包跑出了教室。

易简明天就要出国了，这会儿是专程来跟她道别的。

易北北一路小跑出了校门口，果然，一眼就看到街边停着一辆黑色跑车。

易简一身黑色休闲装，随意地倚靠在车旁，浑身上下都散发着冷冽肃杀的气息。然而周围路过的女生，还是不断冲他投去或惊艳或畏惧的目光。

"哥！"易北北喊了一声，几步冲他跑了过去。

看到她的那一刻，易简脸上的冷酷瞬间消失不见，仿佛融化了的坚冰。取而代之的，是一抹罕见的柔和。他二话不说，一把将易北北扯到自己怀里，用力地抱住她，把脸埋入她的发丝里："北北，终于见到你了，我很想你。"

易北北靠在他怀里，点了下头："哥，我也想你。"

说实在的，身边已经习惯了有他，他突然离开了，心里一下子空落落的。

易简松开她，关切道："喜欢这所学校吗？"

易北北笑了笑："挺好的。"

这时，凌意单手插兜走出校门。无意间看到两人，他先是一怔，而后露出一抹讳莫如深的表情。

易简……还真是好久不见了。

候在一旁的司机看了看时间，忍不住上前几步，担忧地对易简说："易少，您也见到小姐了，要不……赶紧回去吧？老爷子说了不让您见她的，要是被他知道您擅自过来这边，后果很严重。"

想起外公警告自己的那些话，易简的脸色顿时阴沉了下来。

易北北愣了愣，抬起眸子看他："哥，老爷子真的这么说吗？那你快回去吧，不然他老人家又要生气了。你想见我的话，我们可以视频通话呀。"

顾及易北北的安全，易简确实只能尽快离开。

他敛了敛眸，眼底满是对她的不舍。"那好吧。北北，我明天就出国了，估计要跟你分开很长一段时间。在我走之前，亲我一下吧。"易简指了指自己的脸颊。

这个突如其来的要求，让易北北蓦地僵住，两只手在身侧握紧，却迟迟没有行动。

易简的眼底，陡然掠过一抹失落。

她不再像小时候那样，喜欢扑到他怀里，喜欢赖在他身边，喜欢他亲亲抱抱举高高了。

易简的眸光深邃，他忽然伸出手，按住易北北的后脑勺。易北北睁大眼睛，猛地别开了脸。他的唇，从她脸颊擦过，留下一抹温润的触感。

她的躲避，让易简眼中的失落更深。

无奈地看了看她，他不再勉强易北北，伸手揉了一下她的头发："好了，我走了。北北，你一定要记得想我，每天都给我打电话。"

"知道了。"易北北认真地点了点头。

"乖。"易简又抱了她一下，贴在她耳边沉声说："我会想办法回来看你的。"

说完，他放开了她，又深深地看了她一眼之后，这才转身上了车。

车门关上，易北北追上去几步说："哥，你要好好保重自己。"

易简侧过头看她，欣慰地一笑："你也是，要照顾好自己，不要让我担心。"

"嗯，我会的！"易北北心口闷闷的，努力冲他绽开一个笑颜。

司机踩下油门。随着车子的远离，她的身影越来越小，直到再也看不见了，易简这才强迫自己收回视线，沉重地闭上眼。

等到那辆黑车消失在自己眼前，易北北默默转身，却突然看到了一道熟悉的身影。

那人一身干净整洁的校服，单手插着兜，吊儿郎当地倚靠在她身后不远处的一棵树上。

傍晚的阳光，从茂盛的树叶缝隙之间筛下，星星点点地落了他一身，像是笼罩着一圈儿光晕，帅气得不可方物。

凌……凌意？

易北北讶然地问："你怎么在这儿？"

还是，他一直都在这儿？

"这是公共场合，我不能在这儿吗？"凌意似笑非笑道："更何况，如果我不在这儿，怎么会看见这样一幅兄妹情深的感人画面？"

"你在讽刺我吗？"易北北有些生气。

"是又怎么样？"凌意嗤了声，朝她走近了两步："看得出来，你对易简有些抗拒，为什么？"

易北北愣住。

他是怎么看出来的，难道……是刚才易简想要吻她的时候？

像是被撞破了什么不好的事，易北北攥紧拳头，没好气地道："这跟你有什么关系？我的事，你管不着！"

"是吗？"凌意危险地眯起眼，颀长的身体逼到她面前。然后，居然就这么在公共场合，一把将她扛了起来。

"啊！"视线顿时颠倒，易北北惊叫一声："你干什么？"

凌意扛着她，大步地往路边停着的那辆宾利走去。

"凌意！你发什么神经？快放我下去！"

"哟，记住我的名字了？不错，值得表扬。"

混蛋，谁想记住他的名字了！自恋狂！

整个人倒吊着，热血全都往头顶涌去，易北北有点晕，气愤地挣扎："喂！我让你放我下去，听到没有？"

凌意坏坏地扬嘴角："不放，我要教训你！"

"教训我？凭什么！你以为你是谁？"易北北气急败坏，使劲地用拳头捶打他的背。

可凌意却好像毫无感觉似的，不但没把她放下，还加快了脚步："就凭你对我这么不客气，我就有理由教训你！"

呵，这说的……未免也太冠冕堂皇了一点吧？

易北北气恼地继续捶他："你有毛病？再不放我下去的话，我就喊人了！"

"你喊吧，我倒要看看，谁会理你！"凌意的语气嚣张得不可一世。

眼见他打开了车门，就要把自己塞上车，易北北有种不好的预感，当即豁出去般冲着来来往往的人群大喊："救命啊，拐卖未成年少女啦！救命啊——"

她这么一喊，周围的人纷纷看了过来，对着两人指指点点的。

"……"凌意的嘴角抽了抽。

这臭丫头也不嫌丢脸？

听到了易北北的声音，附近的两个保安闻声跑了过来，指着凌意质问道："喂！干什么呢你？"

凌意从容淡定，不屑地看向保安："这丫头是我女朋友，她不听话，我教训她一下不行吗？难道，这种事你们也要管，闲着没事干？要不要我找你们老大谈谈，给你们增加点工作量？"

"咳……"保安被呛住。

这个少年，看上去器宇不凡，还开着豪车，应该不至于当人贩子。

但是，对于他跟易北北的关系，保安还是心存疑惑的："她……真是你女朋友？"

凌意仍旧不慌不忙，伸出一只手，扳着易北北的脸，让她跟自己一同面对着保安："废话，你不觉得，我们俩很有夫妻相吗？"

易北北咬牙切齿，向保安求助："我才不是他女朋友！保安叔叔，救我！"

保安来回打量了她和凌意一眼，尴尬地笑起来："呵呵……你们俩看上去，确实挺般配的。丫头，情侣之间有矛盾很正常嘛，如果不是什么要紧的事，就别跟你男朋友闹脾气了，乖乖地跟他走吧，啊。"

"他真的不是我男朋友！啊……"

易北北话还没说完，就被凌意扔进了车里。

来不及起身，凌意已经坐了进来，顺带把车门给关上了，对前面的司机说:"张叔,开车!"

"哎!"司机张叔强忍着笑,立即发动了车子。

咝……好疼啊,这家伙当她是垃圾吗?

易北北揉着自己摔疼的手臂坐起身,想起刚才的事就来气,忿忿地瞪着身旁的少年:"喂,你要不要脸?谁是你女朋友,真没见过像你脸皮这么厚的人!"

"哦?"凌意挑眉,忽然间倾身过来。

易北北睁大眼,下意识地后撤。凌意却将她逼到了角落,妖孽的俊脸在她眼前放大,邪魅得令人心惊!

"我还可以更厚一点,你想不想试试?"

此时,两人之间的距离那么近,易北北都能感受到他身上的温度。她小脸一红,顿时不敢轻举妄动了。

看着她警惕的模样,凌意邪气地一笑:"知道怕了?还敢不敢骂我?"

易北北气鼓鼓地瞪着他:"你幼稚!威胁人算什么本事?"

"我就喜欢威胁你,怎么着?"

"你——"易北北快要被他这副理直气壮的模样给气死了,这绝对是她长这么大,见过的最无耻的人!

她重重地"哼"了一声,气恼地看向窗外,不理他。

也不知道凌意要把自己带到哪儿去,如果他又想让她陪他演什么羞耻戏码的话,她就跟他拼了!

可没想到的是,随着宾利一路向前行驶,易北北觉得,车子经过的路越来越熟悉。

易北北惊讶地发现,这是自己回家的路。

果不其然,车子最终在她住的那栋小洋楼门前停下了。

"你怎么知道我住这儿?"易北北诧异地看向凌意,而后想到了什么，有些生气道："你调查过我？"

凌意没有否认："不得不说，易简将你保护得很好。你的资料，真是少得可怜。"

他真的调查了她！

易北北心里一阵憋气，咬牙道："那我要感谢我哥保护我，不然的话，岂不是便宜了你这种喜欢窥探别人隐私的变态？"

刚才骂他臭不要脸，现在又骂他是变态？

凌意不怒反笑，修长的手指再次捏住易北北的下巴："臭丫头，你这张嘴，还真有点讨厌，真想给你永远封起来。"

深吸口气，强压下心里噌噌冒着的怒火，易北北推开了凌意的手，扬起嘴角冲他莞尔一笑："这就不必了。不过搞了半天，原来会长是想送我回家啊，你该不会是喜欢我吧？喜欢我就直说，何必这么弯弯绕绕的？"

她讥讽着，打开车门下车，然后砰的一声，毫不客气地将车门重重撞上。

那声音叫一个响，司机的心脏颤了颤，觉得自己回去之后有必要检查一下车门有没有被这丫头给撞坏。

"喜欢你？你想得美。"凌意跟着下车，居高临下地看着她："啧"了一声又说："我送你回家，你就这种态度？"

"我可没叫你送我回来，我为什么要对你好态度？"

而且，易北北觉得，他的目的绝对不会那么简单。因为，有谁会送一个不熟的人回家，这不是莫名其妙吗？

扔下这句话，她转身就走，没想到凌意跟了上来，颇让人玩味地开口："不请我进去坐坐？"

易北北停住脚步，回头瞪着他："你在搞笑吗？你是我的谁啊，我为什么要请你进去？"

凌意挑眉，她就这么不待见他？

要是换成别的女生，估计会巴不得他来做客吧？

易北北正想叫他走开，候在小洋楼花园里的两个保镖立即迎了上来："小姐，你回来了。呃，这位是……？"

两人警惕的目光看向凌意。

易北北斜睨了凌意一眼，不屑道："一个闲杂人等，不法分子！所以，麻烦你们帮我把他撵出去！"

她这么一说，两个保镖立即走上去拦在了凌意前面："抱歉，这位同学，请你马上离开，不要纠缠我们小姐。否则，别怪我们对你不客气！"

凌意的目光回到易北北的脸上，嗤笑出声："哦，是吗？那你们告诉她，她……我缠定了！"

邪恶地说完，他转身离开，留下面面相觑的两个保镖。

翌日，易北北无精打采地趴在课桌上发呆，完全听不进上课内容，就这么挨到了放学。

夏小葵回过头，见她这副模样，担忧道："北北，你今天心情不好吗？看你整个人都蔫儿蔫儿的。"

易北北叹了口气，支起身子冲她笑了笑："我没什么，只是我哥出国留学了，我有点不习惯而已。"

难道自己被易简掌控得久了，突然脱离掌控，反倒不自在了？

"这样啊，你还有个哥哥？"夏小葵有些意外，凑近一些问："帅不帅？"

"说实话，挺帅的。"

"真的？有没有照片，我想看看。"听到是帅哥，夏小葵就来了兴致。

易北北笑起来，拿出自己的手机，找到自己跟易简的合照，正要给她看，三四个男生突然围了过来，争先恐后地问："易北北同学，你什么时候回家？要不要我送你？"

"是啊，你家在哪儿？我有车，可以送你一程！"

"我也有！易北北同学，让我送你吧？"

易北北嘴角一抽。

她这是……被搭讪了吗？

以前易简在的时候，可是谁都不敢跟她搭讪的。教室的另一边，几个女生聚在一起，正不屑地看着易北北。

"啧，她哪有我们苏芙姐长得漂亮？居然都跑去倒贴她？"

苏芙原本是班花，习惯了男生们簇拥着自己。可这易北北一来，就把男生们的注意力给夺走了。本来这些男生都是抢着送她回家的，结果，现在没了这种待遇。而且，每次一下课，都有特地跑来看易北北的男生。

苏芙的心里很不平衡，可碍于现在人多，她只能咬咬牙。"走吧，找机会再教训她。"说完，白了易北北一眼，转身离开了教室。

就在这时，教室门口突然出现了几个人高马大的男生。

他们胸口处都戴着名牌，是学生会的。为首的一个男生居高临下地看着易北北，面无表情道："易北北同学，请你跟我们走一趟！"

而他们一出现，刚才还围在易北北身边的男生们立马做鸟兽散。

易北北皱眉："为什么？"

"我们会长要见你。"

会长，也就是……凌意？

易北北还以为自己可以安然度过这一天，没想到，他又来找她的麻烦。

"如果我不去呢？"

"会长说了，如果你不愿意，就让我们把你扛过去。"

"……"易北北气得咬牙。

又是用扛的，她严重怀疑自己在凌意眼里的属性，是不是真的跟垃圾差不多的存在？

"喂，你们要带我去哪儿？"

不是要去见凌意吗？可这些男生二话不说就把她押出了校门口，易北北有点摸不着头脑。

"过去！"一个男生将她往前一推。

易北北踉跄了下，才缓缓地站稳。一抬头，就看到了某个她最不想见到的人。

3

街边，停着一辆黑亮的跑车。凌意倚靠在车头，夕阳将他挺拔的身影勾勒得斜长，他整个人都被镀着一层淡淡的金光，就像是那种从漫画里走出来的美少年，好看得不真实。

易北北不由得愣了两秒。

等她回过神来，恨不得戳瞎自己的眼睛。她居然看这个家伙看呆了，怎么可以这么没出息！易北北懊恼地拍了拍自己的脸。

"会长，我们把人给你带来了！"男生们一脸的谄媚。

"嗯，下去吧！"凌意大手一挥。凌意的目光，转而落在易北北的脸上。

那眼神，分明是一只野狼看到了感兴趣的猎物，逗弄意味强烈，并且杀机四射。

咕咚，易北北咽了下口水。

努力让自己镇定下来，她从容不迫地迎视着凌意的目光，清清嗓子："嗨，会长，别来无恙？"

"如果我说——有恙呢？"

易北北噎住，咬了咬牙："你又想干吗？"

他一把拽过她的胳膊，打开车门，就将她塞进了副驾驶座上，然后自己也坐了进来。

易北北下意识地去拉车门，却发现又被他给锁死了！

"凌意，你又犯病了？我有答应跟你走吗？把车门打开！"

"我不开，你能拿我怎样？"

"你——"这个无赖！

"你什么你，落到我手里，你自认倒霉吧。"

"你要带我去哪儿，该不会又要送我回家吧？"易北北挑衅地看着他："我说，你是不是真的喜欢我？"

凌意睨她一眼，眼神要多鄙夷就有多鄙夷："我会那么没眼光，看上你这种人？"

"什么叫我这种人？混蛋！"

"你骂谁？"

"谁应了我就骂谁！"

"很好……"凌意邪魅一笑，突然猛地踩下油门，跑车立即以一种可怕的速度飙了出去！

"啊啊啊！"易北北揪紧了安全带，风呼啸着从耳边刮过，她几乎连眼睛都睁不开："凌意，你混蛋，你开慢一点啊——"

易北北惊叫着，吓得不敢睁开眼睛。她怎么遇上这样的人？

凌意有条不紊地打着方向盘，在大街上穿梭着。不知道过了多久，刷！随着一个漂亮的漂移，跑车才终于停了下来。

易北北整个人趴在了车窗上，被折腾得头晕目眩，脸色发白，差点没吐出来。

凌意先行下了车，然后绕到另一边，打开车门，二话不说就拽住她的手腕，用力一扯！

易北北就这样被他拽了出去，还没站稳脚跟，突然腰被搂住，然后——

一阵天旋地转！

易北北吓了一跳，扑腾着双手就使劲地打他："凌意！我又不是大米，你老扛着我干什么？放我下去！"

"闭嘴！"

凌意径自扛着她走进了别墅，等到终于被放下来，易北北揉了揉晕乎乎的脑袋，就看到他将肩上的书包扔到沙发上，漫不经心道："老头儿，人我带回来了！"

"哈哈哈……真的吗？太好了，我要看看，是一个什么样的女生。"

随着爽朗而中气十足的声音，一个穿着灰色中山装的老人从楼上走了下来。

易北北抬头一看，是个面容很慈祥的老人。虽然头发已经花白，但是整个人看上去精神矍铄，十分硬朗。

走到这边，老爷子看向易北北："这就是你说的那个丫头？"

"就是她。"凌意在沙发上坐下，精致的锁骨隐约可见，漫不经心。

凌松一听就乐了，冲着易北北招了招手："来，丫头，快过来，让老头子我好好看看！"

易北北有些诧异，硬着头皮走了过去。

老爷子将她上下打量了一番，赞赏道："嗯！长得真是标致，等以后长大了，肯定错不了，不错不错，我很满意！"

"丫头，你叫什么名字？几岁了？"凌松慈祥地笑着问。

易北北回过神，如实回答着："我叫易北北，快十九岁了。"

凌松又是满意地点头："正好，我们家凌意今年二十岁，比你大一点，绝对可以照顾好你的。"

等等，这个老爷爷是不是想太多了，她没有说过要那家伙照顾她吧？

"老人家……"

易北北正想解释，却被凌松乐呵呵地打断："丫头，先不说别的。爷爷问你一句，你对我们家这个小兔崽子，是什么感觉？"

啊？

易北北下意识地看了一眼凌意，正想数落他的十大罪状，没想到却对上他充满威胁意味的目光。

那眼神分明就是在说：臭丫头，你若敢说我一句坏话，就给我小心点。

易北北后背发凉，违心地开口："就……挺好的啊。"

"是吗？那就好！"凌松笑得更欢："丫头啊，你放心吧，既然凌意选了你，那我就让他对你负责到底！"

什么，负责？

谁要他负责了！

易北北意识到了不妙，赶紧申明："我不需要他负责！"

老爷子一听，当即拍板道："不需要？那怎么行呢？丫头，感情的事不是儿戏，爷爷会为你撑腰的，你不用怕这小子。要是他敢做对不起你的事，我打断他的腿！"

凌意翻了个白眼，满脸不屑。

易北北着急了起来："老人家，你等等，我真的不需要他负责！"

"不行，绝对不行！"凌松说着，严肃地瞪向那边的凌意："臭小子，听到我说的话没有？你不能只是玩玩而已，必须要负责到底！"

"我倒是想，可她说不需要，我有什么办法？你要是能说服她，我是没什么意见的。"凌意无所谓地耸耸肩。

见易北北急躁得不知道该怎么办才好，凌意忍不住抿嘴笑了起来。

老爷子看到他这副吊儿郎当的样子就来气，压低了声音说："臭小子，你的魅力呢？"

凌意伸手将额前的头发拨到后面，语气慵懒："你也看见了，对她不管用。"

"那你还能这么镇定？赶紧去追人家啊！"

凌意有些头疼，他该怎么跟爷爷说，其实他跟易北北之间的关系，并不是他想的那样？

为了图个清静，凌意也只能答应下来："好了好了，爷爷，我会想办法的。把她追到手，行了吧？"凌意抽了抽嘴角。

这会儿的易北北，已经被用人带到了餐厅，几盘精致的点心端到了她面前。

易北北随手拿起一块核桃酥，尝了一口，眼睛顿时放光。太好吃了吧！

易北北吃得正欢，一道身影忽然在她身旁坐了下来。她转头一看，果然是凌意。

"蠢蛋，你是猪？吃个东西也能吃得满嘴都是。"

凌意无比嫌弃，从一旁的抽纸盒里抽出一张纸巾，替她擦了擦。

易北北窘迫着，拿过他手里的纸巾自己擦了擦嘴，然后转移话题："喂，你爷爷看上去挺年轻的，为什么急着给你找女朋友？"

凌意的手指一顿一顿地敲击着桌面："爷爷想在他还能管我的时候，让我赶紧安定下来。"

易北北一脸了然的表情。

"喂，臭丫头，干脆你扮演我女朋友怎么样？"凌意伸手，撩起她耳边一缕头发放在手里把玩，凝视着那张可爱的脸。

她忿忿道："我才不要，你找别人去吧。"

凌意捏住她的下巴："如果你不陪我演戏，我会被爷爷教训。我倒霉，我也不会让你好过。"

易北北眼神警惕："你又想怎样？"

"不管我想怎样，你都没得选择。这个冒牌女友，你当定了！"

"你……"易北北气恼地瞪着他。

凌意得意地一笑，正要起身离开，老爷子忽然走了过来。

看到两个人亲昵的举动，他很是欣慰，笑眯眯道："臭小子，待会儿记得把北北送回家，知道没？"

凌意巴不得他赶紧回去，随口说："这还用你说吗？"

"那就好！"老爷子朗声笑了出来，又转向易北北，眼里满是慈爱："北北啊，爷爷先回去了，有空的话，就跟凌意一起来凌家老宅玩。那边风景很好，保证你会喜欢的！"

"好！"易北北乖巧点头。答应是一回事，做不做，又是另外一回事了。

老爷子离开之后，易北北拍拍胸口，松了一口气。

"呼……"在长辈面前装模作样，还真是累人。况且这个爷爷这么慈祥，她都不忍心欺骗他。

凌意站起身，一只手塞进裤带："走，送你回去。"

易北北瞥他一眼："我会叫保镖来接我，不用劳烦你这个日理万机的会长大人。"

看到她眼里的嫌弃，凌意心底说不出是什么滋味。"易北北，你就这么不待见我？在你眼里，我很讨厌？"长这么大，他真的第一次感受到了来自一个女生的恶意。

"没想到你还挺有自知之明嘛，看来还不是无可救药。其实，我不是讨厌你，而是……非——常——讨——厌！"易北北一脸骄傲。

凌意嘴角一抽："没关系，正好我也讨厌你，我们彼此彼此。"

"随便你，反正喜欢我的人多了去了，不缺你一个！"易北北无所谓地耸耸肩，然后背起自己的书包，随手拿了几块点心，一边美滋滋地吃着，一边扬长而去。

看着她的背影，凌意的眼神闪烁了下。这让他突然间有些期待，要是她喜欢上他，会是什么样子？

认可

1

此时，乔家。

保镖将一张照片递到乔可心面前："小姐，你要我调查的这个女生，叫易北北，是个转学生，家庭条件很一般。所以，小姐，你就放心吧，凌少还不至于那么没眼光，放着小姐你这样的女孩不要，去喜欢她那样的。"

"呃……"保镖有些尴尬："或许，凌少只是觉得新鲜，腻了之后就会丢到一边了。小姐，你真的不用太放在心上。"

是这样吗？

乔可心陷入沉思。

傍晚放学后，易北北情绪低落地走出学校门口，突然听到两声嘀嘀的喇叭声。

她回过神，抬头一看，就看到一辆黑色的林肯房车停在了她面前。

车窗落下，露出一张慈祥的脸："北北！"

看着眼前这个老人，易北北惊讶道："凌爷爷？"

易北北随口问："那个……您找我有什么事吗？"

"也没什么事，就是好些日子没见你，要不今晚和爷爷吃顿饭吧？"

老人家这么好声好气地跟自己说话，甚至带着一丝讨好的味道，让易北北没法儿拒绝，点了点头："好吧。"

凌松顿时喜笑颜开："太好了，北北，赶紧上车吧。"

"嗯！"易北北报之一个笑容，打开了车门。谁知道，一眼就看到了一个她不想见到的人。

车后座，凌意坐在那儿。一只手抵着下颔，正看着车窗外面。

他的侧脸异常冷峻，嘴角残余着一抹淤青，浑身散发着一种危险的气息。

易北北咽了下口水，转向坐在副驾上的凌松，尴尬地笑了笑："凌爷爷，我突然想起我还有事，就不陪您吃晚饭了，改天可以吗？"

听到她这么说，凌意的脸色，顿时黑得像锅底。

她就这么不想跟他待在一起？

"这怎么行！北北，你都答应爷爷了。"

见她没有回答，凌松急忙又说："北北，还愣着干什么？上车吧，就当给我老人家一个面子，好吗？"

听到老爷子这么说，司机陈叔一阵惊讶。

这个曾经在商界叱咤风云，多少人瞩目敬仰的人物，居然会自降身份，请一个小女生给他个面子。

"凌爷爷，您别这么说，我上车就是了。"易北北也觉得自己消受不起，只能硬着头皮坐上了车。

关上车门，她往角落里靠了靠，尽量离凌意远一点。

陈叔发动车子，稳稳地朝前行驶着。

见两个孩子各自看着窗外，没有任何交流，老爷子笑了起来："怎么，闹别扭了？"

凌意回过头，看了易北北一眼，不屑地嗤了一声。

看到他这种尾巴翘到天上去的样子，易北北心里就不爽，很不爽。瞪了他一眼，又扭过头去。

"北北，发生什么事了？是不是这小兔崽子欺负你了，告诉爷爷，爷爷帮你教训他！"

凌意冷哼："我可没怎么她。"

"是吗？肯定是你做了什么对不起北北的事，所以她才不理你！"凌松恨铁不成钢地瞪他一眼，然后转向易北北："北北，这小子要是惹你生气，随你怎么教训。"

易北北愣了愣。

凌意也是这么想的，嘴角一抽："喂，老头儿，我是你捡来的吗？这丫头才是你失散多年的亲孙女是吧？"

凌松不以为然道："我看有这个可能！你这臭小子，一点都不听话，总让我这老头子为你操心，我还是喜欢乖巧贴心的女孩儿！"

他的袒护，让易北北有些不好意思了起来。

这时，凌松又慈祥地问她："对了，北北啊，你今晚想吃什么？中餐还是西餐？"

易北北笑了笑："都可以，我不挑的，您喜欢就好。"

"哈哈哈……"凌松朗声大笑起来："我们家这臭小子捡到便宜了！"

因为有爷爷在，车内的气氛温和了很多。她跟凌意之间，总算是没那么尴尬。

车子直接开回了老宅。易北北下了车，看着眼前依山傍水、古色古香的建筑，不由得赞叹着。

这里，就是老爷爷跟她说过的凌家老宅吧？

庄严厚重的大门边上，篆刻着"凌宅"两个字，龙飞凤舞，苍劲有力，让人心生敬畏。

易北北顿时拘谨了起来。

看出她的情绪变化，凌松乐呵呵道："北北，不用拘束，就当是回了自己家，放轻松！"

他这么一说，易北北悬着的心落了下来，冲凌松绽开一个笑容："嗯！"

"走，丫头，咱们进去。有什么想吃的尽管跟爷爷说，爷爷让厨房做！"

凌松对易北北，还真的就像是在对待亲孙女。

被遗忘了的凌意跟在后面，看着两人亲昵的身影，不屑地"喊"了一声。

进门之后，凌松吩咐厨房准备了一顿大餐来招待易北北。看到一桌子的丰盛菜肴，她简直受宠若惊。

七八道菜，三个人，肯定是吃不完的，凌爷爷未免也太热情了。

"北北，这些菜的食材可都是空运过来的，很新鲜，你要多吃点。"凌松边说边夹了一只大闸蟹到易北北的碗里。

"好的，凌爷爷，那我就不客气啦。"易北北笑着，拿起了那只大闸蟹，却有些为难了。

她喜欢吃，但是不太会剥。

以前……都是易简替她剥好的。

想到他，易北北的心有些沉重。她希望他可以早点回来，毕竟，这里有他的家。

一个人在外，会很孤单吧……

正想着，她拽着蟹腿的手指突然一痛，被尖锐的毛刺割破，血立即渗了出来。

"咝……"她倒吸一口凉气。

凌意立即从抽纸盒里抽出一张纸巾，摁在她的伤口上，嫌弃道："笨死了，剥个螃蟹都能把自己弄伤。"

易北北没好气地反击："你才蠢，你全家都蠢！"

话一出口，易北北顿时尴尬，连忙向老爷子解释："对不起，凌爷爷。"

凌松不但没生气，反倒朗声笑了起来，笑得极其愉悦："北北，这臭小子是很蠢，你骂得对！不过……老头子自认为还是挺聪明的，所以，你骂他就可以了。"

凌意郁闷地瞥他一眼："喂，老头儿，我强烈要求，跟你去验DNA！"

他现在更加怀疑，他是这老头儿捡来的。

噗嗤，易北北突然没忍住笑了出来。

凌意的目光被吸引过去，落在她的笑容上。

突然间，有些挪不开眼睛了。

易北北笑起来的时候，眉眼弯弯的，脸颊有两个浅浅的小梨涡，很是可爱。

不知道为什么，看到她笑了，凌意的心情莫名地也跟着好了起来。

之前因为她嫌弃他、抗拒他、讨厌他而在心里憋着的闷气，好像一下子就烟消云散了。

这样的感觉，真的……很奇怪。

凌松眼尖地发现了他看易北北时那微妙的眼神，顿时欣慰得不行。

这小子，看上去像是真的动心了。

很好，非常好！

这正是他所期待的。

老爷子打算顺水推舟，助攻一下，便对凌意使了个眼色："臭小子，你帮北北把螃蟹剥了吧。"

凌意回过神来，满脸的倨傲和不情愿："凭什么？"

老爷子恨恨地在桌子底下踹了他一脚："现在是你表现的好机会！"

凌意的内心是拒绝的，眼神阴郁地看向易北北。

易北北托起下巴，理直气壮地迎上他的目光，故意气他："看什么看？快点啊。我饿了，等着吃呢。"

凌意咬牙，压低了声音道："很好，臭丫头，这笔账我记下了，你走着瞧。"

凌意拿过她手里的螃蟹，娴熟地剥了起来，肉全都挑到了她的碗里。还很完整，几乎没有弄碎的。

易北北拿起筷子准备开吃，不忘对他说道："不错，谢了！"

"算你识趣！"凌意"哼"了一声，想了想，觉得自己好像有点吃亏，便示意桌上的一道菜："喂，臭丫头，我帮你剥了螃蟹，你给我夹那个。"

顺着他的目光看到那盘虾，易北北顿时无语："拜托，它就在你面前，你自己夹就可以啊！"

"我让你夹你就夹，哪来这么多废话？"

易北北无语着，夹了一只虾扔到他碗里："行了吧？"

凌意嘴角上扬，绽开一个邪魅的笑："乖！"

这本来是很宠溺的一个字，却硬生生地让易北北有种自己是只狗狗的感觉。

看着两个孩子你来我往的，凌松笑得合不拢嘴。餐厅里的气氛，其乐融融着。一旁候着的用人，都觉得欣慰。

自从凌少的父母过世之后，老爷子和凌少的脸上就几乎没有了笑容，自然也就很久没有这样融洽的气氛了。

一顿满足的晚餐过后，易北北摸了摸自己吃撑了的肚子，礼貌道："谢谢爷爷的招待。"

"客气什么！北北，你要多过来玩，爷爷还招待你。"凌松乐呵呵地笑着："凌意啊，不如你带北北到处逛逛吧，消化消化，也好聊聊天，交流一下感情。"

"那个……凌爷爷，我想回家了，今晚的作业特别多。"她找了个非常合理的借口。

"这样啊。"老爷子若有所思地点头："那行，凌意，你送北北回去。"

凌意又是一脸的不情愿，却还是站起了身。易北北也跟着站起来，朝着凌松挥了挥手："凌爷爷，我先走啦，改天再来看您！"

凌松慈祥地笑起来："好，这可是你说的，不许食言！"

2

从宅子里出来，两个人走在古色古香的青石板路上，往车库的方向走去。

凌意吊儿郎当地单手插着兜，忽然斜睨了易北北一眼："喂，臭丫头。"

"干什么？"易北北也看向他，没指望他会说什么好话。

凌意薄唇轻抿，迟疑了两秒，才开口道："今天早上我说的那些话，都是气话。你……不要放在心上。"

易北北一愣。

他这是……在向她解释吗？

凌意也不知道为什么自己要跟她解释，以往他都是我行我素，想做什么就做什么，不会顾及别人的感受。可是早上对易北北说了那些话之后，一整天下来，他都心烦气躁的，满脑子都是她的眼泪，让他的心里很不舒服，像是堵了一团棉花。

易北北其实已经不生气了，却故意板起脸，想灭灭他的嚣张气焰："哼，是吗？可你当时说得多难听，我记忆深刻，怎么办？"

凌意挑眉："你说呢？"

易北北双手环抱，仰起下巴："除非，你向我道歉！"

道歉？

这是在凌少的字典上，从来都没有出现过的词语！

见易北北一脸的认真，凌意突然又萌生了逗她的冲动。

"可以。不过，我的道歉方式——"他邪气地勾起嘴角："是这样！"

说着，他长臂一伸，就将易北北按在了她身后的树干上，俊美的脸压下来，只差那么一点点，就可以吻到她了。

他的速度太快，易北北来不及反应，整个人就被困在了他的身前。

"怎么样，还要我道歉吗？"

他的薄唇翕张着凑得更近，跟她之间只有一片树叶的距离。

张狂的眼神，温热的气息，惹得易北北的心脏不受控制地狂跳起来。

易北北红着脸用力推开他，扭头就走。

凌意嘴角掩饰不住的笑意，迈步跟上她。

易北北边走边回头瞪他："你跟着我干吗？离我远点！"

"爷爷交代我送你回家，这是任务，必须完成。"身后的人理直气壮。

"呵呵，我不需要，就不劳烦你凌少了！"

"由不得你。"

"你——"易北北咬牙，却又拿他没办法，他脸皮实在太厚！

凌意心情愉悦着，突然发现她瞪着自己的模样，还挺可爱的。

坐上跑车，离到家还有很长一段距离，易北北打了个哈欠，然后闭上眼睛，打算先休息一会儿。回去之后，还要跟作业奋战呢。

凌意有条不紊地打着方向盘，专注着前方的路况。

等抵达了她住的地方，转头看见她还在睡，他鄙夷地"啧"了一声。

这丫头是猪吗？睡得这么沉？

然而，仔细凝视着她的睡容，凌意竟然有些出神。

易北北的睡容恬静，长长的睫毛覆在白皙的皮肤上，随着呼吸微微颤动。红唇轻抿，粉嫩又饱满，让人有种想尝一口的冲动。

盯着她的唇，凌意的喉头滚动了下，莫名地有点口干舌燥。

该死，他是怎么回事？

凌意懊恼地低低咒骂了一声，扯了扯衬衫的领口，将那样的念头压下去。

没有叫醒易北北，他直接解开两人身上的安全带，然后将她横抱了出来，朝着小洋房走去。

两个保镖见到他，脸色一沉："又是你！我们小姐怎么了，你对她做了什么？"

"她只是睡着了而已。"凌意淡淡地睨着两人，忽然反问："易简给你们多少钱？"

保镖一愣，一时间没明白他的意思。

"我给你们双倍价钱。以后，你们就听我的，怎么样？"

保镖相互看了一眼，这……

他们有些动心了，一个说："这个可以考虑。但你得先说，要我们做什么？"

"很简单，跟之前一样，看好这丫头。还有，我跟她的事，你们不需要向易简汇报。要是他问起来，随便敷衍几句就好。懂？"

保镖觉得这事太简单了，一口就答应了下来："行！我们知道了。"

凌意很满意，抱着易北北上楼。他将她放在床上，脱掉鞋子，然后把被子盖在她身上。

又看了她一会儿，凌意伸出手，轻轻地弹了一下她的额头："臭丫头，晚安，明天见！"

3

易北北一觉睡到天亮，回到学校之后，因为没写作业，被班主任批了一顿，并且要求她在中午之前把所有作业补上来。真的的，昨晚她睡着的时候，凌意怎么也不叫醒她？

昨晚的作业特别多，易北北咬着笔杆，焦头烂额不知道从何下手……幸好有夏小葵帮她。

夜幕降临，整个大城市华灯初上。

易北北按照约定来到电影院门口，等了十来分钟，她拿出手机看了看时间。

已经快七点半了，小葵怎么还不来？电影很快就要开始了啊。

易北北有点着急，四处张望着。

突然，一辆白色面包车开了过来，停在她面前。从车里跳下几个牛高马大的男人，直接将目标锁定了她："喂，你就是易北北吧？"

易北北惊怔，警惕地后退一步："你们是……"

这几个男人长得凶神恶煞的，而且身上都有着文身，看上去好恐怖，应该不是什么好人。

"抓住她！"为首的那人一声令下，就有人上前抓住了易北北！

两个暗中保护着她的保镖立即冲过来，可对方也是练过的，人数上也占优势，将两人缠住之后，就将易北北扔上了面包车。

砰！车门合上，车子迅速开走！

易简接到保镖电话的同时，凌意的手机也响了起来。

拿出手机一看，是一个陌生号码。

凌意皱眉，接了起来："喂？"

"凌少爷，"那头传来一个阴阳怪气的声音："别来无恙啊。"

"你谁？"凌意脸色一沉。

对方讥笑两声，不答反问道："凌少爷，你什么时候谈了一个小女朋友？长得挺可爱的。她现在在我们手上呢，你说……该怎么办？"

什么？

凌意的瞳孔骤然紧缩："你到底是谁？"

"我是谁并不重要。我只问你一句，你要不要你小女朋友？要的话，就给你一个机会过来救她。如果不要，那……我们哥儿几个可就对她不客气了。"

凌意的心瞬间揪紧，厉声低吼："你们把她怎么样了？"

"你自己看看不就知道了？"那人说着，将一个视频发了过来。

略微模糊的画面里，易北北被扔在一个昏暗的地方。双手和双脚被麻绳绑得死死的，嘴里塞着一团布。小脸苍白，眼里满是惶恐。

"凌少，看到了吧？你的小女朋友，现在可是很无助呢。废话我就不多说了，如果你想救她，一小时之内到中和路8号来。记住，只能你自己来，要是让我们发现你带了人，我们就马上干掉这丫头！"

看着挣扎着的易北北，凌意下颌绷紧，俊脸已布满阴霾。

易北北瞪圆了眼睛："唔唔"出声。

凌意那家伙，该不会真的自己一个人过来吧？

她不禁担心了起来。

结束了通话，凌意立即起身离席，带着浑身煞气朝外面走去。

管家几步追上来，焦急道："凌少，您真的要去吗？这太危险了！"

"是，必须去！"凌意掷地有声。

他已经大概猜到那是些什么人了，他们的目标应该是他，可他身边有很多人暗中保护着，他们不好下手，所以就盯上了易北北。抓了她，让他去自投罗网。

"凌少，您还是带人过去吧。这不是儿戏啊，您可不能冲动！再说了，那只是个无足轻重的小丫头，不值得您冒这个险！"

"你说什么？"凌意吓人的眼神扫向他。

管家立马被他可怕的脸色吓得哑然失声，低下头不敢乱说话了。

凌意冷冷地收回视线，这时，几个保镖也跟了上来："凌少……"

"不用跟着，我一个人就可以。"

"可是……"

没等保镖说完，凌意已经阔步离开。

他直接到了车库，一路驶出了庄园。

抬头看了一眼远方漆黑的夜色，内心对易北北的担忧，越发地强烈了。

该死，他怎么会这么担心那个臭丫头？

那人说的地点，是市郊一个偏僻的地方，赶过去需要一段时间。凌意心底的焦虑，堆积得越来越多。

废弃的地下室里，几个男人都在抽着烟，四周烟雾缭绕。

易北北被呛得难受，可是嘴巴被一团布堵着，什么声音都发不出来。

她好希望自己能够被救出去，可是，又不希望凌意冒这个险。

这些男人个个都壮得像头熊，很能打的样子，他会是他们的对手吗？

她正担忧着，领头的黄毛看向她："喂，小妞，你可以啊，居然傍上了凌少。用了什么手段，嗯？"

他说完，其他几个男人就哈哈大笑了起来，猥琐的眼神在易北北身上流连。

"唔……"说不出话，易北北只能怒瞪着他们。

几分钟之后，在外面放哨的一个男人冲进来，激动道："老大！那小子来了，真的就他一个人！"

黄毛眼里精光一闪，立即掐灭烟头："你确定？"

"确定就他一个，没别人！"

"哈哈，有他在手，价我们随便开，不怕凌松那老家伙不给！"

易北北陡然愣住。

凌意他……真的自己过来了？

她的心里，突然间涌起一股无法言说的情绪。

就在这时，一个森冷的声音威慑地传来："你敢动她试试！"

所有人都循声看去，凌意出现在地下室门口，眼神阴鸷得像是席卷着狂风暴雨，浑身的煞气如同暗夜的修罗一样恐怖！

"哟，凌少，你果真来了啊，没让我们失望。"

黄毛边说边摸上了易北北的小脸，猥琐地笑起来："啧啧，你这小女朋友的皮肤真好，不知道身上的……是不是也一样的好？"

"放开她！"凌意死死盯着黄毛的那只手，森冷的声音再次响起。在昏暗的地下室，听上去格外的骇人。

其他几个男人，都被他的气势吓到了。

黄毛也被唬了一下，随即回过神来，趾高气扬地开口："凌少，我们还是来谈谈正事吧。"

"现在你可是在我们的地盘上，劝你还是不要太嚣张。识趣的，就让你爷爷送个几千万过来给兄弟们花花，我们就放了她，如何？"

凌意完全不理会，一字一顿道："我让你放——了——她！"

黄毛嗤笑了一声："那不行，凌少爷，劝你也不要学别人英雄救美，别不自量力！"

凌意不屑着："我倒要看看，到底是谁不自量力！"

黄毛的笑容随即消失。

这小子，实在太嚣张了。

"给我好好收拾这小子！"

凌意冷笑着，还没等那些人出手，就猛地上前，硬实的拳头挥出，重重地打在离他最近的那个男人脸上！

那人的脸被打得偏到一边，口水都喷了出来，整个人跌倒在地，只觉得眼冒金星，脑子一片空白。

其余的男人立即朝着凌意冲了上去，凌意的眼神冷得像冰，扫视着眼前的六个男人，拳头紧握着，手背上青筋暴起。

下一秒，六个男人齐齐地朝着凌意一拥而上！

凌意不慌不忙，只是眼神愈发地凛冽。他敏捷地挡住朝着自己脸部挥来的两只拳头，长腿猛地一踹，将身前的人踹了出去！

凌意的拳头如铁般刚硬有力，一拳挥过去，一个男人表情扭曲地吐出一口血，倒在了地上！

不过十来分钟时间，几个人都被七零八落地打倒了。

黄毛惊呆。他这才知道，自己低估了凌意的本事。易北北也看呆了。

她一直以为，凌意只是个养尊处优的大少爷，没想到他竟然可以徒手对付这么多人。

以前，她看过易简的训练，他一个人能打趴十个牛高马大的保镖。此时的凌意，像极了易简。

易北北正想着，却突然看到什么，倏地瞪大了眼睛。

不要……凌意，看后面啊，危险！

对上她惶恐的眼神，凌意似乎有所察觉，下意识地回头，砰！一棍子重重地打在了他的头上。

他猝不及防，闷哼了一声，猛地栽倒在地。脑子，有一阵短暂却剧烈的眩晕。

凌意扶着头，还没站起身，背后就又挨了一脚，整个人又被踹翻在地！

两个手持木棍的男人走近，抬脚就踩住了他的背，棍子如同雨点般落在他身上！

凌意瞪着双眼，猛地抓住那人的腿，狠狠一拧！

"啊！"那人痛苦地惨叫了一声，凌意趁机爬起，狠狠一拳将他打倒！

刚才被打倒的那几个男人，都挣扎着从地上爬起来，飞快地到一旁抄起了棍子，将凌意围了起来！

易北北的心，瞬间悬到了嗓子眼儿。

怎么办？

在这个时候，她真的很想去帮他，哪怕替他挡棍子也好。可自己被捆得死死的，根本挣脱不开！

易北北只能看着受了伤的他硬撑着，继续跟这几个男人厮打，急得快要哭出来了。

凌意……你千万不要有事!

突然间,一棍子重重地打在他的膝盖上!

凌意的腿一弯,差点跪下,他却是绷紧下颌,硬生生地止住了动作。

他吃痛地抿紧了薄唇,背后的棍棒却不断地袭来。

"给我使劲地揍,揍到他求饶为止!"黄毛不解气地命令着。

易北北眼睁睁地看着凌意被打趴在了地上,嘴里吐出了一口血,心脏突然像是被一只手狠狠地揪紧,眼眶一下子泛红了。

黄毛看向她,浑浊的眼珠子不怀好意地转着,一脸邪笑。

"小妞,你哭什么?心疼了啊?来,哥哥好好安慰你一下!"

说着,他一把将易北北从地上拎起,转向那些小弟:"你们给我好好收拾他,不要让他过来打扰老子!"

凌意强忍着痛楚抬眸,看见易北北被黄毛扔到了黑暗的角落。

她奋力地挣扎着,却被黄毛狠狠地压在了身下,那张恶心的大嘴朝着她的脸亲去……

凌意骤然暴怒,如同一只狂怒的狮子,突然反手抓住了一根朝着自己打来的棍子。

那人大惊失色,下一秒,就被踹了出去!

夺过一根棍子,凌意身手老练狠戾地反攻。

两个男人被击中头部,瞬间轰然倒地,失去了意识。

因为厮打,凌意墨黑的发丝有些凌乱,俊脸上挂了彩,衬衫的纽扣也崩了几颗,隐约可见少年结实的胸膛。

整个人邪恶,肆意,张狂。这些垃圾!

剩下的四个人,看着凌意嗜血的目光,都吓得哆嗦了起来。

这……这真是一个只有十七八岁的少年吗?

黄毛哭丧着脸,颤抖着声音开口:"凌少,对不起!我错了……我们不该狗胆包天想绑架您!求您大人不记小人过,饶了我们吧!"

"要是我不饶呢——"

黄毛呆呆地看着凌意，只觉得一股杀气逼近了自己！

他连忙抱住凌意的腿，一把鼻涕一把泪地恳求："凌少，我们真的只是一时糊涂，自从兄弟们摆摊的那条街被龙爷买下，改成住宅区后，我们就断了活路，迫不得已才想出这么个办法的！凌少，求您饶了我们一条狗命吧！"

龙爷？

易北北怔了怔。

他说的，应该是易简的外公龙枭吧？

她之前就听说龙枭收购了很多公司和地皮。所以，易家的势力正不断壮大……恐怕，目前已经没有可以与它抗衡的了。

"你们有没有活路，跟我无关。"

凌意眼神冰冷："你们想绑我可以，反正本少爷从小到大被绑过不下十次，已经习惯了。但是，对这丫头下手，就是你们的不对了！"

说着，看了一眼易北北。

他目光深邃，脸上和嘴角虽然都带着伤痕和血渍，可还是帅气得惊心动魄。

易北北的心，不由得一动。

"凌少，我们知道错了！不敢了，以后都不敢了！"黄毛继续哭着求饶。

凌意不为所动，嘴角闪出一抹嗜血的冷笑，眼底泛着狠戾，棍子狠狠地朝着黄毛挥下……

"啊——！啊啊——！"一声声惨叫，在地下室回荡着。

看着一棍一棍打在黄毛身上的凌意，易北北的呼吸一窒。

她的眼神忽然有些恍惚，想起了多年前可怕的一幕……

那个晚上，她看见易简如同魔鬼一般，拿着尖利的刀，狠狠地捅在那个人身上……

直到黄毛倒在地上再也爬不起来，凌意才罢休。

扔掉手里的棍子，他转头看向易北北，却看到她蜷缩在了墙角，紧闭着眼，苍白的小脸上满是恐惧和痛苦。

凌意一愣。

他该不会……吓到她了吧？

也是，这种场面他是早就见惯了，却不适合她这种小丫头，被吓到也很正常。

凌意走过去，在易北北面前蹲下身："喂，臭丫头，你没事……吧？"

还没说完，易北北就突然撞入他怀里，小脸埋在他的胸口，像一只寻求庇护的小动物。

莫名地，凌意的心揪了起来。

平时的她，倔强又风风火火的。哪怕是被孤立、被欺负，她都没有表现出一丝软弱。

这还是他第一次，看到她这么害怕、这么脆弱的模样。

凌意不由得伸手，将易北北抱到自己怀里，揉了揉她的头发："已经没事了，不用怕。"

他的怀抱，有属于他的气息，莫名地让人安心。

慢慢地，易北北从刚才可怕的记忆中解脱，情绪恢复了过来。

"好些了吗？"凌意关切的声音在她头顶上方响起。

在这个昏暗的地下室里，他的嗓音格外地低沉有磁性，好听得不像话。

"嗯……"易北北低低地应了一声，从他怀里抬头，吸了吸鼻子。

看到他挂彩的脸，她紧张地上下打量他："你没事吧，伤得重不重？"

"我能有什么事？"

凌意才说着，就突然咳了一声，吐出一口血来，脸色，也瞬间变得像纸一样苍白。

"你……你还说没事！"易北北被震蒙了。

"真的没事。"凌意扬起嘴角，笑得有些虚无，接着，他的身体就突然一软，整个人往地上栽去。

"凌意！"易北北一惊，眼疾手快地扶住他。

凌意栽倒在她身上，紧闭着眼睛，已然失去了意识。

"凌意？凌意！"连唤了他好几声也没有回应，易北北慌了。

没有多想，她吃力地将凌意扶起来，把他的手臂搭在自己的肩上。

此时，凌意全身的重量都压在她瘦削的肩膀上。易北北咬紧牙关，一步步地带着他往地下室出口走去。

"凌意，我这就带你出去，你要坚持住……"

易北北的眼眶有些泛酸，扭头看一眼凌意苍白的脸色，她干脆弯下腰，将他背到了自己身上。

背着一个高大的男生，对于她来说，确实太过吃力。

易北北额头上冒出了细密的香汗，身体被压得很低，两条腿也不听使唤。

但她无暇顾及这些，只有一个念头，那就是把凌意带出去。

他受伤昏迷，一定要尽快送去医院！

易北北背着他，艰难地走上楼梯，额头上的汗珠大颗落下。

突然，在走到第四级楼梯的时候，上方突然响起了纷沓的脚步声，好像有很多人涌了进来！

易北北正紧张着，一群保镖就出现在了她眼前。看到凌意，那些人立即冲了下来："凌少！"

易北北悬着的心顿时落地，松了口气。

一同赶过来的还有凌松，他拄着拐杖，大步地走下楼梯："北北！"

见到他，易北北备感亲切，连忙说："凌爷爷，凌意受伤了。"

她的声音有些抖，泄露了连她自己也没有察觉的担忧。

"北北，你别着急。"凌松安慰着，然后吩咐保镖："马上送凌少去医院！"两个保镖立即上前。

这可是凌家唯一的独苗啊，要是有个三长两短，那可是要了老爷子的命！

凌松拉住易北北的手，关切地上下打量她："北北，你没事吧？"

"我没事，多亏凌意救了我。"

老爷子放下心来："你没事就好。"

从地下室里出来，总算是重见天日。

看着凌意被送上车，易北北抿了抿唇，抬眸看向老爷子："爷爷，我也想去医院。"

"怎么，你不回家吗？"凌松有些意外。

易北北摇摇头："不……我想等凌意醒来再回去。"

凌松点了点头，慈祥一笑："那好，你就跟着我们一起去医院吧。我相信凌意醒过来，也是很想看到你的。"

同类

1

医院病房。

凌意躺在病床上，紧闭双眼，薄唇抿成一条冷硬的线。血渍还留在唇边，已然干掉，变成了暗红色。

易北北搬了张椅子坐在旁边，托着下巴看他，心里满是担忧。

这都过去一个多小时了，他怎么还没醒过来？

老爷子站在病房门口，一脸的凝重，正在听着医生跟他说检查结果。

"凌少伤得有点重，内脏被打破，必须好好休养一段时间。而且，凌少之前也受过伤，还做过手术，应该爱惜身体才是。以后，最好不要再跟人动手了。"

听到医生的话，易北北陷入了思索当中。

在地下室的时候，凌意说……他从小到大被绑架过不下十次，那时候就受过伤吧？

他似乎——有着很多她不知道的事。

易北北突然觉得，自己是那么不了解他。

而且，有件事一直让她很困惑。

自己认识凌意也有一段时间了，怎么没听说过他的爸爸妈妈呢？

现在他受了伤，他的父母也没有来看他，甚至连个电话也没有。

老爷子拿了报告回来，看着病床上的凌意，恨铁不成钢道："这臭小子，告诉过他多少次，凡事不要逞能，要跟我商量，就是不听！还以为自己有多厉害呢，现在好了，躺医院了吧？"

虽然是指责的语气，可易北北却听出了其中包含的关心。

"爷爷，我可以问您一个问题吗？"

"嗯，你问。"凌松面容慈祥地说。

易北北犹豫了一下，才鼓起勇气开口："那个……家里面，就您跟凌意两个人吗？他的爸爸妈妈呢？好像没听凌意说起过他们，也没见过他们。"

提到这个，老爷子瞬间变了脸色。

眼底，掠过一抹复杂的情绪，像是悲哀、愤怒，又像是怨恨……

易北北立马意识到不对劲，连忙说："爷爷，对不起，我只是一时好奇随便问问。如果不方便说，那就算了。"

凌松偏过头，叹了口气，沉重地闭上眼睛："北北，我也不妨告诉你，这个家，确实就我跟他两个人。凌意的父亲几年前意外过世，母亲虽然还在，但她在凌意一岁的时候就跟他父亲离婚，跟别的男人走了，已经不属于这家的人，早就断了联系。"

易北北怔了怔。

没想到，凌意竟然跟她一样，都是没了父母的人。她只有哥哥，他也只有爷爷。

看着昏迷中的凌意，易北北的心里忽然沉甸甸的。

或许，这就是同病相怜的感觉吧。

"北北啊，父母是臭小子的禁忌，你最好不要在他面前提起。以前他念初中的时候，有几个孩子就嘲笑他没有父母，他就失控跟他们打了起来。那天，看着他带着一身伤回来，我这个当爷爷的，真的很心痛。"

凌松的声音微微沙哑："总之，父母就是他心里的一道伤疤，不要去揭开。"

易北北的喉头滚动了下，认真地点头："嗯，我知道了，爷爷。"

凌松又是慈祥一笑："好了，北北，你就在这儿陪着他，我去处理一下今晚的事。"

"好的。"易北北乖巧地点头。

老爷子离开之后，病房里就只剩下她和凌意两个人。格外地安静，只听得见夜风从窗外吹过的声音。

易北北托着下巴看着他，只希望他快点醒过来。

不知道过了多久，凌意的眉心一动，他缓缓地睁开眼，第一眼看到的，就是白色的天花板，白色的墙壁……

他立即意识到自己是在医院。

摁住晕痛的头，他的目光无意中一转，竟然看到一道娇小的身影正趴在床边，闭着眼，好像已经睡着了。

……臭丫头?

她在这儿多久了?

这么想着，凌意的心，突然有种说不出的柔软。

忍不住伸手，将易北北额前的头发拨到一边，露出她那张白皙的小脸来。

易北北本来只是休息一下，没有睡得很沉。感觉到他的动作，她眉心一蹙，然后，猛然睁开了眼睛。

"凌意，你醒啦?"对上他的目光，她的小脸上满是惊喜："你感觉怎么样？"

　　看着她担心自己的样子，凌意莫名地心情愉悦，身上的伤口好像都不那么痛了。

　　啧，自己……肯定是中邪了。

　　见他没说话，易北北以为他是疼的，急忙从椅子上起身："我去叫医生。"

　　没走出两步，手腕突然被一只大手握住。

　　易北北错愕地回头。

　　凌意抓住了她的手，黑曜石般的眸子格外深邃，声音低哑："别走。"

　　他的目光有些炙热，手心也是。

　　那热度渗入皮肤，惹得易北北的心脏漏跳了一拍，有些窘迫了起来："那个，我只是去帮你叫医生……"

　　"我说了，别走。"凌意一脸的执拗，紧抓着她的手不放。

　　易北北不明所以地看着他。

　　他怎么突然间变得孩子气了？

　　不过，她却并不讨厌这样的他。

　　而他即使受了伤，力气也还是很大，她根本挣脱不开，只能重新坐了下来："好吧，我不走了。就在这儿陪着你，行了吧？"

　　有她这句话，凌意这才慢慢地松手，放开了她的手腕。

　　易北北立即抽回自己的手，上面还残留着他掌心的温度，让她心里有种奇怪的感觉。

　　病房太过安静，气氛一时间有些尴尬。

　　察觉到他在看着自己，易北北不自在了起来，只能寻找话题，问道："喂，你饿不饿啊，要不要让护士送点吃的过来？"

凌意不答反问："你喂我？"

"你自己不是有手吗？干吗要我喂？"易北北郁闷。

凌意"啧"了一声："你个忘恩负义的臭丫头，我救了你，你做这点事都不愿意？"

易北北噎住。

她不是不愿意，只是……喂他吃东西的话，实在是有点尴尬。

可说起来，他的确是为了救自己而受伤。这么一个小小的要求，虽然尴尬，不答应也于心不忍。"好吧，我喂！"易北北无奈着，摁响了床头的急救铃，让护士送点吃的过来。

知道这个病房里住的是什么人物，护士不敢怠慢，很快就送了一碗热腾腾的米粥过来。

易北北帮他把病床调高到一个合适的角度，然后端过那碗粥，用勺子舀了一勺，吹了吹，递到凌意嘴边："张嘴！"

凌意愉悦地吃下去，歪着头看她，忽然试探道："喂，臭丫头，你刚才……一直都在这儿守着我？"

咳，这个——

易北北一窘，嘴硬道："哪有！我才没有一直守着你呢，你别想太多。更何况，是你爷爷让我留下的。我如果走了，你要是有个三长两短，我没法儿向他老人家交代。"

她说谎的时候，眼神总是不自觉地躲闪，凌意一眼就看穿了，邪魅地扬起嘴角。

"放心，我命硬，没那么容易有事。"他漫不经心："而且这种事，我从小到大遇到过很多次了，早就习惯了。"

易北北来了兴趣："你小时候经常被绑架呀？我哥以前也被绑过，不过，很快就毫发无损地回来了。也不知道那一次发生了什么，之后他就再也没有被绑过了。"

"那还用说吗？肯定是之前绑他的人下场很惨。"凌意冷笑了下。

易北北愣住，背后突然一片凉意。

"那，你爷爷会怎么处置那些人？"她好奇地问。

"当然是交警察局，依法严惩了。我们家一向光明磊落，不会在背地里搞小动作。"

易北北听得出来，凌意的话里，有讽刺易家的意思。

不过易家，确实除了摆在明面上的生意之外，似乎还有一些见不得人的勾当。

易简生在那样一个家庭里，真的……身不由己。

见易北北垂下睫毛，整个人沉默了下来，凌意伸手就弹了一下她的额头，不满道："臭丫头，在我面前，你居然想着别人？"

不知道为什么，即使知道她想的那个人，是她的哥哥，他心里也有点不爽。

易北北回过神来，只觉得他莫名其妙："我想谁关你什么事！"

"影响我心情，所以关我的事！总之，在面对我的时候，你就得专心，不准想别人！"

这家伙还能不能再野蛮一点？可是，他的话听上去就像是一个吃醋的男朋友说的。易北北的小脸，突然不争气地红了。

郁闷地喂凌意吃完了粥，易北北放下碗，看了一眼墙上的挂钟，已经快半夜了。

2

她重新把病床放下去，替凌意盖好被子："好了，你好好休息吧。"

凌意眸光微沉："你要走了？"

"没有啊，我就算要走，也得等你爷爷回来。"

"啧，臭丫头。"凌意嗤了一声，放心地闭上了眼。

时钟一分一秒地走动着，易北北托着下巴坐在病床边，头一点一点的，快要睡着了。

她的头越点越低，差点就要栽到地上的时候，她突然惊醒了过来。

猛然想起什么，易北北连忙拿出自己的手机，摁了摁，才发现没电了。

在电影院门口的时候，那两个保镖目睹了她被绑走的整个过程，该不会还在找她吧？说不定，他们已经把这件事告诉易简了！

易北北紧张了起来，起身准备离开。凌意不乐意道："喂，臭丫头，你就这么走了？"

"我得回去了！那个……明天再过来看你！"留下这么一句，易北北连忙跑出了病房。

看着她跑走的背影，凌意忽然开始期待明天的到来。

夜色渐深。

半个多小时后，车子在易北北住的地方停下了，保镖提醒道："易小姐，到了，请下车吧。"

"谢谢了！"易北北立即打开车门下了车。

当看到家门口站着的几个保镖时，她的心顿时一沉。

一种很不好的预感，如同乌云盖顶一般，将她整个人笼罩了起来，让她突然后背发凉。

这些保镖的面孔，她都认得，是一直跟在易简身边的。

也就是说，易简他……回来了？

看到她，保镖上前几步，表情冷冰冰的："小姐，你总算回来了，易少已经等你很久了，你快进去吧。"

易北北咽了下口水，两只手攥紧了自己的衣服下摆，忐忑不安地走上门前的阶梯。

嘎吱——虚掩着的大门打开，里面光线昏暗，只开着一盏壁灯，气氛有些诡异。

易北北挪动着脚步走进去，当看到那个在沙发上正襟危坐着的少年时，她的心猛然悬到了嗓子眼儿。

她像个犯错的孩子，没有再往前一步。就这么站在原地，小心翼翼地喊了一声："哥……"

她的声音里，带着一丝轻微的颤抖。

易简没有说话，只是这么阴鸷地看着她。

而易北北知道，他不说话的时候，比说话的时候要可怕得多。她低下头，咬了咬唇又说："哥，我回来了……"

"去哪儿了？"易简冷冷地打断了她，声色俱厉道："你知不知道我多担心你？"

听说她被一群不明身份的人绑架了之后，他整颗心都快要跳出喉咙。易家这些年结下的仇家很多，要是她落在那些人手里，后果不堪设想。

只是没想到，她竟然——

"哥，我……我有事去了医院，我不该不给你打电话，让你担心。只是……我一时间忘记了，手机也没电了！对不起……"

易北北支吾着，完全不敢抬头看易简此时的表情！

"你去医院干什么？"易简上下打量着她，眼神冰冷锐利得就像一把刀子一样，让易北北觉得浑身发冷。

"我……我一个朋友受伤了。他是为了救我受伤的，所以，我去照看了他一会儿。"

"哦，朋友？"易简的语气变得讥讽："男的女的？"

易北北迟疑了下，紧张地回答道："女……女的！"

"是吗？"易简嗤笑了一声，朝着离他最近的那个保镖招了招手。

保镖连忙走过去，恭敬地颔首："易少。"

"告诉我，你们查到的结果。"

"少爷，我们查到，小姐去医院照看的那个人是凌少，凌意。"

听到保镖这么说，易北北一瞬间头脑空白，有种百口莫辩的感觉。

原来哥哥他……根本什么都查到了，就等着跟她对质！

易简的目光重新落到她发白的小脸上，冷冷地扯了扯嘴角："北北，一段时间不见，你长进了不少，都学会跟我撒谎了？还有，你恐怕不知道，你的这个'朋友'，也是我的老朋友。"

易北北愣住。

易简跟凌意，果然之前就认识吗？

不知道该怎么解释，她两只手不停地绞着衣角，额头上冒出了细密的冷汗，双腿也开始发软。

怎么办？

这样的易简，让她害怕。

哪怕是被那些人绑走的时候，她都没有像现在这么害怕。易简站起身，单手插兜一步步地走到了她的面前。高大挺拔的身躯，带给易北北强烈的压迫感。

她心惊肉跳，下意识地后退两步，却被他一把攥住了手腕。

他那如同刀子般尖锐的目光，死死地逼视着她："北北，你跟一个男生待在一起，却让我在这儿白白担心？我说过，不许你跟别的男人来往，你把我的话当耳边风了？"

"哥……"

易北北鼓起勇气抬眸看他，眼眶泛红，像一只可怜的小兔子："我知道错了……他是因为我受伤的，我不能视而不见，所以才……"

"这不是你跟他在一起那么久的理由！"易简再次厉声打断了她。

"看来，你是太久没有被惩罚，所以越来越任性？既然如此，我就让你也尝尝提心吊胆的滋味！"易简脸色阴沉着，一把拽住了她的手臂，将她往一个方向带去。

"哥！"

知道他想做什么，易北北抓住他的手，巨大的恐惧让她的眼泪一下子就涌了出来，哑声恳求道："哥……不要！"

易简却狠下心，一路拽着她到了杂物室门口，二话不说就将她扔了进去。然后，砰地关上了门，果断落锁！

易北北摔倒在地，浑身的骨头都快要散架了。

她吃力地从地上爬起来。

杂物室里漆黑一片，伸手不见五指。易北北在墙上摸索了半天，才找到灯的开关，摁下去，却一点反应都没有。

怎么回事？

易北北紧张了起来，急忙再摁，灯还是没亮。

突然间，她明白了什么，一颗心蓦地提到了嗓子眼儿。

她怎么忘了，易简知道她最怕黑。既然决定了要惩罚她，又怎么会给她灯光呢？

易北北鼻子一酸，缓缓地在角落里蹲下身来，蜷缩着抱住了自己。她睁大了眼睛，惊恐地看着四周，连呼吸都不敢用力。

她怕黑……真的怕黑！

极度的恐惧中，周围的空气好像都变得沉重，朝着她挤压过来，压得她透不过气来！

渐渐地，易北北的呼吸变得急促，冷汗直冒，浑身都在轻微地颤抖，意识一阵清晰一阵恍惚……

这是哪儿？

她在哪儿？

无尽的黑暗中，一些模糊零碎的画面，就这样涌入她的脑海……

画面里，一个五六岁的小女孩，穿着白色的公主裙，怀里抱着一只小熊。她的小脸稚嫩可爱，眼睛又大又亮。

分明是小时候的自己……

"宝宝，来，过来妈妈这里。"

傍晚的夕阳中，漂亮温婉的女人微笑着，笑容虚幻地美。冲着小小的她伸出手，等着她扑进怀里。

"妈妈！"她开心地笑着，朝妈妈小跑过去。

可刚跑到一半，不知道从哪里窜出来一辆黑色车子，朝着这边急速驶来。她还没来得及反应，那辆车子，就狠狠地撞到了妈妈身上！

砰！

妈妈被撞出去好远，身体抽搐了下。然后，汩汩的鲜血在她身下弥漫开来……

那一刻，天昏地暗。

手里的小熊，也猛地掉落在地。

"妈妈！"小小的她立即朝妈妈跑过去，抓住她的手大哭了起来："妈妈……妈妈！"

妈妈艰难地睁开眼，伸手摸上她的小脸，无力地笑了笑，声音虚弱道："北北，妈妈……可能要离开了。你……不要哭，也不要怕……一定要坚强，好好地活下去，知道吗？"

血不断地流淌，就像是生命的流逝……

"不要……妈妈，不要丢下我，呜呜……妈妈！"

易北北痛苦地紧紧闭上眼睛，眼泪顺着脸庞滑落。

"妈妈……妈妈！妈妈——妈妈——"

小小的她悲怆地哭喊，那声音就像一个噩梦，在易北北耳边不停地回响着。

令人窒息的气压四面八方地涌过来，压着她的胸腔。

易北北突然站起了身，崩溃地四处冲撞着，想要逃离这个地方。可是，出口在哪儿？

她什么都看不见，谁能来救救她？

"呜呜……妈妈！妈妈……妈妈！"

记忆里的她，还在不停地哭喊着……

易北北捂住自己的耳朵，不想再去听那个声音。

她不要听到那个声音。

终于摸索到了杂物室的出口，易北北用力地砸着门："放我出去……放我出去！"

"哥，哥……求求你，放我出去……呜呜！"她痛哭失声："求你，求求你……我知道错了，以后再也不会了，求你放我出去……求你了，我好害怕！呜……"

杂物室外，易简端坐在沙发上，听着她崩溃的哭声，薄唇紧抿成一条直线。

他一只手握紧成拳，手背上暴起了青筋，仿佛极力隐忍着什么。

其实，他在惩罚易北北的同时，也是在惩罚他自己。

北北，你现在该知道，什么叫作恐惧的滋味了？你能体会到我的心情了吗？

3

翌日早上，凌意让医生给自己做完身体检查，冷冷地开口问："我什么时候能够出院？"

医生恭敬道："凌少，按照您的伤势，最好再休养几天。"

几天？凌意皱眉。

这么说，他这些天都要在医院度过？太无聊了，他宁愿回学校上课。不过，想到易北北说今天会来看自己，凌意的心情又愉悦了些。只是，他等到中午，她也没有出现。

凌意拿起手机，拨打她的号码，听到的却是关机的提示。这丫头不但不来看他，居然还关机了，什么意思？

难道，她昨天说的会来看他，只是随便敷衍的？

凌意的心里突然一阵烦躁，不爽地将手机摔到了一边。

他掀开被子下床，招来在门口把守着的保镖："给我办手续，我要出院！"

保镖惊讶道："凌少，你有伤在身呢，医生说了暂时还不能下床。"

"我说了要出院，这是命令！"

见他脸色阴沉，保镖吓得不敢作声。

或许是昨天晚上被吓坏了，身心疲惫，易北北一直睡到中午才醒。

睁开眼，她就看到了坐在床边的易简。

想起昨晚他逼问自己时那可怕的眼神，易北北小脸一白，眼底掠过一丝怯意。

看出她在害怕，易简伸出手，整理着她睡乱的头发。

此时的他，已经恢复了常态，眼里似乎有着一抹柔情："北北，以后要不要听我的话？"

"……"易北北咬住唇，身体有些僵硬。

易简深邃的目光定格在她的脸上，继续道："北北，你是我的，我不喜欢别的男人打你的主意，知道吗？所以，你离他们越远越好，要是还有下次，我还会这样罚你。"

易北北没有说话，紧紧地闭上眼睛，两只手用力攥紧了被子。

被关进小黑屋，是她最害怕的惩罚。

从小到大，每次易简用这个方法，都能将她治得服服帖帖。

"好了，北北，忘掉不愉快的事。起床吃点东西吧，我亲手给你做的。"易简摸摸她的头，声音宠溺。

"嗯。"易北北乖乖地答应了。

虽然自己一点胃口都没有，可昨晚她已经惹得易简不高兴了。现在，也只能顺着他的意思。

果然，易简满意了："这就乖了，我在外面等你。"

说着他站起了身，正要往外走去，一个保镖敲响房门，恭敬道："易少，凌少来了，是来找小姐的！"

凌意？

易北北一阵错愕。

他不是在医院吗？来这儿干什么？

而且，他这个时候来，意味着会跟易简撞上，这就麻烦了……

听到保镖的话，易简神色一冷，看一眼易北北，替她掖好被子："北北，等我把他打发了，你再下楼，知道了吗？"

说完，也不等她回答，就迈步走了出去。

他的背影挺拔，却又那么地决绝冷酷。

房门砰的一声关上，易北北忽然担心了起来。

以易简的性格，他该不会……对凌意怎么样吧？

易简下了楼，就看到凌意跷着腿，吊儿郎当地坐在沙发上，手指有节奏地在扶手上敲击着。

听到他的脚步声，凌意侧过头。

对上易简阴骘的眼神，他掀起嘴角，饶有意味地一笑："啧，易少，你怎么一副要杀人的表情？我们也算是有点交情吧，难道，这么多年不见，不认识我了？"

"不重要的人，我从来都不会放在心上。"易简声音冰寒。

"呵，是吗？"凌意嘴角的笑意慢慢地收敛，眼神同样冷了下来："可我对你的印象，却是深刻得很。"

"你小时候，老爱跟我抢东西。记得上幼儿园时，你就总跟我抢玩具，抢吃的，我们经常打架。我还以为，你跟我不打不相识，会把我牢记在心。没想到，这就把我忘了，这让我情何以堪？"

易简冷笑，不想跟他废话，直截了当道："你来干什么？"

"如果我说，我是来看北北的呢？"凌意斜睨着他，语气漫不经心。

北北？

易简的眸色又暗沉了几分："北北也是你叫的？"

"怎么，不行？"

凌意挑衅着："要是我说……我已经把那丫头吃了，你会杀了我吗？"

楼上，易北北将房门打开一条缝，躲在门后偷看着楼下的情况。

听到凌意这么说，她小脸一红，又有些生气。

这家伙，在胡说八道些什么啊，为什么要这样挑衅易简？

他到底是不怕死，还是太想死？

"你说什么——！"易简果然被惹怒了，下颌紧绷。

凌意仍旧不慌不忙地接着道："你那个妹妹，长得还不赖。所以很不幸的，被我盯上了。"

"你给我闭嘴！"

易简恼怒至极，一字一句掷地有声道："北北是我的人，要是你敢打她的主意，不管你是谁，我都不会饶了你！"

凌意挑了挑眉。

易简的反应，是不是太大了点？难道，他对自己的妹妹……有不一样的感觉？那臭丫头还真是可怜，居然摊上这样一个哥哥。

"易简，这么多年不见，你还是一如既往地令人讨厌。"

凌意十指交叉，讥讽地开口："那丫头，是一个活生生的人，还是你妹妹，怎么就成你的私有物品了？你说她是你的，就是你的？你有问过她的意见吗？"

易简冷声道："不需要。总之，她就是我的。"

"是吗？现在下这个定论，还为时过早吧？"

凌意的语气始终痞痞的，漫不经心，却像一把软刀子，跟易简针锋相对着。

易简的眼神，陡然间变得阴冷可怕。

空气中的火药味浓烈了起来。

两个少年之间，好像有什么东西，一触即发。

眼看易简死死地握紧了拳头，好像下一秒就会朝着凌意挥出去，易北北焦急了起来。

他们两个，该不会打起来吧？

可是，凌意有伤在身，哪里是哥哥的对手？

易北北紧张着，绞尽脑汁地想着对策。

忽然，她有了主意，伸手捂住肚子，发出一声痛呼："唔……"

听到她的声音，易简立即抬头看向她："北北？"

易北北抱着肚子蹲下身，小脸皱成一团，很痛苦的样子："哥，我……我肚子疼！"

见她蜷缩在门边，易简不由得担心了起来。

冷冷地扫了凌意一眼，他二话不说就快步走上了楼，将易北北从地上扶起来："好端端的，怎么会肚子疼？"

易北北一脸的疼痛表情："我也不知道，就是好疼……可能是昨天吃坏肚子了。"

出于对她的担心，易简没有多想，一把将她横抱起来，往卧室里走去，一边厉声吩咐保镖："叫医生过来！"

4

楼下客厅。

看着易北北被抱进了房间，凌意眉心微皱。

这丫头，是在担心他挨揍，所以才说肚子疼的吗？

将易北北放到床上，易简去倒了一杯温水回来，在床边坐下，小心地喂她喝下。

这时，保镖敲了敲门，恭敬道："易少，凌少离开了。"

易北北喝水的动作一顿。

然后，暗暗松了口气。

还好，凌意明白她的意思，识趣地走了，没有枉费她假装肚子疼。

"是哪里疼？"

易简将水杯放到一边，手在易北北的肚子上轻轻地摁着："这里，还是这里？"

"这里。"易北北胡乱地指了个地方。

虽然觉得这样骗易简不太好。可是，她实在不想看到硝烟弥漫的场面。

易简替她轻轻地揉着，突然开口道："北北。"

他话里有话，易北北连忙打起了十二分精神："嗯？"

"你喜欢他？"易简深邃的目光落在她的小脸上，带着考究。

他？凌意吗？

易北北一愣，连忙否认："没，没有！"

"是吗？那……你跟他是怎么认识的？"

易简目光锐利，仿佛能够看穿一切似的，牢牢地锁定她，让她无所遁形。

"我……"易北北一只手揪紧了床单，眼神躲闪了下。

抿了抿唇，她紧张地开口："那一次……我在酒吧里遇到危险，是他的车路过，救了我。我跟他，就是那时候认识的……"

他没想到，北北从来没有跟他提过。"北北，你还有多少事瞒着我？"

对上他威逼的目光，易北北咽了下口水，连连摇头："没……没有了！哥，我跟他之间没什么的，真的！顶多只是普通朋……不，同学……啊！"

她还没说完，他就倾身而上，易北北大吃一惊，下意识地挣扎，两只手却被他扣住，抵在了头顶。

"哥？"她才说着，上衣的纽扣，突然被他修长的手指挑开了！易北北惊慌地看着他，心脏狂跳了起来。

易简还是没有说话，仍旧死死地压制着她。

瞬间，一种比关进小黑屋更强烈的恐惧，朝她侵袭而来。

她只能惊慌失措地祈求："哥，你放开我！"

听到她带着哭腔的声音，易简的动作一顿。

他抬起头，幽黑的眸子炙热，俊脸上染着一抹异样的红晕。

心脏扑通扑通地急速跳动，呼吸也异常地粗重。

其实，他只不过是想小小地惩罚易北北一下。

这些年来，他对她的感情，已经发生了变化。他不再把她当玩伴，而是——一种占有。随着她的长大，那种情绪，也越来越强烈。

但是，他现在还舍不得。

他想把最美好的她，留到她嫁给他的那天。所以他到今天为止，一直都没有对她有过分举动。

他呵护她，珍惜她，把她小心翼翼地捧在手心里。

可是，易北北现在看着他的眼神，没有他希望有的情愫，只有害怕和抗拒。

易简的心里一阵失落。然而，看着易北北脖子上属于他的印记，他又有些满意，捏住了她的下巴道："北北，我警告你最后一次，如果你再跟别的男生来往，别怪我对你做什么。"

易简的话，就像是一盆冷水当头浇下，浇得易北北浑身发凉。

此时的易简，在她的眼中，就像是一头危险的野兽。

而她，是他爪牙之下一只弱小的兔子，毫无反抗能力。

这时，保镖再次敲响房门："易少，您是不是该走了？要是被老爷子发现你又回来了，就……"

易简应了声"嗯"，然后又看向易北北，语气不容置喙："北北，好好记住我刚才说的话。你不要一而再再而三地挑战我。"

易北北又点了点头。

此时，她除了答应他，还能说什么？

这就是易简，霸道专制起来的时候，眼里简直容不得半粒沙子。

她的一切，都在他的掌控之中……以前是，现在也是，以后还会是。

或许，永远都不会改变。

吸引

1

翌日下午的体育课，易北北双手托着下巴，无精打采地坐在操场四周的看台上。班上很多女生都围在一个篮球场边上，时不时发出激动的尖叫，她一点儿兴趣都没有，满脑子都是昨天的事。

这时，班上一个男生拿着瓶果汁走近她，羞红着脸说："易北北同学，怎么一个人坐在这儿？要不要来一瓶果汁？"

他正说着，突然刷的一声，一个篮球朝着这边飞了过来。

男生错愕地瞪大眼，球从他耳边险险擦过，就差那么一点儿，就砸到他的头上了。

易北北回过神，转头向球飞来的方向看去，就看到了一道熟悉的身影。

凌意？

他一身白色的篮球服，倨傲地微扬着下巴朝这边走来。他也在上体育课？凌意冷冷地走到了她面前停下。

见那男生离她那么近，他的眼神暗了暗。

不由分说地，他一把攥住她的胳膊，粗鲁地将她扯到自己身边，压低了声音在她耳边咬牙切齿道："臭丫头，你忘了自己的身份？在我面前，你还跟别的男生靠那么近！"

"我哪有？"易北北皱眉看着他："现在靠近我的人，是你吧？"

"我可以，别人不行！"

难道，就因为她答应了他，扮演他的女朋友？

易北北把自己的手抽回来，郁闷地看着他："凌意，我哥昨天警告过你什么，你忘了吗？"

昨晚她就在想，自己是不是应该跟凌意保持距离了。不然的话，她和他都会有麻烦。

她不想拉他蹚易家这摊浑水……

凌意"呵"的一声，不屑道："你觉得我会怕他？是你怕了吧。"

"……"易北北咬住唇。

从小到大，她都生活在易简的羽翼之下。没有他，她现在还不知道会在哪儿，说不定已经死了。对于易简，她很感激。

可是，当察觉到他对自己的感情并不是那么简单的时候，她就开始对他有了抵触心理。

他超乎想象的独占欲，的确让她害怕。

尤其是昨天的时候，他恨不得把她吃干抹净的表情，让她现在想起来，还胆战心惊。

见易北北沉默下去，凌意弹了一下她的额头，邪魅地笑起来："我说……你要是怕他，干脆来投靠我得了。我罩着你，怎么样？"

易北北不屑地撇了撇嘴，满脸写着无聊。

凌意眼里的笑意更深了，岔开了话题："对了，臭丫头，学生会现在在招新，你加入怎么样？"

易北北怔了怔。她好像……从来都没有想过要加入。

在她的意识里面，能加入学生会的，都是一些很优秀的学生。不是有什么特长，就是学习成绩很好。她的成绩一般，至于特长……也只有一个，那就是钢琴。

但是，易简从不允许她在外人面前弹奏，只允许她弹给他听。所以，学钢琴那么多年了，她还从来没在舞台上表演过……

想到这儿，易北北的眸子有些黯然。

连带着对加入学生会也没了兴趣。

她摇了摇头："算了吧，学生会什么的不适合我。"

凌意没有说什么，只是……突然一把抓住了她的手！

易北北只觉得手腕一凉，错愕地抬眸看向他。反应过来的时候，自己手上戴着的那条链子，就这样到了他的手里。

易北北惊愕地瞪大眼："凌意，你干吗拿我的东西？把它还给我！"

那是一条银色的星星手链，从她有记忆起就一直戴在自己手上，已经伴随自己那么多年了，怎么可以被别人抢走？

易北北伸长了手想要拿回来，凌意却故意把它举得很高。

她往左，他就往右。她往右，他就往左！

"凌意，你怎么这样？"她气得跺脚。

凌意挑眉，嘴角仍旧噙着坏坏的笑："怎么不能这样了？如果——你按照我说的去做，我就把它还给你，如何？"

可恶！

易北北握紧了手，气恼地瞪着他："你为什么想让我加入学生会？"

肯定没安好心。

果然，凌意邪恶的笑容扩大："当然是让你当我的跟班。"

"我才不要！"易北北果断地拒绝。

"哦？不想要手链了？"

易北北噎住，咬了咬牙，隐忍道："想……"

"那就乖乖按我说的去做！"凌意眼神倨傲，好像已经把她吃得死死了一般。

易北北在心底咆哮。

她原本以为，凌意只有这个要求，没想到他又说："另外，我爷爷想你了，说让我今晚带你回老宅吃饭。"

易北北立即摇头："不行，我不能跟你过去。万一被我哥知道的话，那就惨了！"

凌意却不以为然："你放心，你身边那两个保镖，已经被我收买了。他们不会把你跟我之间的事汇报给易简，你不需要担心。"

听他这么说，易北北猛然怔住："收买了？你什么时候收买的？"

"趁你睡着的时候。"

"……"易北北一脸蒙。

她迷糊的样子很是可爱，凌意心情愉悦，继续说："所以，臭丫头，今晚放学之后等着我。如果你敢开溜，就别想拿回你的手链。"

说着，还故意将手链在她眼前晃了晃。

"你——"易北北一阵憋气，却又无可奈何。

不行，她才不要这么坐以待毙。放学之后，凌意单手插兜走出校门，就看到易北北背着个大大的书包，百无聊赖地在门口等着他，脚有一下没一下地踢着地面。

看到她，凌意的嘴角不由得上扬。

他迈步走过去，伸手就是揉小狗一样地揉了揉她的头发："真乖，走吧！"

易北北"哼"了一声，没好气地推开他的手，整理着自己被他揉乱的头发。

2

傍晚时分，凌家老宅古色古香的建筑笼罩在一片柔和的夕阳之下。

凌松在客厅里来回踱步，焦急地等待着，总算是等到用人进来通报："老爷子，凌少回来了！"

凌松脚步一顿："他一个人回来的？北北呢？"

"易小姐也来了！"

"太好了，那小兔崽子没让我失望。"

凌松乐呵呵地说着，果然看到大孙子带着易北北从外面进来了，一下子就高兴了起来，整个人容光焕发，好像年轻了十岁。

易北北一进门，凌松就迎了上去："北北，你来了，爷爷可想你了。"

"爷爷好！"易北北礼貌地冲他笑笑。

不管凌意怎么样，至少他的这个爷爷，是真的好。

"乖啊。"老爷子心花怒放，领着她往里走，全程都没有理会凌意，将他自动忽略掉了。

凌意嘴角抽了抽。他之前还真没发现，这老头儿这么偏心。

他怎么不干脆让易北北当他孙女得了？

果然，老爷子的偏心表现得不是一星半点。不仅进门时没理他，连吃饭的时候，注意力也全在易北北身上。

凌意心里不平衡着，但转念一想，老爷子喜欢女孩儿，想孙女想疯了，让他高兴高兴也好。

这时，轰隆！窗外突然传来一阵打雷声。

然后，就淅淅沥沥地下起了大雨。

噼啪，噼啪……豆大的雨点打在窗户上，易北北咬着筷子，转头看向外面漆黑的天空，突然苦恼了起来。

怎么突然下这么大的雨了？也不知道要下到什么时候，她还想早点回去呢。

凌松看向她，心里有了某种主意，慈祥地开口："北北啊，你看现在外面在下大雨呢。要不，今晚就别走了，在这儿住一晚吧？反正，这儿客房多的是。"

什么，住一晚？

易北北顿时窘迫了起来。

她下意识地看了一眼凌意，他正单手支着下巴，没有发表什么意见，像是默认了。

想到自己的手链在他那儿，易北北想到什么，扬唇狡黠一笑，答应了下来："好啊，谢谢爷爷。"

老爷子没想到她会这么爽快地答应了，顿时乐开了怀："那行，我马上让人给你安排房间！"凌意挑了挑眉。

这丫头，居然答应了，这不像她的风格，肯定是有着别的打算。

他倒是想看看，她要做什么。

晚上，用人将易北北领进一间客房，微笑道："小姐，这就是你的房间，已经帮你收拾好了，祝你今晚睡个好觉！"

"谢谢。"易北北说着，就走进了房间。不把手链还给她是吧，那她就自己拿回来。

易北北打定了主意，耐心地等待着。等到夜深人静的时候，她将门打开一条缝，偷偷地溜了出去。

这个点，几乎所有人都已经睡下了，宅子里一片静谧。易北北弯着腰，蹑手蹑脚地朝着凌意的房间前进。终于来到他的房间外面，她看了看四周，确定没有人发现自己，这才伸出手，小心地转动门把……

那一瞬间，易北北突然紧张了起来，心脏狂跳着。

怎么感觉自己在做贼？潜入了房间，借着昏暗的灯光，易北北第一眼就看到了躺在床上的那个少年。

凌意整个人呈大字形躺着，睡姿很随意。易北北回过神来，开始寻找自己的手链。她一边找一边观察着凌意的反应。见他仍旧紧闭着眼，紧绷的心放松了一些。

床头柜、抽屉、书桌、书柜、衣柜……甚至花瓶，易北北都翻找了一遍。但是，都没有。

她一只手抵着下巴，打量着房间四周，充满了疑惑。这时，她的目光落在床上……

该不会在他枕头下面吧？

这么想着，易北北已经有了行动。

她小心地挪到床边，又看了一眼凌意，手往他枕头下探去……

凌意的床很大，足以躺下四五个人。易北北只能半支着身体，努力伸长了手臂探到他的枕头下方，屏住呼吸一点点地摸索着。

好像没有……易北北皱着眉，正要继续往里摸，突然，手腕被人一扯！

她惊呼出声，整个人就被那股蛮力扯得跌倒在了床上。易北北还没来得及做何反应，眼前就是一暗，一道颀长的身形猛然倾压了下来！

她吓了一大跳，定睛一看，就看到了自己上方那张俊美得近似妖孽的脸。

凌意将她禁锢在自己身下，幽黑的眸子闪烁着邪恶的光："你在干什么？没人告诉过你，三更半夜潜入一个男人的房间，是很危险的吗？"

"你……你……"易北北愕然地睁大着眼睛。他什么时候醒的？

她下意识地挣扎起来，却被压制着动弹不得。

虽然两人之间隔着一床被子，可是，那床被子很薄，易北北还是能清楚地感觉到凌意身上的温度。

扑通，扑通！

易北北的心突然跳得异常的快，快要蹦出喉咙了！

同时，她也意识到一个问题：自己被发现了！

易北北顿时产生了一种危机感，警惕地看着上方的凌意："你……你想干吗？"

她边说，还一边奋力地挣扎着，想要摆脱他的禁锢。

凌意用充满危险的眼神盯着她："臭丫头，潜进我的房间偷东西，你的胆子真是越来越大了。"

"什么叫偷，我只是拿回自己的东西而已！"易北北不服气地争辩着："对了，你到底把我的手链藏到哪里去了？"

"当然是藏在一个你找不到也想不到的地方。"凌意语气邪恶，自信满满。

想不到的地方？

易北北思索了两秒，突然用一种奇怪的眼神看着他。

"你该不会……藏在裤子里了吧。"

"……"凌意嘴角抽了抽。

他揶揄道："有这可能，你要不要检查一下？"

易北北一怔，而后连忙撇开脸。

凌意不慌不忙，邪气地一笑："不是你自己说的吗？"易北北气愤地瞪着他。

凌意却觉得奇怪，怎么这丫头，越看越可爱了，尤其是瞪圆了眼睛看他的时候。

易北北气急败坏："凌意，我不跟你玩这种文字游戏。你快放开我，还有，把我的手链还给我！"

"我就不还，你能把我怎么样？"

"你——"易北北恨不得掐死他。

实在气不过，她忽然抓起他的胳膊，狠狠地一口咬了下去。

"哟……"凌意倒吸一口凉气，没想到她会咬自己。他没有把自己的手抽回来，而是任由她咬着自己，还扬起嘴角笑了："臭丫头，你是狗吗？居然咬人？"

易北北松了口，怒道："你才是狗！把我的手链还给我！"

"看我心情。"凌意边说边低头看了一眼自己的手背，那上面被她咬出了明显的牙印。

"你去死吧！"易北北气恼地说完，扭头就往外跑去。

如果不是现在太晚了，她肯定立马回去。现在，她只能在这儿住一晚，明天一早就走，然后想办法，把自己的手链从凌意那个混蛋的手里拿回来。

翌日一早，易北北一起来就气势汹汹地走出了房间，直接离开。凌松下楼的时候正好看到她跑走的背影，连忙问身旁的凌意："北北怎么了？"

凌意漫不经心地耸了耸肩："生气了。"

"你又惹她生气。"老爷子恨铁不成钢地瞪他："你还愣着干什么？你这蠢货，这也要我这个一把年纪的老人家教你？你快追出去，趁今天周末，陪北北去逛逛街，买点东西，女孩子很容易哄的！"

"我为什么要哄她？"凌意的表情有些不自在，语气傲骄。

"你还问为什么？"老爷子愤愤地又拿拐杖在他腿上敲了一记："我可警告你，你要是敢把我孙媳妇弄跑了，看我怎么收拾你！"

凌意"啧"了一声。

虽然觉得自己去追一个女生，面子上有些挂不住，但他还是抬步追了出去。然而等他追出老宅的时候，易北北已经不见了。

凌意四处张望着，没有发现她的身影。

看着那么娇小的一个人，没想到跑那么快？

凌意只好拿出手机，拨打易北北的电话。"嘟嘟……"两声过后，回应他的只是"对不起，您拨打的用户暂时无法接听，请稍后再拨"。

他又拨了几次，还是同样的回应。凌意突然间担心了起来。

虽说现在是大白天的，但她一个小女生自己在外面乱晃，难保不会遇到危险。

易北北独自一人走在大街上，心里郁闷得要命。

她怎么会遇上这种麻烦事？早知道，之前就不该答应凌意扮演他的女朋友了。还有她的手链……

易北北很想尖叫几声，突然，被街边的一个小摊吸引了注意力：好可爱的小兔子啊！

摊主卖的是才一两个月大的小兔子，有七八只。每只都毛茸茸、圆滚滚的，粉色的长耳朵竖着，捧着萝卜青菜咂巴着嘴在吃。摊位旁边，已经挤了好几个女生在挑选了。

易北北对这种小动物完全没有抵抗力，她忍不住走过去，蹲下身来看。

摊主见她过来，热情地招呼道："小妹妹，这些小兔子可爱吧？刚断奶的呢，要不要买一只？"

易北北抬头，眼神澄澈："是很可爱，我可以摸摸它们吗？"

摊主微笑道："当然可以了！不过你要轻点，这些兔宝宝还是很娇弱的，别伤到它们了！"

"嗯！"易北北应着，伸出手，小心地摸了摸一只小白兔的头。

小兔子也不动，就这么任由她摸，继续吃着自己的萝卜。

它身上那毛茸茸的触感，还有两只长耳朵，让易北北的心都萌化了。她忍不住问："老板，这兔子多少钱一只？"

老板喜笑颜开："十元一只，不吵不闹又好养！"

十元？还挺便宜的。易北北下意识就往自己兜里摸去，却发现自己跑出来太急，书包什么的都还落在凌家老宅，她顿时一阵懊恼。

"对不起啊老板，我没带钱，下次再买吧。"

易北北闷声说着，依依不舍地看着小兔子，正要起身，突然，一个人在她旁边俯下身，贴近她耳朵问："怎么，想买兔子？喜欢哪只？"

易北北一愣。

这个熟悉的声音……她猛地回头，果然是凌意。

他俊俏的脸惹得一旁那几个原本在挑选兔子的女孩子都看了过来，眼里是难以掩饰的艳羡。

而他说话的时候，温热的气息撩拨得她耳朵痒痒的，易北北有些别扭地开口："你要帮我买吗？"

看着她的小脸，凌意勾起嘴角："看你这么想要，我就勉为其难地送你好了！"

易北北咬牙，原本不想接受他的"施舍"的，但是转念一想，不要白不要。于是，她指了指一只纯白的小兔子："我要这只。"

"行。"凌意说着，掏出了自己的钱夹。

翻了翻，却发现没有现金，便抽出了一张金卡，轻咳了一声，然后问老板："老板，能刷卡吗？"

老板嘴角抽了抽，有种想打人的冲动："你觉得呢？"

凌意收回金卡，斜睨易北北一眼："要不……我送别的给你？"

"不，我不要别的，就要兔子！"易北北故意跟他作对。

凌意自然知道她的意图，故意气他是吧，他偏不生气。想要兔子，那他送给她就是。

他歪嘴一笑，忽然转向那几个痴痴看着他的女生："小美女们，你们谁愿意借我十块钱，让我买只兔子？"

凌意的声音低沉而又充满磁性，好听得能让耳朵怀孕，仿佛有着蛊惑人心的魔力。

"……"他脸皮也太厚了吧？

她没想到的是，女生们一个个激动地拿出自己的钱包。

"我有我有，我借给你！"

"我也有我也有！小哥哥，你用我的钱吧，不用还哦！"

"什么啊，他刚才明明是对着我说的，你们干吗要跟我抢！"

"你哪只眼睛看见是对着你说的了？不害臊，分明是对着我说的！"

看着这几个争先恐后拿钱出来给凌意的女生，易北北目瞪口呆。

不……不是吧……原来，长得好看是真的可以当饭吃的！这些女生居然花痴到这个程度。"你们真热情，谢了。"凌意付了钱，他俯身抱起那只易北北看中的小兔子，递到她面前，帅气地挑了挑眉："喏。"

即使之前被他气了个半死，但是这会儿，说不开心那是假的。

易北北缓缓伸出手，小心翼翼地把兔宝宝接了过来，冲着凌意一笑："谢谢！"

她很开心，真的很开心！

她从小就想养一只宠物，可是易简不让，怕她的注意力从他身上转移，他不想跟任何东西分享她的感情。

看着她的笑，凌意的心，像是被什么东西击中，怦然一动。

他连忙不自然地别过脸去。

轻咳了一声，凌意回过头，看着易北北抱着兔宝宝爱不释手的样子，他嘴角一扬。

看来爷爷说的没错，女生，果然很好哄。

他扬眉："喂，臭丫头，这只兔子是本少爷出卖色相给你买的，你得好好感谢我，听到没？"

易北北瞥他一眼，嫌弃道："我可没要求你出卖色相。"

"所以，你是打算忘恩负义了？"

"是又怎样？"

凌意不由分说弹了一下她的额头："欠揍！"

在易北北痛呼出声的时候，他偷偷一笑。而后，目光转移到小摊其他的兔子身上，指了指一只灰色的兔子："这只多少钱？"

"一样的，十块钱！"

摊主热情道："你想要这只吗？话说，你跟这个小妹妹是一对吧？这只兔子跟她手里的那只，是一公一母，正好也可以配成一对呢，你眼光不错啊！"

易北北一下分外尴尬，连忙反驳："谁跟他是一对了？"

"不是吗？"摊主有些讶然，憨厚地笑起来："那不好意思了，我看你们挺般配的，还以为你们是呢。"

他那句"你们挺般配的"，听得凌意莫名地心情愉悦，指着那只小灰兔说："这只我要了！"

"行啊！"摊主点头，怀疑地看着他："不过，你有钱吗？"

凌意转头，看向那几个还在痴痴地看着他的女生，恬不知耻地开口："谁愿意再借我十块钱？"

易北北嘴角抽了抽，感到无语。

她没想到的是，那几个女生还是立马又拿出了自己的钱包，抽出钱争抢着递给他："我——我——我——！"

凌意接过其中一个女生的钱，露出魅惑人心的笑："谢了，我会记住你的。"

女生脸色涨红，害羞地捂住了自己的脸。

看着她们激动兴奋得好像中了五百万大奖，易北北无力地翻了个白眼。

买了兔子，易北北抱着它跟着凌意一起走在回老宅的路上，她得回去把自己的书包拿回来。

摸着兔宝宝的头，易北北看向凌意怀里的那只小灰兔，好奇地问："凌意，你打算给你的兔子起名字吗？"

"嗯哼。"凌意挑眉："就叫臭丫头。"

易北北瞪他一眼："你……"

"不满意？那我就直接叫它易北北了？"

"你滚——"易北北咬牙，真想一脚踹过去。

拥有

1

此时的国外庄园里，易简站在落地窗旁，看着窗外的夜空，修长挺拔的身影被灯光勾勒得有些落寞。

他的手里，拿着一部手机，还在拨着易北北的号码。

已经拨了很多次，还是没打通。

也不知道她在做什么。

夏若沫端着一碟点心走过来，看到这样的他，她心里有些闷，却微微笑了笑："易简，又在等北北的电话吗？"

"她又忘了。"

易简垂眸盯着手机，脸色阴沉，心底极其不是滋味。

北北，我说过要你每天都给我打电话，你到底有没有放在心上？

"北北或许在忙，等一会儿再联系她吧。"夏若沫安慰着，将点心递到他面前："要不要吃点饼干？我自己做的。"

易简淡淡道："不用，谢了。"

夏若沫的眼底划过一抹失落，抿了抿唇，便放下了碟子。

易简又拨了一次电话，可回应他的，还是机械的女声。他的眼神变得阴沉起来，只能拨给那两个他派在易北北身边，保护她的保镖。

电话很快接通，他冷厉开口："北北现在在干什么？"

跟在易北北和凌意身后不远处的两个保镖对视一眼，回答道："小姐在逛街。请问……要让她听电话吗？"

逛街？易简皱眉："她一个人？"

被问到这个问题，保镖看一眼凌意，小心翼翼地回答："和凌少一起。"

易简的脸色，陡然变得更加阴沉。

看来，没有他在身边，北北有点忘乎所以了，想做什么就去做什么，把他嘱咐过她的话全都抛在了脑后。还是她根本就没把他放在心上？

易简突然间产生了一种强烈的危机感。

好像……那个属于他的丫头，正在慢慢地离他远去。

"让她听电话！"

明显地感觉到了易少的怒气，保镖不敢怠慢，连忙几步走上前，将手机递给易北北："小姐，易少的电话。"

易北北脸色一变，心猛地揪了起来。她伸手接过电话，屏住呼吸开口："喂，哥？"

"你现在在做什么？为什么又忘记给我打电话了？"

易简的语气很重，隐约带着怒意，易北北更加紧张："我……"

"说！"

强势的命令，易北北的心脏抖了两抖。

她不敢说自己正在外面逛街，哥哥肯定会认为她忘乎所以，连电话都忘记了打给他。更不敢说自己跟凌意在一起，那样的话，后果不堪设想。

易北北吸口气，努力让自己的声音听起来平静自然一些："哥，对不起。那个……我，我考试考砸了，正在复习功课呢，忘记时间了。你不要生气好不好？"

她也不知道自己从什么时候起，开始学会对易简撒谎了。

而且，还越来越熟练。

"复习功课？你确定？"那头的易简声音冷冽，听上去暗藏着凶险。

易北北的心都提到了嗓子眼儿："真……真的。"

"好……好！"

他连续说了两个"好"字，易北北突然心慌了起来，不知道这代表着什么意思。

易简没有戳穿她的谎言，只冷冷道："那你继续给我好好复习，争取下次考个好成绩。如果考不好，看我回来怎么教训你！"

"是，我知道了。"易北北低声回答着。

结束了通话，她手心里已经满是冷汗。

怎么办？感觉易简的语气不太对劲。可是……自己虽然跟他撒了谎，可是理由很正当啊，

易北北隐隐不安着，不知道是哪里出了问题。一旁的保镖也不敢吱声，默默地退后了。

见易北北愁眉苦脸的，凌意不以为然道："臭丫头，你这一脸紧张害怕的表情，可不像你。我说了，你不需要怕易简。大不了来投奔我，我勉强让你留在我家当个小女佣，怎么样？"

易北北瞪他一眼："呵呵"两声："我谢谢你啊。"

他说得倒是轻松，或许是真的不知道，易简有多可怕吧……

而此时，街上一辆红色的跑车，正稳稳地跟在两人后面，始终保持着一段不远不近的距离。

看到凌意跟易北北并肩走着的身影，乔可心抿唇，两只手紧紧地握住了方向盘。

凌意……他跟那个女生，他们都一起逛街了！要知道，凌意是最讨厌逛街的，可现在，他居然在陪这个易北北逛街？

那她呢？她算什么？

自己五岁的时候就认识凌意了，无论怎么努力，都得不到他的注视。凭什么这个叫易北北的女生可以捷足先登？

乔可心的心里极度不平衡，手指在方向盘上越收越紧，手背上绷出青筋。

不，不行。两人的发展超出了她的想象，不能再这么下去。

因为刚才那通电话，易北北一路上心事重重。忽然，她目光怔住，被什么东西吸引了注意力。

那是……摩天轮吗？

她仰头望着前方不远处那座高达一百五十米的摩天轮，仿佛一个巨大的彩色转盘，在蓝天白云的映衬下，格外壮观。易北北突然感觉自己是那么渺小。

她想起有人说过，仰望摩天轮就是在仰望幸福。不知道她的幸福究竟装在哪一个格子里面呢？

"想坐？"凌意突然发问。

易北北想了想，点头："可是我恐高……"

"不是还有我吗？"

"啊？"易北北惊讶着，还没反应过来，凌意就一把勾住她的脖子，强行将她往那边带去。

在游乐园买了票，工作人员拉开门，两个人迅速跳进去。

缓缓地，摩天轮开始上升。

整个城市的景象尽收眼底，高耸入云的建筑，远处海天一线，美得不可思议。

"好美啊……"易北北忍不住发出一声感叹，却立马遭到凌意的嫌弃："臭丫头，你是没坐过摩天轮还是怎样？这就叫美了？你要是愿意，我可以带你去很多美的地方。"

才说着，凌意的声音就噎在了喉咙里。然后有些懊恼，自己刚才说了什么！

他是脑子抽了什么风，他没那么多时间陪这个臭丫头好吗。况且，他跟她之间又没有什么关系。

她亲口说过的。

莫名地，凌意对这句话耿耿于怀，总觉得不爽。

易北北神经大条，也没多想什么。

她双手贴在窗边，出神地俯瞰着整座城市。

虽然自己恐高，但是此刻，有凌意陪着自己，她还真的忘记了害怕，将它抛在了脑后。

关于摩天轮的传说有很多，易北北还听说过，如果跟喜欢的人一起坐摩天轮，就能一直幸福下去。

什么时候，能跟自己喜欢的人一起坐就好了……

不过，这辈子，除了易简之外，她还能喜欢谁呢？

除非有一天他嫌弃她，否则……别想着从他掌心里逃脱。

想到这儿，易北北的小脸，骤然暗淡了下来。

凌意看着她，眉心轻微皱起。这丫头，刚才不是还挺开心的吗？怎么一下子又好像难过了起来？

凌意伸手，弹了一下她的额头："喂，怎么了？"

"没，没什么。"易北北连忙回神，随即气呼呼地瞪住他："凌意，你再打我头，我跟你急！"

"是吗？"凌意坏坏地一笑，又敲了她的脑袋一记。

"你你你……"

"你你你……你什么？"凌意笑得很是欠揍，可偏偏，易北北却又拿他没办法。

走下摩天轮的时候，已经是中午了，易北北的肚子适时地响了起来："咕……"

她窘迫地捂住肚子，早上没吃多少，现在好饿啊。

易北北转头，在四周张望着有没有吃的。

吃的倒是很多，可是，她没有钱啊。

见她的目光落在不远处的一个比萨屋上，凌意了然道："饿了？"

"嗯！"易北北点头："可是，我们没有钱……"

"谁说没有了？在这儿等我，别乱跑。"凌意嘱咐着，将自己的小灰兔塞到她怀里，就朝那边走了过去。

易北北抱着两只兔子，半信半疑地站在原地等他回来。

2

此时，另一边隐秘的角落，乔可心对面前的男人说道："看到摩天轮旁边那个穿白色裙子的女生了吗？想办法让她在大庭广众之下出丑，知道吗？"

男人瞟了易北北一眼，搓了搓手道："这个简单。不过，说好的价钱你可别赖账。"

"那是当然的。只要你让我满意，钱只会多不会少。"

"好嘞，你等着看吧，我有一个最简单的方法，让她丢脸。"

乔可心狠狠地说："那就——看你的了。"

摩天轮这边，四周人来人往的，易北北时不时会被撞到。她往后退了两步，突然感觉到，自己的臀部被人摸了一把。

她一怔，立刻回过头去，就看到一个猥琐的男人正对着她不怀好意地笑着，还凑近了她，伸手朝着她的脸摸来："小妞儿，长得很漂亮啊。"

易北北顿时火大，在他碰到自己之前，一脚就朝他腿上踹了过去："死色狼！滚远点儿！"

"哎哟！"

她那一脚踹得不算特别重，男人却倒在了地上，好像受了重伤，起都起不来了，立马引来了很多人的围观。

"这什么情况？"

易北北厌恶地看着倒在地上的男人："他非礼我，我踹了他一脚而已！"

"我非礼你？明明是你自己穿那么短的裙子勾引我，还怪我对你动手动脚？"

男人艰难地从地上爬起来，指着她反咬一口："你们大家都来评评理！"

在场有几个男人看到易北北短裙下那一双白皙纤细的腿，咽了下口水，纷纷开口道："就是嘛，穿成这样，不想非礼你才怪呢！"

"我觉得是她勾引了那个男的吧？不然的话，这男人谁都没非礼，偏偏非礼她？"

"有道理。看着挺清纯的，没想到是连这种中年大叔都不放过……"

乔可心混在人群中，将头顶上戴着的帽子往下压了压，嘴角浮现一抹幸灾乐祸的笑。听到这种话，一般女生都会深受打击吧。

然而，易北北没有脸红，也没有觉得丢脸，只是怒火中烧。

这些围观群众，一个个的都傻吗？她才是受害者吧，怎么都在指责她？

"我就说这个女生，明明是她勾引我，还说我非礼她，简直了……那么多人我不去非礼，怎么就非礼她呢？摆明了就是她的问题嘛！"那男人还在添油加醋。

易北北面不改色，而后，突然讥笑了起来："哈哈哈……你是猴子请来的吗？"

"什么？"他愣住。

易北北走近他两步，居高临下地看着他，精致的小脸上写满了不屑和讽刺："这位大叔，你也不看看自己是什么德行？我要是想勾引，也不会勾引你这样的啊！长得这么丑，没钱也没品，我看到都想吐！"

她字字清晰，语气不卑不亢。

男人顿时噎住。易北北嗤笑了一声，继续说："所以呢，我还没有堕落到要勾引你这样的垃圾来恶心自己！"

她这么一说，周围一些保持中立的人，又开始偏向了她这边。

男人见状不妙，心虚了起来，指着易北北道："反……反正，就是你勾引的我，你别想狡辩！"

"呵，你脸皮真够厚的。"易北北满脸鄙夷，忽然，在人群中看到了一个少年。

她快步走过去，腾出一只手拉住了他的衬衫领口，如同骄傲的公主，将他扯到了自己面前，扬起下巴道："要勾引，我也是勾引他呀，是不是？"

所有人都看向那个少年。

俊美的脸庞，矜贵的气质，加上分分钟秒杀人的邪气笑意……霎时，所有人都认同了易北北的说法。

凑近凌意的耳边，易北北压低了声音说："帮我个忙！"

"嗯哼。"凌意斜睨着她，期待着她的下一步举动。

易北北冲他使了个眼色，然后莞尔一笑："小哥哥，你愿意被我勾引吗？"

凌意邪笑着，亲昵地搂住了她的腰："乐意至极！"

原本他以为，这丫头是个傻乎乎的小女生，他不知道的是，易北北的心理素质，远比他想象的要强得多。

毕竟，更可怕的事情她都经历过了，还会怕一个色狼吗？

"你们觉得，我还需要勾引那个大叔吗？"易北北鄙夷地看着猥琐男。

凌意就这么搂着她，看着她，开始出神。

男人没脸待下去了，灰溜溜地想要逃跑，凌意突然眼神一凛，冷声道："抓住他！"

他话音才落，几个穿着便装的保镖就从四周冲了过来，三两下就将那男人给抓住了。

易北北有些惊讶。

原来，凌意出门还带着保镖？

"你们是什么人？想干什么？识趣的就赶紧把我放了！我可不是好惹的……"男人使劲挣扎着，还在叫嚣。

"是吗？"凌意冷笑："我倒想看看，你有多不好惹。"

他吩咐保镖："送他去警局喝杯茶，让他长长记性！"

"不要啊！啊……"

围观的人都不由得打了个寒战。

刚才那几个羞辱易北北的人，也想偷偷溜走。

易北北瞟他们一眼，讥讽地开口："等等，跑什么呀？刚才不是说得挺起劲的吗？"

那几个人心里咯噔一下，下意识地站住了。

一个男人转过头来，强颜欢笑："那个……我们刚才也是没搞清楚状况，所以胡说八道，你别放在心上。"

"哦，是吗？"易北北可不相信他们的推辞，讽刺道："你们这种人，刚才说我什么来着？说是因为我自己的原因，才被非礼的是吧？"

"难道不是吗？苍蝇不叮无缝的蛋！"另一个男人不服气地嘀咕了一句。

易北北翻了个白眼："照你这么说，难道一个抢劫犯抢劫银行，你们还要怪银行的钱太诱人？你们的钱被偷了，还要怪自己出门带了钱？"易北北脸都憋红了。

眼前这丫头，明明是一个看上去软萌可爱的女生，可是说出来的话，却那么地犀利。

让他们无言以对，面红耳赤，像是被打了几巴掌。

人群中的乔可心看到这一幕，不甘心地咬着牙。还以为可以看到易北北出糗的模样，没想到，却被她反将一军！

她周围的人，都在称赞着易北北，这让她很不爽。

然而人群已经纷纷散开，自己再不走的话，就会暴露。乔可心只能压低帽子，跟随着人群离开。

旁观的人渐渐散了，易北北舒了口气。

凌意垂眸看着她："臭丫头，你今天……让我见识到了不一样的你，我似乎低估你了。"

易北北的小脸忽然发烫，别扭地瞥开视线："不要以为你很了解我。你不知道的事，还很多呢。"

"哦？那么……"凌意凑近她，低低地笑起来："我是不是可以申请一个能够多了解你的机会？"易北北的耳朵都跟着红了起来。

她连忙退后一步，窘迫地看着他："我……我干吗要给你这个机会？你离我远点儿！"

"你越这么说，我就越想靠近！"凌意一脸欠扁的表情。

易北北气鼓鼓地瞪他一眼，忽然，她的目光落在他手里提着的袋子上："你手里拿的什么？"

说着，她定睛一看，小脸顿时焕发出光彩："比萨！"

凌意将打包的比萨从袋子里拿出来，打开递到她面前："四种口味的，喜欢吗？"

"嗯！"易北北惊喜着，立马将两只兔子塞到凌意怀里，然后拿过比萨盒，又起一块就美滋滋地吃了起来。

这丫头，是不是太没良心了一点？凌意揣着两只兔子，有种想把它们扔进垃圾桶的冲动。

易北北吃了两口，见他正怨念地看着自己，有些想笑。

"你饿吗？"易北北故意叉着比萨在他面前晃了晃。

凌意"哼"了一声，然后毫不客气地在易北北咬过的地方咬了一口。

虽然，自己平时不屑于吃这种打包的东西。可今天吃起来，却格外好吃。

"喂，臭丫头，我还要一块，喂我！"仗着这是自己买的，凌意理直气壮地命令着易北北。

易北北撇嘴，不情不愿地又叉起一块，递到他唇边。虽然感觉有些暧昧，但是跟他待在一起，她很轻松自在，不会像跟易简待在一起时那么压抑。

凌意一边咀嚼着，一边扯了根草递到灰兔子嘴边，对它说："臭丫头，要吃点吗？"

易北北嘴角一抽："喂，这是公兔子吧，怎么可以叫它臭丫头？"

凌意斜睨她："你怎么知道它是公的，说不定，你那只才是公的。"

刚才买兔子的时候，那摊主可没说哪只是公的，哪只是母的。

"是吗？"易北北来了兴致，将自己那只小白兔抱了过来："我要看看它是不是公的！"

还没看呢，凌意就一把将兔子夺了过去，没好气地瞪着她："看什么看，不让你看。"

他也太霸道了吧？易北北也是败给他了，等回去之后，她再偷偷研究。

吃饱喝足，两个人一起走出游乐园。

摸着小白兔的头，易北北突然想到一个问题，忍不住问："凌意，我的手链，你到底什么时候还我？"

凌意双手抱在脑后，一副吊儿郎当的模样："我说了，加入学生会，我就还你。"

"好吧好吧！我明天放学后就去报名，行了吧？"

3

不知不觉地，夜幕降临，易北北怎么都没想到，她会跟凌意逛了一天，好像时间过得特别快。她从来没有在外面待过这么长时间，而且还是跟一个除了易简以外的男生。

始终跟在她身后的两个保镖又一次接到了易简的电话："北北在做什么？还在跟他逛街？"

他的声音冰冷得让保镖不由得打了个哆嗦，只能如实说："是，小姐还在跟凌少……"

后面的话他还没说完，易简就挂断了电话。

结束通话，易简站在客厅的落地窗前，垂眸看着手机屏幕。嘴角，突然扯出一抹自嘲而失望的笑。

北北……我在这边，每天都在想你，每天都过得那么煎熬。

可是你呢，你却又跟凌意在一起。想必，你跟他待在一起时，很开心吧？

易简转头，看向沙发上他为易北北买的礼物——一只穿着公主裙的泰迪熊。

北北小的时候很喜欢泰迪熊，他就送了她各种各样的，将柜子都塞了个满满当当。长大之后，她不再让他送。然而，每次在街上路过橱窗，看到有泰迪熊，他都会习惯性地买下来。

易简神色阴鸷，举步走到那边，一把抓起泰迪熊，狠狠地扔进了旁边的垃圾桶里。

他浑身散发着骇人的怒火，吓得用人不敢靠近。

易简径直走到酒柜旁，拿了一瓶酒，直接就往喉咙里灌。夏若沫在外面的花园摘了束玫瑰回来，一进门，就看到他使劲地灌着酒，整个人被可怕的低气压笼罩着。

他喝得疯狂，性感的喉结剧烈地上下起伏，夏若沫吃惊着，连忙上前几步："易简，你怎么了？"

"滚！"易简暴躁地吼着，狠狠地将酒瓶摔了过来。砰！酒瓶碎了一地，碎片飞溅，浓郁的酒香弥漫开来。夏若沫躲闪不及，白皙的手臂被碎片划破，立即淌出了血。

一旁的用人见状，连忙上前，战战兢兢道："若……若沫小姐，您受伤了！我们帮您包扎！"

夏若沫摇头，此刻她更担忧的是易简："发生什么事了？是北北那边有什么消息吗？"

用人犹豫了一下，点点头道："是的。易少刚才接到了一个电话，好像是……关于易小姐的，然后就发起了脾气。"

果然，夏若沫捂住自己的伤口，定定地看着易简，眼里浮现出一抹悲哀。

她苦涩地咬了咬唇，对着他开口："易简，每次提到北北，你就像变了一个人似的……你为什么就那么喜欢她，非她不可？"易简的头垂得很低，他额前的发丝散落下来，将鼻子以上的部位，都笼罩在了阴影之中。

"我从第一眼见到北北，就想和她一直在一起。"易简像是低声倾诉。

夏若沫心脏一抖，小脸苍白。

可是，即使他可怕得就像一个魔鬼，即使他喜欢着别的女孩子，她还是喜欢他，没有办法。

晚上八点，跟凌意一起在外面吃了晚饭，易北北坐着凌家的车回到了小洋楼这边。恋恋不舍地把小白兔交给凌意，摸了摸它耳朵后，她这才下了车。

如果不是易简不允许她养宠物，她一定把小兔子带回去自己养。

凌意抱着小白兔，目送着她进门，这才离开。

易北北上了楼，走到窗户边上，看着凌意的车越来越远，还有像是门神一样守在花园里的两个保镖，心里有些不安了起来。

自己今天在外面待了这么久，不知道那两个保镖有没有告诉易简，要是告诉了……

不用想也知道易简会发怒，她的心陡然悬到了嗓子眼儿。

等到晚上十点，易简也没像平时那样给她打电话，询问她今天的情况，易北北愈发忐忑，想了想，还是拿出手机，找到易简的号码，拨了过去。

"嘟……嘟……对不起，您拨打的用户已关机，请稍后再拨。Sorry……"

关机？易北北有些错愕。

这个号码，是易简特地为她设的私人号码。他说过，24小时不会关机，她随时都可以打给他的。

以前，就算她惹他不高兴了，他也不会关机的。那么，就只有一个原因，那就是……他不是一般的生气。

易北北放下手机，小脸一点点地变得苍白。她都有点不敢回家了。

她真的很怕，会像上次一样，推开门就看到易简，被他刀子似的眼神凌迟，然后再被关起来。看来，这几天易简随时都有可能回来的。

翌日早上，天刚蒙蒙亮，三辆黑色的房车缓缓地在小洋楼前停下。易简从车上下来，抬眸看向这栋小洋楼，手指狠狠地收紧了。

易简浑身散发着可怕的寒意，冷飕飕的。候在他身后的保镖都不由得低头，生怕易少的怒气会殃及自己。

易北北一下楼，啪！手里的书包猛地落地，整个人就这样僵住——

客厅里，候着十几个清一色黑衣黑裤的保镖。

而沙发的正中间，一个俊美的少年跷腿坐着。那双如同鹰一般锐利的眸子，就这么阴恻恻地盯着她！

"哥……你……你怎么回来了？"易北北小脸煞白，浑身一软，差点跌倒在地。

他竟然真的回来了……

易简十指交叉抵着下颌，整个人煞气浓重。周围的气温，都好像下降了几十度。

看着易北北，他嘲弄地冷笑："我再不回来，恐怕，你就要忘乎所以，跟别的男人跑了。"

易北北小脸更白，嘴巴动了动，却不知道该怎么解释。

易简霍地站起来，一步步地朝易北北逼近："说，你跟凌意，到底什么关系？"

随着他的走近，强烈的压迫感袭来，易北北惶恐地睁大眼，连连后退，直到退到墙边，再也无路可退。

"说！"易简一手撑在她的耳侧，将她困在自己身前，黑眸死死地盯着她。

易北北深呼吸，闭了闭眼说："我承认……我跟他关系比较好。因为，他帮过我，也救过我几次……"

易简冷冷地打断了她："你喜欢他？"

111

易北北苦涩地看着易简："哥，为什么只要我跟哪个男生走得近一点，你都要怀疑我跟他之间有什么？而且，还对他们下那么狠的手？"

她没有忘记，以前那些试图靠近她的男生，一个个都是什么样的后果。

不是勒令转学，就是打残……

想起来，易北北就一阵后怕。

他对她的占有欲，到底可怕到了什么地步？易北北浑身冰凉，连心脏都在颤抖。

听到她的话，易简的脸色愈发阴沉。易简一把捏住了易北北的下巴，逼迫道："北北，你现在只需要回答，你喜不喜欢他？"

喜不喜欢凌意……

易北北咬唇，偏过头说："我……没有！"

易简用力将她的下巴扳回来，让她直视着他："我要你看着我回答！"

对上他阴狠的目光，易北北的心理防线再也不能支撑，眼眶陡然泛红。她突然用力地推开了他！

被她这么推开，易简有些错愕。

易北北的双手在身侧攥紧，眼里闪烁着泪光。她哽咽着，颤抖着声音开口："哥，你为什么要这样？为什么要这样逼我？你知不知道，这样的你，让我感觉到窒息，快要喘不过气来，也让我很累！"

"哥，我很感激你给了我这么好的物质生活，呵护我长大。但是，有时候……"

易北北的眼泪滚落下来："我真的……很讨厌你！我讨厌你为所欲为，丝毫不顾及我的感受！讨厌你打着为我好的名义，做一些我不喜欢的事！"

天哪，小姐居然敢这么跟易少说话！保镖们都惊呆了。

易简更是蒙了一下，脸色瞬息万变。北北她……刚才说什么？她说，她讨厌他？

易简的脸上，除了暴怒之外，还浮现出了一抹罕见的慌乱。

"北北，我知道，很多人都讨厌我，甚至恨我。但是，谁都可以讨厌我，唯独你不行！"他用力握住易北北的肩膀。

是的，唯独她不行。

他出生在一个黑暗污秽的环境里，人也逐渐变得扭曲……北北，可以说是他心里最后一片净土，亦是他向往的天堂。

他不能没有她，所以，她怎么可以讨厌他？

在易北北的印象里，这绝对是她第一次对易简说这样的话。

可是，这也是她的心声。

易北北咬紧了唇，不去看易简错愕的神色，扭头就往外跑去。

易简站在原地，看着她跑出了大门的背影，眼里溢满了痛楚。

不知道跑了多久，易北北一路跑到了一个街心公园，实在跑不动了，这才停了下来，揉着酸软的腿，大口大口地喘气。

然后，她蹲下身，把脸埋入臂弯，小声地呜咽了起来。

她已经……越来越受不了易简的霸道和专制了。可是，她又没有办法离开他。以前不是没想过离开，也尝试过。可是现在，连想都不敢想。

易北北记得，从她小时候开始，易简就像把她圈养在身边，不允许她外出，不允许她跟别人做朋友，甚至连养一只宠物都不行……

仔细想想，自己从小到大，还真像是生活在一个牢笼里面。

虽然易简会给她最好的一切，但是，因为只能跟他待在一起，为了他而活着，她变得越来越压抑，越来越不快乐。

每次趴在窗口看着远处的天空，她都会想，外面的世界是什么样子的？自己什么时候才可以离开这儿，出去看看呢？

至于为什么不敢逃跑，易北北清晰地记得，在自己九岁的时候，易简要去他外公那儿接受各种训练，就吩咐了一个保姆专门照顾她。那个保姆对她很好，就像妈妈一样。或许是看出她过得不开心，觉得她是个活生生的孩子，不应该被困在那个地方。所以有一天，保姆问她，要不要跟她走，她当她的妈妈。她答应了。

那天晚上，保姆带着她摸黑离开了庄园，易简发了很大的脾气，派人几乎翻遍了整个城市。在车站找到她和保姆之后，他并没有惩罚她，可是那个保姆……

这件事已经过去了好几年，当时的场景，已经有点模糊了。

可是，每次想起来，她的心里还是难受得像是压了一块巨石，让她喘不过气来。

她依稀记得那晚，人来人往的车站，保姆扑通一声跪在易简面前，哭着向他求饶："易少，对不起，我错了，我不该带小姐走，我只是……只是带她玩捉迷藏而已！小姐说不想被你找到，所以我带她跑得远了点……"

易简居高临下地看着她，不过十几岁，面孔却是出奇的冷漠坚硬。

眼神，也是他那个年纪不应该有的狠戾。他冲着保姆冷笑了声："捉迷藏？"

"是，是在玩这个游戏……"保姆脸色惨白，连连点头。

"呵，可惜——我不喜欢这个游戏！"

"易少……"保姆的身体开始发抖。

"想玩是吗？行，那你就好好藏着……永远都不要再出现！"易简冷眼示意身后的保镖。

保镖立即冲上来把保姆拖走，她惊恐地哭喊着："易少，易少！饶了我……我不敢了，饶了我……"

她的声音，随着被拖走，越来越小。

而当时的易北北，也被吓得瑟瑟发抖！

不知道易简会怎么处置保姆，小小的她抱住他的胳膊，哭着恳求："哥哥，你不要罚她，好不好？是我的错，是我要她带我走的……你不要罚她……"

易简无动于衷，冰凉的手抚上她惨白的小脸，温柔地替她拭去脸上的泪痕。

他的声音，不含一丝温度："北北，带你走的人都会是这样的代价，所以，你再试试！"

据说他把保姆送到了国外一个可怕的地方，至于是哪儿，她至今都没办法知道。从此，易北北根本就不敢再产生离开他的念头。

只是长大之后，她开始有了自己的想法。开始渴望自由，渴望能够从那个让人窒息的牢笼里喘一口气。

正想着，一个保镖急急忙忙地跑过来说："小姐，请你回去看看易少吧！他——"

易北北从思绪中回过神来，皱眉看向他："他怎么了？"

"易少他……你回去看看就知道了！"

虽然对易简说了讨厌他，但易简在自己的生命中，仍然是一个很重要的人。没有他，就没有现在的她。

沉默了几秒，易北北站起了身，跟着保镖回去。

4

另一边，凌意百无聊赖地待在家里，逗弄着两只小兔子。小兔子正在吃着青菜萝卜，长长的粉色耳朵时不时抖动两下，小鼻子也一耸一耸的，可爱极了。

凌意不由得想起易北北吃东西时的样子，嘴角微扬。这时，一个保镖从外面进来，恭敬道："凌爷，刚收到的消息，易少回来了！"

凌意的眉头倏地皱起。

易简突然回来，跟那丫头有关？他会不会欺负她？

这么想着，他果断地掀开了被子，就要起身下床。保镖连忙说："凌少，您是想去找易少吗？易少可不是什么善茬，您最好不要跟他起正面冲突。"

凌意已经下了床，整理着自己衬衫的扣子，冷眼扫过去："我要做什么，轮得到你干涉？"

"可是……"保镖也是无奈。

自从那个易小姐出现之后，凌少就变得越来越意气用事，三番四次连自己都不顾了！

然而，凌意才走出房门，凌松命令的声音就从身后传来："站住！臭小子，你要去哪儿？又想惹事？"

凌意薄唇微抿："我要去找那个臭丫头。"

"不行。"凌松脸色一沉："你忘了之前医生说，你要好好休养吗？所以，哪儿也不许去！"

说着吩咐保镖："把他看好了。"

该死……看着十几个保镖逼近了自己，凌意低骂一声。

另一边，易北北赶回了家里。一进门，就被眼前的景象吓到了。

家具都翻倒在地，所有的摆设都被砸了个遍。到处都是玻璃碎片、陶瓷碎片、花瓶里的泥土……地上一片狼藉。

易北北惊愕地瞪大眼："这……"

一旁的保镖战战兢兢地解释："小姐，你一走，易少就把所有的东西都砸了！"

"那他现在在哪儿？"

"易少在楼上使劲灌酒，请你快去看看他吧。"

易北北心一沉："好，我这就上去。"

有她这句话，所有的保镖都像得到了解救一般，松了口气。这个世界上，能让易简听进去话的人，除了龙老爷子之外，恐怕也只有易小姐了。

易北北朝着楼梯口走去，一个长发及腰、面容白皙秀美的女生忽然从楼上下来。她一身白色长裙，像个不食人间烟火的仙女。

看到易北北，她立即上前几步："北北，你总算回来了！"

"若沫姐姐？你怎么在这儿？"

"易简突然说要回国，我不放心，所以跟了过来。"夏若沫牵强地笑了笑："北北，先别说我，你快上去看看易简吧。要是他再喝下去，恐怕就要进医院了。"

"好。"易北北点头。

"北北。"在她上楼的时候，夏若沫突然叫住了她。

易北北转过头，就看到她红着眼眶说："易简他……真的很爱你。"

"他每次高兴、难过、愤怒，几乎都是因为你……甚至为你丧失理智，冒着被他外公处置的危险回来看你。他喜欢你的方式，或许有些偏执，让你接受不了。但……还是希望你不要辜负他，可以吗？"

夏若沫声音苦涩："北北，三年前，他为了你做了什么，想必你现在还记忆犹新吧？你这辈子，都注定欠他，要偿还的！"

易北北胸口一闷："我知道。"

想起三年前的那件事带给自己的震撼，她一辈子都不会忘记。

偷偷

1

"若沫姐姐，你放心吧。我欠他的，一定会偿还。"说完，易北北转身上了楼。

来到楼上，入眼的同样是一片狼藉。

易北北是在自己的房间找到易简的。他几乎将整栋房子都拆了，可她的房间，竟然完好无损……

房间里的窗帘没有拉开，光线有些昏暗。

易简颓然地靠坐在角落里，浑身都笼罩着阴暗的气息。

他手里拿着一瓶烈酒，正仰头使劲地灌，他的脚边，已经有好几个喝空了的酒瓶。

易北北站在门口都能闻到浓烈的酒味。

易简这是喝了多少，又不是不知道自己的胃不好。若沫姐姐说得对，再喝下去，他真的就要进医院了。

易北北咬唇，两只手在身侧攥紧。

又喝了大半瓶，易简已经有些醉了，意识开始模糊。

他原本只喝葡萄酒和香槟，可现在，他只想用这样的烈酒，来麻痹自己。

忽然，察觉到有人靠近，他暴怒地低吼："滚！谁允许你们进北北的房间了！"

易北北心脏一颤，停住了脚步："哥，是我。"

听到她的声音，易简立即抬起头来，眼神有些恍惚："北北……"

他一定是喝醉了吧，所以，才会看到这么鲜活的她？

其实他知道，她早就想离开他了。只是他一直都不愿意承认而已……如果，她肯留在自己身边，哪怕让他到天上给她摘星星，他也会想尽一切办法替她做到。

可惜……她讨厌他了。

易简自嘲而悲哀地扯了扯嘴角，一脸颓废。

易北北再也看不下去，冲过去一把夺过他手里的酒瓶，丢到了一边。然后，跪坐下来，用力地抱住他："哥，我回来了……你别喝了好不好？"

"……"被她这么抱住，易简顿时安静了下来。

"哥，对不起，我不应该对你说那样的话……"

看到他这样，易北北真的很难过。

易简抬起头，微醺的眸看着她的小脸，哑声开口："北北……你，不需要向我说对不起。在我这里，你做任何事，我都可以原谅，但，只有一件事除外，那就是……你喜欢上了别人。"

易北北愣住，眼眶骤然一酸，再次抱住易简，她哽咽道："哥，我没听你的话，你可以罚我，但是不要再这样了可以吗？"

"你会担心我？"

"当然了。"易北北看着易简。

易简似乎笑了，也伸手抱紧了她："北北，等你成年，我们就去国外登记结婚，好不好？"

躲在门边的夏若沫，听到这句话，脸色瞬间苍白。

易北北也是脸色一变："那么快吗？"

"快？"易简捏住她的下巴，幽深的眸牢牢地锁住她，失笑道："北北，你知不知道，我已经想了很久了。你再等我几年，几年之后，等我可以掌控易家的一切，我一定会给你一个盛大的婚礼。"

他明明已经醉了，可是，在说这些话的时候，却那么地清醒。

易北北不知该说什么好，她没有难过，没有愤怒，有的只是深深的无力感。

"随你吧……哥，你开心就好。"

反正，打从被送到他身边的第一天起，她就注定一辈子都跟他脱不了干系。

"怎么了北北，你不开心？"

易北北垂下眸子，想笑，却怎么也笑不出来："我哪敢啊？"

"你不敢就好。"易简似笑非笑着，忽然将她的下巴抬到自己面前。盯着她的唇，他猛地低头，快要吻下来——

易北北惊愕地睁大眼，头一偏，避开了他的吻。

易简的眸色，瞬间加深，眼底掠过一道寒光。

这是第几次了？

每次，他想要吻她，她都会避开。

不过没关系，他有的是时间让北北接受他。

喝了太多酒，脆弱的胃根本承受不了，易简吐了个昏天暗地，最后虚软地躺在了易北北的床上。

保镖们都觉得不可思议，易少一向都高高在上，何时见过他这么狼狈的样子?

都是因为易小姐。

易简睡得并不安稳,眉头始终皱着:"北北……"

夏若沫坐在床边,心疼得像是被揉进了一把碎玻璃碴子。

"北北……北北!"易简猛地睁开了眼,急促地喘着气。看向夏若沫,他仓皇失措地问:"北北呢?"

夏若沫抿了抿唇,低声说:"她在楼下给你煮粥呢。"

话音还没落下,易简立即掀开了被子,连鞋子也没穿,就这样趿趿着冲出了房间。

一路冲下楼,当看到易北北系着一条粉色围裙正在厨房里熬着粥。他那一颗患得患失的心,终于落了下来。

易简忍不住走进去,从后面抱住了她。易北北吓了一跳:"哥?"

"别动,让我抱抱你。"易简声音沙哑。

被他抱住的瞬间,易北北的身体陡然变得僵硬紧绷。说实话,她很不习惯跟易简之间的亲密接触。

他的靠近,他的拥抱,他的吻……都带着强烈的侵略性,让她有点毛骨悚然。

易北北紧张起来,连忙挣开他,关了炉火,然后盛了一小碗米粥给他:"哥,你饿不饿?先吃点吧。"

易简仍抱着她不放,温热的气息吐在她耳畔:"你喂我。"

此时,房子外面那棵茂密的大榕树上,一道身影若隐若现着。凌意坐在一根树干上,拨开面前的树叶,就看到了厨房里的画面。

该死!易简那个混蛋,不仅对着臭丫头搂搂抱抱,还让臭丫头喂他,自己又不是没手,简直厚颜无耻!

不知不觉地,夜幕降临。

凌意想，自己大概是疯了，才会从老宅偷溜出来，在这儿守了这么久。

等到夜深人静，看到易北北房间的灯亮起，他这才跳下了树，悄无声息地朝着小洋楼走近。

二楼，易北北锁上房门，长长地舒了口气。

每次跟易简待在一起，只有回到自己的房间，她才会放松下来。

突然，一点声响传到耳畔。

易北北愣了愣，声音……好像是从窗户那里传来的。

什么东西？易北北诧异着，连忙走到窗边，往下看去。

突然，一只骨节分明的手攀上窗台，吓得她差点叫出声。那人身手利落地翻入窗台，及时地捂住了她的嘴，在她耳边说："嘘……臭丫头，是我！"

凌意？易北北不敢置信地转头，就对上了他那张妖孽般俊美的脸庞。

"你怎么会在这儿？"她很吃惊，而且，他是翻窗进来的！

凌意低头看着她，邪魅地回道："蠢女人，这还用问吗？自然是想见你了。"

貌似随意的一句话，却让易北北的心怦怦漏跳了两拍。

她连忙说："你就这样进来了？也不怕被人发现！"

凌意心情愉悦了起来："不怕。"

"看来你对易简的可怕程度一无所知！"

凌意笑了，突然倾身过来，毫不客气地就在她耳朵上咬了一口。

易北北惊住，又羞又恼地瞪他："凌意，你干吗？"

"嗯……一天没吃东西，饿了，所以，想吃你一口。"

对上他满含笑意的眼睛，易北北的小脸唰地红了。易北北连忙推开他："我又不是食物！还有，你快走吧，万一我哥发现你在这儿，那就完了！"

凌意不慌不忙，脸上也没有一丝惧色，反倒坏坏地看着她："你怕他杀了我？"

"凌意，我没跟你开玩笑，我是认真的！"易北北强调着。

"是吗？可惜，今晚我偏偏不打算走了。"凌意一边邪意地笑，一边脱下身上的外套，扔向一旁。

里面那件白衬衫微微敞开，露出他结实的胸膛。他双手枕在脑后，就这样惬意地倒在了易北北的床上。

"喂……"易北北压低了声音，懊恼地瞪着他。

现在这栋房子里，不但有易简，还有十几个保镖，太危险了！

"凌意，我再说一遍，你快走！"易北北焦急着。

"吵死了。"凌意嫌弃着，一把攥住易北北的手腕，轻轻一扯。

易北北惊呼一声，就跌倒在了床上。想爬起来，却被他扣住了腰，牢牢地禁锢在了他的胸前。

凌意侧过身来，将她紧紧抱在自己怀里："臭丫头，我在外面挨饿受冻了一天，所以，你就再当一次我的暖炉好了。"

他的声音低沉，而且……带着一丝罕见的温柔。

他黑曜石般的眸子，此刻如同仲夏夜的星辰一样璀璨，里面只有她一个人的影子。

扑通……跟他这么对视着，易北北的心急促地跳动了起来。

被迫趴在他的胸前，彼此的体温互相传递，她连耳根都开始发烫。

"凌意，你别闹了，快点儿走吧！这儿真的不安全，你的伤还没好呢，万一易简和那些保镖发现了你，你就完蛋了！"

看着她写满了担忧的小脸，凌意忽然笑了起来，凑近她问："臭丫头，你这么担心我，是不是……喜欢我？"

什……什么？

易北北瞪大眼："我……"她的心跳得更快，脸蛋晕红着。

凌意迫不及待地想听她的答案，她却一直支支吾吾，忍不住弹了一下她的额头："我、我、我什么？有话快说，不要吞吞吐吐的！"

毕竟，他不想承认的是，他有那么一点喜欢这丫头。所以也想知道，她对自己是什么感觉。然而，易北北深吸一口气，然后抬眸看他，鼓起勇气说："凌意，以后……我们不要再来往了可以吗？"

不要再来往？凌意的脸色倏地一沉，像是覆上了一层阴霾："你什么意思？"

易北北往旁边挪了挪，拉开了跟他的距离："我突然觉得，我跟你不是一个世界的人。再来往的话，对你我都没有好处。"

这什么理由？凌意嗤了一声："易北北，你真够忘恩负义的。我帮了你那么多次，你这么一句'不是同一个世界'，就想把我甩掉？喂，你欠了我那么多的人情不准备还了？"

"就是因为你帮过我，所以，我才希望你不要有事。"

易北北真的不敢想象，再这样下去，万一哪天彻底激怒了易简，他和凌意之间会怎么样。

凌意蹙眉。

他自然知道，易简不好惹。

"可我不想我们之间的关系，就到此为止。"凌意咬牙切齿："臭丫头，这不是你说了算的。而且，你不是说过，会乖乖听我的话吗？你不想要回手链了？"

易北北无奈道："那个手链，如果你喜欢，就送给你好了，我不要了还不行吗？"

"为了甩掉我，你连手链都不要了？"

"我——"

易北北正要说话，外面突然响起一阵敲门声："小姐？"

是保镖的声音！易北北吓了一跳，立即伸手捂住了凌意的嘴巴。

清了清嗓子，她冲着门外说："怎么了？"

"小姐，你睡了吗？我刚才好像听到你房间里有奇怪的声音，你在跟什么人说话吗？"

易北北顿时紧张，却努力让自己冷静下来："你……听错了吧，我只是在用手机看电影而已。"

"这样啊，那就不打扰你了。小姐晚安。"保镖没有多问，迈步离开了。

"呼——！"易北北松了口气。

然后，她瞪向凌意，将声音压得更低："我都说了很危险，随时都会被发现的，所以你快走，立刻，马上！"

"要我走，可以。不过，我得先做一件事……"凌意坏坏地一笑。

就在这时，门外传来一串脚步声，伴随着易简低沉的声音："北北，开门。"

天哪，易简？易北北的心陡然悬到了嗓子眼儿，示意凌意不要动，然后问："哥，你……你有什么事吗？我已经睡下了。"

"开门！"易简语气霸道、强硬，不容置喙！

"你等等，我马上就来！"易北北慌乱地说着，急忙冲凌意做了个快走的手势。

凌意眼神揶揄，啧，怎么有种在跟这臭丫头偷情的感觉？不过，他似乎并不排斥这样的感觉。反倒觉得，有意思！

2

等凌意的身影消失在窗台，易北北迅速整理了一下自己的头发和睡衣，确定没什么问题之后，这才跑过去打开了门。

看到易简带着一身的寒气站在门口，易北北内心七上八下，忐忑得厉害，却强作平静道："哥？这么晚了，你怎么……还没睡？"

易简的目光落在她的小脸上，晦涩不定着："来看看你。为什么锁门？"

被他这么直勾勾地盯着，易北北有些心虚："那个……在这儿住下之后，我就养成了这个习惯。虽然保镖在外面守着，不会进来。但还是把门锁上，我才放心。"

"嗯，你是对的。"易简揉了揉她的头发，然后，走进了房间。

易北北有种不好的预感，心脏跳得快要蹦出喉咙！

易北北绞住自己的睡裙，小声开口："哥，我很困了……没什么事的话，我想睡觉了，明天还要上学呢。"

易简不理会她，径自走到了窗边。易北北更紧张了。

好在他没有发现什么，只是将敞开的窗户关上了，沉声叮嘱道："晚上风凉，以后记得关窗，不然容易生病。"

易北北松了口气，点点头："好……"

易简转过身来，幽深的眸看向她，俊俏的脸上并没有什么笑意："刚才我好像听到有什么声音。"

突如其来的问题，让易北北的心又是咯噔一下："我……这个……其实我刚才在看电影，可能声音放得有点大。"

"是吗？"在她没有防备的时候，易简已经拿起了她放在床头柜上的手机。

易北北顿时大惊失色，连忙跑过去抓住了他的手："哥，别……别看！"

易简斜睨着她，危险地眯了眯眼："怎么？为什么不能看？"

"因为……我……我，我刚才看的是……小视频。"为了能瞒过他，她豁出去了。

易简定定地看了她两秒，而后，抬起她的下巴。

见易北北的小脸上布满红晕，他勾起嘴角，邪气地一笑："看来，我的北北长大了。"

"所以，不……不许你看！"易北北窘迫着，不着痕迹地将自己的手机拿了回来。

易简似乎相信了，他笑意扩大，凑到她耳边，暧昧道："北北，你现在还是学生，要以学习为重。"

他温热的气息撩拨着她的小耳朵，易北北浑身又是一僵。

她干笑了一声："好，好啊……"

此时易简的神色已恢复如常，伸手搂住她的腰，亲昵地在她额上落下一吻："好了，睡吧。晚安。"

易简一走，易北北立即跑到窗边，往下看去。

外面空无一人，只有路灯投下晕黄的灯光和婆娑的树影。那家伙，幸亏他走得及时。

夜深，易北北躺在床上，怎么也睡不着，满脑子都是凌意问自己的那句话……

"臭丫头，你这么担心我，是不是……喜欢我？"

喜欢他吗？易北北睁着眼，看着天花板发呆。

她也不知道……只是觉得，跟那家伙在一起的时候，自己总能放松下来。虽然他总是调戏自己，捉弄自己，还很毒舌，可是，还是觉得挺开心的。

而且……见到他就会脸发烫，心跳加速，这是从来没有过的。

不能再想了，睡觉！

翌日清晨，夏若沫一早就起床了，准备了丰盛的西式早餐。

易北北咬着吐司，递给她一个赞叹的眼神："若沫姐姐，你做的早餐真好吃！"

"你喜欢就好，多吃点。"夏若沫笑得温柔，递给她一杯牛奶。

"谢谢。"易北北接过来，冲她甜甜一笑。

看着她的笑脸，易简的眼神忽然有些怔忪。

他似乎已经很久都没有看到过北北的笑脸了。他竟然没有印象，她上一次笑是什么时候了。

难道，待在他身边，真的让她这么难过，连笑容都吝啬给他了？

易简的心里五味杂陈着，却不知道，自己应该怎么做……

喝完了牛奶，易北北放下杯子，然后背起自己的书包："哥、若沫姐姐，你们慢慢吃，我去学校了。"

说着，她举步要走，却被易简叫住："等等。"

易北北紧张地回过头。

易简放下刀叉，拿起餐巾优雅地擦了擦唇，然后对她说："我送你去。"

看一眼夏若沫，易北北连忙说："哥，我自己去就可以了。"

然而，易简却不容置喙地站起了身："我送你去。"

他声音平稳，可眼底却透出一丝丝的警示。

易北北抿唇，只好点头。等两人上了车，夏若沫走到门口，目送着车子驶离自己的视线，心里沉甸甸的。

什么时候，自己也可以像北北一样，得到易简的注视和宠溺呢？或许，永远都不会有那么一天吧……

半个多小时后，车子抵达了学校门口。

易北北一下车，立即就引起了一阵不小的轰动。

学生A："哇！你看那辆车，兰博基尼全球限量版，至少上千万啊！"

学生B："不会吧，易北北家里不是很穷的吗？她爸爸妈妈，是做什么的来着？好像是很普通的小职员吧？"

"不好意思，你们……是在说我吗？"

一个平静的声音插进来，打断了几个女生的议论。

女生们愣了愣，立即回过头去，一个个都局促了起来。

易北北站在她们身后，微微笑着，然而笑意却并不抵达眼底。

想起刚才她们说的那些话，易北北就来气。

女生们我看看你，你看看我，仗着自己人多，又是有钱人家的孩子，就没把易北北放在眼里。

"易北北，我们也没说错什么吧？你突然坐这种豪车过来，我们怀疑你很正常！"

"就是，我们有言论自由。"

易北北翻了个白眼："照你们这么说，你们说我坏话还有理了，怪我坐豪车过来咯？"

"难道不是吗？你可别告诉我们，这车是你们家的！你家里明明那么穷，怎么可能买得起这种车？"

"呵呵。"易北北冷笑两声："那车就是我家的怎么着？难道，你还不许我爸妈做生意成功，突然成了暴发户吗？"

"我们才不信好吗？"

"爱信不信。"易北北不屑着："只是，如果下次再让我听到你们在背后说我坏话，之前那些被开除的学生，就是你们的下场！"

"你——"想到之前因为她，被会长勒令开除的人，女生们气急败坏。

可是，她们心里却害怕起来。"易北北，你嚣张什么？你不就是仗着有会长撑腰，才这么狂的吗？你以为我们怕你？"

易北北双手环抱，鄙夷地打量着她们微微发抖的身体："不怕我，那你们抖什么抖，嗯？"

"你——你！"女生们气得说不出话来，只能恶狠狠地瞪了她一眼之后，转身跑进了校门。

看着她们落荒而逃的身影，易北北嗤笑出声。

此时，易简的车还停在街边，并没有立即离开。

盯着那几个女生跑进去的背影，他的眼神越来越阴鸷，吩咐前面的保镖："给我查刚才那几个女的，好好收拾了！"

"是，易少。"

保镖恭敬地应着。就在这时，突然从后视镜看到了什么，惊愕道："易少，后……后面！"

易简蹙眉，侧头往后看去。

三辆黑色的车子急速地朝这边驶了过来，下一瞬，将他的车团团包围。

认出那几辆车，保镖咽了下口水："易少，是龙老爷子的人！看样子，他已经知道您擅自回国了！"

易简的眸子像遇到了危险似的眯起。然而，并没有多大的意外。

在回来之前，他已经做好了会暴露的准备。

几个黑衣人从车上下来，走到车后座，冷声对他道："易少，您没有老爷子的批准，就擅自回国，并且去见了易小姐，所以他老人家现在很生气，让您立即去见他！"

易简面无表情："我知道了。"

该来的总会来的。

外公如果要罚他，怎么罚，他都毫无怨言。

只是，他担心会牵扯到北北……

易北北站在校门口，看见易简的车被围住，心猛地一颤。

不用想也知道，龙枭肯定是发现易简回国了，怎么办？

眼见易简的车掉转头，像是要离开了，易北北忍不住上前几步，却突然被人握住手腕，迅速被地拽进了学校！

她吓了一跳，错愕地转头看去。

"凌意？"

"嘘——"凌意示意她小声点，拉着她躲到了一个黑衣人看不到的地方，然后咬牙切齿地瞪住她："笨蛋，龙枭的人来了，你不知道躲？还往那边走，万一他们把你抓走怎么办？"

"可是易简他……"

"你放心，他不会有事的。"凌意语气笃定。

易北北眨了眨眼："你怎么知道？"

"易家需要继承人，龙枭也需要一个接班人，他不会对易简怎么样的。"

可是，易北北还是担心。毕竟，龙枭在她心目中，一直都是个威严又可怕的存在。就算是易简，也得对他低头。

"虽然易简不会有事，但是，你不一样，难保龙枭不会对你下手。"凌意继续开口，用力揉了下易北北的头发："所以，臭丫头，你得小心点。放学之后就不要回你住的地方了，跟我回爷爷那儿吧，比较安全。"

这……易北北想了想，最终点了下头，清澈的眸子看向他："凌意，谢谢你。"

"谢什么，举手之劳而已。"凌意邪魅地一笑："况且，万一你有个三长两短的，我可就没人欺负了。"

"喂！"易北北有些憋气。

3

来到教室，易北北放下书包，就趴在了课桌上发呆。

这会儿，易简应该已经见到他外公了吧？

不知道，龙枭会怎么罚他……

越想就越是担心。

旁边的夏小葵见她今天闷闷不乐的，有些诧异，碰了一下她的胳膊："北北，你怎么啦？心情不好，还是不舒服？"

易北北回过神，朝她笑了笑："没什么，可能是……昨晚睡得不好吧。"

"那你要注意休息啊。"夏小葵关切着，然后兴致盎然地问："对了，北北，你晚上有空吗？我们一起出去逛逛吧！"

易北北垂下眸子，现在正是水火交接的时刻，她哪有闲情逸致去逛街？

"对不起啊，小葵，我最近都没空，下次再陪你去吧。"

"啊……"夏小葵有些失落："北北，我们好久都没有一起出去玩过了。你老实交代，是不是有别的朋友了？"

易北北哭笑不得："当然不是啦，你可是我最好的朋友！"

另一边，龙宅。

保镖领着易简朝着湖中心的亭子走去，走到那边时，恭敬地朝正在下棋的老人道："老爷子，易少来了。"

龙枭转过头，如同鹰一样锐利的眼神，落在易简身上。

他的脸上没有什么表情，易简的脸色，也是冷冽如冰，丝毫不见慌乱。

就这么对峙着，见易简一脸的视死如归，龙枭的眼底掠过一抹嘲讽。

他招呼道："过来，陪外公下一盘棋。"

易简沉默着走过去，在龙枭对面坐下。

两人开始下棋，见他频频犯着低级错误，龙枭恼怒道："你今天是怎么了，魂不守舍的！"

易简放下棋子，薄唇抿得很紧，没有说话。

龙枭怒目圆睁着："在想北北那丫头？"

易简的心情糟糕透了，冷冷地讥讽：“外公既然知道，又何必明知故问？”

“怎么，你在怨外公？”

“不敢。”

“呵，不敢？我看你胆子倒是大得很！居然未经我的同意，擅自回国见那丫头，你到底有没有把我的话放在心上？”龙枭厉声训斥着，眼神凌厉得骇人。

候在一旁的保镖们，不禁胆战心惊了起来。

唯独易简，还是镇定自若地坐着。

“我看你真是着了魔了！我听说，那丫头最近跟凌少走得很近，这倒是件好事。我希望他们两个在一起，省得再来祸害你！另外，如果我们易家跟凌家在生意上联手，易家一定可以更上一层楼！”

易简握紧了手指，目光灼灼道：“外公！北北她不是商品。要是让她跟凌意在一起，我肯定不答应！”

“答不答应，是你说了算的吗？”龙枭瞪着他：“易简，你给我弄清楚，那丫头只不过是我以前送给你的玩伴。你何必那么在意她？”

“是，我就是喜欢北北！”想象着北北跟凌意在一起的画面，易简就怒不可遏。

龙枭啪地扔下手里的棋子：“混账东西！你要喜欢，也应该喜欢若沫！”

“她跟你门当户对，又是从小就认识，更何况，我们需要夏家的财力！”

“够了！”易简忍无可忍地低吼出声：“外公，你整天想着如何壮大势力，凭什么干涉我的终身幸福？”

啪！易简的脸被一巴掌打得偏过去，火辣辣地疼。

他眼底闪烁着倔强。想要得到北北的信念顿时更坚定了。

"易简，你给我听好了，你想娶那丫头，我是无论如何，都不会答应的。"龙枭给他下着通牒。

易简冷笑："如果你非要把夏若沫塞给我，把我逼急了，我可不会管她是谁，只要不想要，我就毁掉！"

"你——"龙枭气得脸色发白。"混账！你连我这个外公的话都不听了吗？"

"外公，其他的事我都可以听你的，但，唯独这件事，我可能要违背你了。"

易简喜欢北北，已经到了无法自拔的程度。在这些年跟她形影不离的相处中，一颗心全都放在了她身上，收也收不回来了。

只有她，能让他忘记种种不愉快，忘记一切纷争困扰。

龙枭的胸口剧烈起伏着，恼怒地命令道："来人！给我把那个死丫头带上来！"

易简一愣，整个人顿时僵硬。

两个保镖将挣扎着的易北北押了过来，然后狠狠一推！

易北北摔倒在地，匍匐在了龙枭的脚下。

嘶……好痛！骨头都要摔断了！易北北对眼前的场景感到无奈，自己只不过是趁下课去了趟洗手间，出来的时候，身后突然伸出一只手捂住了她的嘴。然后，自己就在众目睽睽之下被龙枭的人给带走了！

易简猛地扫向龙枭，脸色冷凝："外公，你想做什么？"

"我想做什么，你心里清楚。如果你收回刚才的话，我会考虑放过她！"龙枭的语气不容置喙。

易简冷笑一声："外公，要是你敢动北北，那我就加倍奉还到夏若沫身上。"

"你……你真想气死我？"龙枭怒火攻心，胸口剧烈起伏着，仿佛下一秒就要心脏病发。

134

一旁的保镖连忙劝道："老爷子，您息怒，易少不过是一时意气用事。"

龙枭死死地瞪着易简，命令道："你，给我跪下！"

易简抿紧唇，没有任何反抗的话，然而他的眼底，却是不服输的倔强和坚毅。

"给我打，打到老子喊停为止！"龙枭怒吼着吩咐保镖。

"哥！"眼看保镖一步步逼近易简，易北北想要冲过去，却被身后的两个保镖死死拉住。

"少爷，抱歉了。"保镖有些窘迫。

易简绷紧了下颌，背脊挺得很直。直到被几个保镖打得爬不起来，他却仿佛没有痛觉般，岿然不动。

"真是反了你了！"龙枭气红了眼，冲着保镖伸出手："今天老子亲自收拾你！"

因为忌惮易简，保镖下手其实并不太重。

易北北带着哭腔开口："老爷子，您不要再打易简了……"

龙枭的目光落在她身上，眼里燃着怒火。

易简立即道："外公，是我喜欢她！和她没关系。"

龙枭肺都快气炸了，颤抖地指着易北北："你从今以后，不许再跟易简有任何来往！"

易北北一听，拔腿就要往外跑。

"站住！"易简暗哑低沉的嗓音响起，她顿住了脚步。

"过来！"易简微喘着气，扭过头，余光射向正欲离开的易北北。

"你不能走。"易简猝然一把抓住她："北北，你要是走了，我就撑不下去了……你不能走，给我在这儿看着！"

眼前的少年，零碎的发丝沾满了汗水，全部覆在额头上，他的目光那么坚定，又那么倔傲。

"你这混账，真是无可救药！"龙枭怒不可遏道："死倔是吧？行！"

扔下这一句，他甩手大步离开。

龙枭一走，保镖连忙上前："易少，您还好吧？"

"是啊，哥，你怎么样了？"易北北也担忧地看着易简。

此时，易简的脸色苍白如纸，冷汗已经将头发和衬衫都浸湿了，唇色青白一片。

看着这样的他，易北北的眼泪，再次忍不住大颗大颗地滚落下来。

看着易北北的眼泪，易简浑身的戾气都收敛了起来，眉眼温和着："傻瓜，你哭什么？不就是挨打，你又不是没见过。"

易北北是见过，特别是小时候，她经常看到龙枭用鞭子抽他。但是，她没有见过龙枭这么暴怒的时候，简直要把他往死里打。

易简将她的小脑袋摁在自己胸前，顺着她的头发："好了，没事了，别哭。"易北北难受地闭上眼睛。

易简越是这样，她就越觉得自己亏欠他。恐怕，真的要用一辈子去偿还了。

他给她的这份感情，浓烈得让人窒息。就像被一只手扼住了喉咙，她想要喘口气，都是那么的困难。

日记

1

卧室里，易简示意着床头柜上的药品："帮我上药。"

她转身去浴室打了盆水，又拿来干净的毛巾，想替易简清理一下伤口。

易简慢条斯理地脱去身上的衬衫，背上一道道血肉模糊的伤痕，夹杂着过去的旧痕，斑驳地呈现在她眼前。易北北的心，狠狠地颤动了下。

拧干了毛巾，易北北小心翼翼擦拭着那些伤痕。

一碰上去，易简的身体蓦地紧绷。"哥，疼吗？"

易简声音低沉："你说呢？"

易北北干笑一声，不自然地别开视线。却在这时，突然看到了什么，目光瞬间定格。

易简的床头柜上，放着一本烫金封面的本子，好像是……日记本？

"哥，你还写日记啊？"易北北有些惊讶。

易简顺着她的视线看去，易简的眼底陡然划过一抹惶恐，易北北还以为自己看错了。

137

好奇心作祟，易北北下意识地伸手，想要拿起那本日记。"北北，别碰！"就在她的手碰到那本日记的时候，易简抢先她一步，猛地将日记给夺走了。他的神色显得异常慌乱。

　　易北北更加诧异，忍不住问："哥，这本日记很重要吗？"

　　"嗯，它里面……记载了易家一些很重要的事。"易简随口说着，翻身下床，将日记本锁在了保险柜里。然而易简刚才狂跳着的心，还没能完全平复。他一直都有写日记的习惯，所以记录了许多事，而其中一些，则是他不为人知的秘密。好险……没有被北北看到。

　　易北北奇怪地看了一眼那个保险柜。她突然间觉得，即便自己跟他一起生活那么久了，她还是不太了解他。她只知道他性格霸道专横，偏执狠戾，可是其他呢？易家做的是什么生意，他和龙枭的势力有多大，手下有多少人……

　　她一概不知。

2

　　从易简那儿出来，易北北回到了自己的房间。易北北趴在窗台上，看向远处的天空。

　　整个易家，是一座如同城堡般宏伟的庄园。到处都是严阵以待、四处巡逻着的保镖。这儿是她生活了十年的地方，也是她一直想要逃离的地方。

　　易北北正在出神，外面突然传来一阵急促的敲门声："小姐？你在里面吗？"

　　保镖的声音。

　　易北北回过神来，走过去打开门。

　　看到是一直跟在自己身边的那两个保镖，她随口问："什么事？"

"小姐，外面有人找你。"

"谁啊？"易北北有些诧异。

这个时候，会是谁来找她？该不会是龙枭的人吧？

保镖有些窘迫："咳……小姐，你自己出去看看吧。不过你得小心点，别被易少发现了。"

易北北好奇着，跟着保镖走下了楼，一路走出易家庄园。在看到前方倚靠在一棵树下的人时，她怔了怔。凌意？

凌意单手插兜，身上还穿着校服，显然是从学校那边过来的。

易北北惊讶地睁大眼，立即走到他面前，将他扯到树后面去。看了看四周，她压低了声音说："凌意，你什么时候来的？"

看着她白皙的小脸，凌意的眸子微微流转着。

他没有回答，而是突然伸出手，一把勾住她的腰，将她抱入自己怀里。

易北北错愕，下意识地想要挣开他："你干什么？"

凌意却抱紧着她不放，低下头贴近她耳边，磁性的声音微微沙哑："臭丫头，听说你被人带走了，我很担心，还以为你出事了。"

他说……很担心？

易北北的心，骤然涌过一股暖流，任由他抱着自己，脸贴着他的胸口："被抓走的时候，我也以为我要完了，当时真的很害怕，好在龙枭没把我怎么样。"

是啊，好在，她没怎么样，要不然……

凌意没有说话，只是将她抱得更紧。他不知道自己为什么会这样，或许是有点入戏了，真的把她当成了自己的女朋友吧。

凌意揉了下她的头发，顿了顿说："要不要跟我走？"

易北北摇摇头："易简受伤了，我现在不能走。"

凌意定定地看她两秒，沉声开口："说到底，你还是很在意他，是吗？"

"嗯……"易北北垂下眼帘："虽然我有时候很讨厌他，但不可否认，他对于我来说很重要。"毕竟是一起长大，而且易简一直都以他的方式保护她，照顾她，喜欢着她，为她做了很多。

听到"很重要"这三个字，凌意的心里突然间很不是滋味，他轻嗤了一声："所以，你打算对他以身相许吗？"

"我有别的选择吗？"易北北无奈地笑笑。

"怎么没有？别忘了，你现在可是我的女朋友！"

易北北一窘，小脸微微泛红："喂，我们只是演戏而已吧？又不是真的。"

"只要你愿意，就可以把它变成真的。"凌意的眼神很认真。

易北北不自然地移开了视线："你别开玩笑了。我说了，我跟你不是一个世界的人，是不可能走到一块儿去的。所以，你还是找个时间，跟你爷爷解释清楚我们之间的关系吧。"

"可是，那老头儿很喜欢你怎么办。"凌意揉了下她的头发："要怪，就怪你讨人喜欢吧。"

易北北的小脸又是一红。

这时，一辆车缓缓朝这边驶来，在门口停下。

夏若沫推开车门下车，抬头看到树下的两人，不由得愣了愣。

等等，那不是北北吗？但是，那个少年是谁？

夏若沫很是震惊，立即走了过去，第一句就直接问："北北，他是谁？"

听到她的声音，易北北背脊一僵，连忙挣开了凌意，有些紧张道："他……他是我同学！"

"同学？"夏若沫目光闪了闪。

凌意不以为然地看向夏若沫，然后一把勾住易北北的脖子，将她搂到自己怀里，邪魅地勾起嘴角："准确地来说，我是她男朋友。"

易北北郁闷，抬腿就踹了他一脚："凌意，你别胡说八道！"

夏若沫的表情有些复杂。

看来，北北跟这个少年的关系匪浅。难道，这就是她不接受易简的原因？这样的话，她将易简置于何地？夏若沫的心里，突然堵得像塞了一团棉花。

为什么，被易简一心爱着的人，却这样不珍惜他，将他的爱肆意挥霍？那是自己求而不得的东西啊！夏若沫捏紧了手指，脸色微微发白。

她的嘴唇颤了颤，忍不住质问："北北，你怎么能这样？这儿是易家，你不待在易简身边，却在跟别的男生见面？如果易简知道你喜欢上了别的男生，他会怎么样，你有想过吗？你到底有没有把易简放在眼里？"

易简对北北的独占欲，可怕到了无法想象的地步。这一点，夏若沫心知肚明。

易北北有些没想到，一向温柔得像水一样的夏若沫，竟然会这样指责自己。难道，她也认为，自己应该乖乖待在易简身边，哪儿也不能去，不能跟别人打交道，永远做他的私有物？

易北北没有说话，也不想辩解什么。

看到她难过的样子，凌意也不爽起来。这丫头过得已经够压抑的了，还要被这样指责？谁在意她开不开心了？难怪她平时的笑容那么少。

凌意冷哼一声，再次伸出手，一把将易北北勾到自己身前："易简算什么，凭什么北北一定要把他放在眼里？"他看向怀里的易北北。对上他那双幽深的眸子，易北北的心脏突然剧烈地跳了几下。

看着亲昵的两人，夏若沫的眼眶渐渐泛红，再次开口道："北北，不管你有没有喜欢的人，你都是要待在易简身边的。你对于他来说，是精神支柱。如果没有你，他恐怕会变成一具行尸走肉。你忍心看到他变成那样吗？他为了你付出了那么多……"

易简自从跟北北分开，到了国外，每天都是在想念她之中度过，常常心事重重的。这些，夏若沫都看在眼里。

因为，她像他爱着北北一样地爱着他啊。

听到夏若沫的话，凌意不乐意了："喂，我说，谁规定这丫头一定要待在他身边，因为他为她付出了很多？你是在道德绑架吗？"

易北北连忙拉了拉凌意，摇头道："凌意，若沫姐姐只是因为喜欢易简，所以才这么说的。"

凌意嗤了一声，他只知道，自己有一点点喜欢这丫头，他在乎的是她的情绪。凌意伸手，捏了捏她有点婴儿肥的脸蛋，沉声开口道："臭丫头，我问你，如果哪天我为你付出的，比易简还要多，你会不会待在我身边？"

他嘴角露出邪魅又玩味的笑意，可是眼神，却是那么的认真。

易北北的心，有刹那间的触动，就像是平静的湖面突然被一颗小石子激起了涟漪，层层荡漾开来。

她心跳加速，不自然地移开视线，低声说："不会。"

意料之外的答案，凌意扬眉。他还真没想到，她会拒绝得这么干脆。

易北北做了个深呼吸，回过头看他，微微一笑："我欠易简的，已经太多了，我不想再欠你的。"

凌意脸色微沉："你到底欠了他什么？"

易北北苦涩地扯了扯唇："我从小在他的庇护下长大，不仅欠了他很多的人情，还有一条人命。够多吗？"

凌意怔住，眉头皱得更紧，双手扳住她的肩膀："臭丫头，你说清楚，什么叫欠他一条人命？"

"三年前，他为了我，亲手……"易北北痛楚地闭上眼睛，不愿意去回想那些不堪的往事。

差点就要说出口，一个保镖的声音从身后传来，略带焦急："小姐，原来你在这儿？易少正找你呢！"

易北北回过神，猛地睁开眼，胡乱地点了点头："我知道了，我马上回去！"

看着她微微发白的小脸，夏若沫知道，她是想到了三年前的那件事。

走上前几步，她放轻了语气说："北北，你跟我一起进去吧，待会儿就跟易简说……你是出来接我的，兴许能够瞒住他。"

"好。"易北北点头。

她转身正要走，凌意突然扣住她的胳膊，然后迅速凑过来，在她脸上亲了一下。脸上传来柔软的触感，易北北陡然愣住，错愕地看向他："你——"

可奇怪的是，他的唇，明明是微凉的，她却感到脸上一阵阵的发烫。"给你的Goodbye kiss（告别时的吻）。"凌意笑得妖孽又欠揍，俊俏的脸凑得她更近："不服气的话……我让你亲回来？"

"谁要亲你了？不要脸！"易北北气呼呼着。凌意笑了笑，忽然长臂一伸，将她扯到自己面前。

他的眸子里倒映着她的小脸，他低声问："你刚才是在害怕？"

她说起易简的事，脸都白了，身体也是僵硬的，他能够清楚地读出她心底的恐惧。

易北北有些心虚："才……才没有。"

"笨蛋。"凌意啧了一声，揉揉她的头发，又说："不用害怕。因为，现在你不是一个人了，你还有我。"

易北北又是一愣。而后，连忙挣开了他。

夏若沫为难地看着她："北北……"

易北北抿唇，开口道："凌意，我得回去了，你也快回去吧。以后，不要再来这里了。"

说完，她转过了身。

可没想到，在转身的那一刻，她的目光瞬间定格，脸色刷地一白！

夏若沫也愣住了，喃喃开口道："易……易简，你怎么……"

易简没有理会她，只是直勾勾地盯着易北北，脸上阴云密布，仿佛暴风雨降临之前的海面。他的身上，随意穿着一件白衬衫和黑色长裤，扣子松开三颗，隐约可以看到他身上缠着的纱布。浑身上下都笼罩着可怕的低气压。

"哥……"易北北心脏狂跳！

易简撇起嘴角，冷笑了一声："北北，你让我很失望。"他大步走过来，一把拽住了她的胳膊，就把她往自己这边拖。

易简显然很生气，力道比以往任何时候都大，没有丝毫的温柔，易北北觉得骨头都疼了。

而在她被拽出去的瞬间，凌意眼疾手快，抓住了她另一只手。

易简脚步一顿，猛然回过头，暗沉的眼神扫向他："放手。"

他声音平静，却冷得彻骨。

"如果我说不呢？"凌意不卑不亢、不疾不徐地开口。眼里，甚至还带着一丝挑衅。

两个少年之间，骤然弥漫出浓烈的火药味，气氛剑拔弩张——

见易简眼里猩红一片，充满了杀气，夏若沫吓得脸都白了，连忙上前劝道："易简，你冷静一下，不要生气可以吗？"

易简冷声道："你让开！"夏若沫心脏一抖，欲言又止，只能退后了两步。

易简的目光，落在不知所措的易北北脸上："北北，你不是说过，会跟他断绝来往吗？"

"我……我没有。"她是真没想到，凌意会来这里。

面对着易简逼迫的眼神，易北北只能用力把自己的手从凌意的手里抽回来，咬了咬唇，对他说："凌意，你走吧。"

凌意薄唇抿紧，没有要走的意思。

"凌意，你快走吧，拜托了。"易北北再次请求着。

这儿可是易简的地盘，要对峙起来，肯定是凌意吃亏啊。

凌意自然明白她的用意，也明白自己不走的话，事情会变得更糟。但就这么走了，也太不甘心了。

要是这丫头不在场，他绝对不会放过易简。看着易简，他冷冷地哼了声，这才转过身，朝着自己停在不远处的跑车走去。砰！车门被他重重关上。

目送着凌意上了车，易北北悬在喉咙眼儿的心落下了些。突然，手腕一紧，整个人被易简拽着往回走去！

他的步子迈得很大，易北北只能跟跟跄跄地跟在他身后。

与其说是她在走，不如说是跑，她忍不住开口："哥……"

易简像是完全听不到，等到将她拽入了大门，他才回过头，眼神凌厉得可怕，让易北北呼吸一窒！

下一秒，他一把将她甩到墙边，冷笑一声："北北，你是不是真的以为……我不会对你怎么样？"

易北北撞疼了后背，小脸微微泛白："我没有……"

说话的时候，她的声音都是颤的。

只因为来自易简身上的强烈的压迫感，不停地挤压着她的心脏，让她快要无法呼吸了。

"没有？那就是记性不好，所以罚了你几次，你还是没记住自己该怎么做？"易简阴恻恻地说着，突然又扣住了她的胳膊，强行地把她往楼上带去。

易北北顿时有种很不好的预感，更加紧张了起来："哥，你要做什么？"

他拽着易北北上楼，一脚狠狠地踹开了她房间的门。然后，直接将她拽进了浴室。

易北北还没反应过来他想做什么，就被他扔到了浴缸里。

全身一阵痛楚，她想爬起来，易简却已经打开了花洒的开关。

顷刻间，水流从上方喷洒而下，将她淋了个湿透。"把你自己洗干净！"易简把毛巾扔给她。

易北北的头发湿嗒嗒地滴着水，她呆呆地拿起毛巾，好一会儿都没有动作。

"怎么，不想洗？那我不介意亲自帮你！"易简说着，就要撸起自己的袖子。

易北北连忙抬头，慌乱道："不用了！我洗。"

易简冷着脸离开，将浴室的门重重关上。温热的水流不断地从上方洒下，浴室里蒸腾着暖暖的雾气。

可是，易北北只觉得浑身发寒。易简他，平时对自己是很好没错。但是……每次的惩罚，都快要超出她的承受能力。易北北垂下眸子，缓缓伸手，摸上自己的右脸。

那上面，仿佛还残余着凌意吻自己时，那柔软又火热的触感。

她承认，自己当时真的心动了一下。有一种甜甜的感觉在心里蔓延。可是，她跟凌意之间，隔着一个易简，注定了不会有结果的。易北北沉重地闭上眼……

十几分钟之后，浴室的门打开，易北北穿着浴袍走了出来。

在看到旁边站着的一个人时，她猛地吓了一跳，立即往后退了两步："哥？"原来，他一直没有离开吗？"洗干净了？"易简斜睨着她，声音凉凉的。

易北北咽了下口水，小声道："嗯……干净了。"

"是吗？让我检查一下。"

见他靠近自己，易北北像只受惊的小鸟，第一反应就是躲避，然而下一秒，就被易简抵在了墙上！

他高大的身子，挡在她的前面。

有力的双臂圈着她，让她无处可逃。

易简低下头，温热的呼吸落在易北北的小脸上，让她心里的恐惧瞬间放大……

在他凑到自己颈窝，嗅着她身上的味道时，易北北咬唇，闭上了眼。

浑身僵硬着，一动也不敢动。

突然，下巴被一只手扼住。

易北北睁开眼，就对上了易简冰冷的目光，讽刺道："身体这么僵硬，很害怕？跟凌意在一起的时候，怎么没看见你怕？"

"不是的！"易北北慌乱地摇头："哥，你当然是我最亲的人，是我不好，我惹你生气了……对不起，我保证以后乖乖听你的，你饶了我这一次……可以吗？"

易简冷冷地勾起嘴角，大手突然探到她浴袍的领口，猛地一扯！

易北北惊叫出声，伸手就要去挡，易简却一把擒住了她的手，死死地禁锢在墙边，然后低下头，一口就咬在了她的锁骨上！

易简抬手，修长的手指划过她苍白的脸颊，替她擦去泪痕："疼吗？"

易北北闭上眼睛，点头……

"疼，就给我记住，记住这样的滋味！"

"我知道了，哥，你别生气了……"

别生气？

他怎么可能不生气！如果她是做错了别的事，他现在就可以原谅她，但是这一次——

易简冷哼了一声，一把松开了易北北，转身大步往外走去！

这次，他是真的很愤怒。之前他不过是从保镖那儿听说她跟凌意走得很近，但是这一次，他是亲眼看见，凌意抱着她，跟她说话，还吻了她的脸。

他吻北北的时候，她就总是躲，却能接受凌意？

易简狠狠一甩手，哐啷一声，走廊上摆放的一个古董花瓶给他甩落在地，摔了个粉碎。房间内，气氛仍旧冷凝着。

易北北曲起双腿，蜷缩着抱住了自己，把头埋到了臂弯里。叮咚，忽然，有短信的提示声。易北北一怔，意识到是谁，连忙拿出了手机。

[臭丫头，还好吗？他有没有对你怎么样？]

易北北的鼻子一酸，很想告诉他发生了什么。可是打的字，删了又打，打了又删。最后，只发出去一句：

[凌意，我们以后真的不要再来往了，可以吗？]

发送之后，凌意迟迟没有回复……

看着暗下去的手机屏幕，易北北的眼眶再度泛红，泪水滚落下来，砸在了屏幕上。

3

街边，一辆黑色的兰博基尼跑车停在那儿。凌意坐在车内，看着易北北发过来的信息，狠狠地咬着牙。该死的，易简肯定又威胁她了。

那个臭丫头，待在那样一个危险的人身边，肯定每天都是战战兢兢，如履薄冰吧？

凌意发现，自己长这么大，还真是第一次对一个女生这么上心。她的所有情绪，他都能感受得到。

很想让那丫头留在自己身边，可是……他该怎么做？

凌意的手覆上自己的额头，薄唇抿成一条直线。

他拿起手机，回复了一句[我不答应]，就冷着脸踩下了油门，驱车离开。

另一边，龙枭带着浑身怒气回到公司，就接到了易家保镖的电话。

"老爷子，易少又发了很大的脾气，把家里好多东西都砸了！怎么办？"

龙枭脸一沉："让他砸，砸完也就消气了。"那小子从小到大都这样，一生气就喜欢砸东西，他早就习以为常了。

"可是，已经砸得差不多了……"保镖小心翼翼地说着。

电话那头，还隐约传来什么东西摔碎的声音。

龙枭冷哼道："哼，那个混账东西，为了一个臭丫头情绪失控，这样能成什么大事？你们告诉他，如果他再这样，我非好好收拾他不可！"

"老爷子……您今天已经收拾过易少了，并没有什么用。易少这个年纪，有喜欢的女孩子也很正常，又是一起长大的，感情自然深厚。我看，不如……您就顺着易少一次，他想让那个女孩子留在他身边，就让他留着好了？等易少以后见识的女人多了，说不定就不喜欢那丫头了。"保镖试探性地提议着。

龙枭冷笑了一声："呵，他是我外孙，是我看着长大，又是我一手培养的，我还不了解他吗？"那脾气，可谓是又臭又倔，还是个偏执狂，认定了什么东西，就非要不可。

说到底，这也是因为他小时候，自己太宠他了，要什么给什么，把他惯成了这样。如今想起来，自己做的最后悔的事，就是把易北北送到了他身边，才造成了今天这样不可收拾的局面。

"老爷子，那您打算怎么办？"保镖弱弱地问道。

龙枭在皮椅上坐下，点燃一支雪茄，幽幽道："联系王老板，就说，我有份礼物要送给他。"

王老板？

保镖一听，有些错愕："老爷子，难道，你打算……"

难不成老爷子是想把那丫头送给他？那王老板可不是什么正人君子，经常传出花边新闻。

"按我说的去做，切记不许向易简透露一个字！"龙枭无情地说完，就挂断了电话。

嫉妒

1

房间里，易北北仍旧蜷缩在地上。

听着外面不时响起的摔东西的声音，她的心跟着发颤，只能伸手捂住自己的耳朵，紧紧闭上眼睛。

不知道过了多久，外面的暴风雨终于停歇。

良久的安静之后，咔嚓一声，房门突然被打开。

易北北猛地抬起头，是易简。

与此同时，还有一只毛茸茸的白色小萨摩。

家里什么时候有狗了？易北北诧异着，见易简抱着那只小萨摩，一步步地走近自己，她眼神警惕了起来，不知道他想做什么。

对上她这样的眼神，易简心里一沉，他刚才又吓到她了吧。

走到易北北面前，易简蹲下身，把小萨摩递给她："北北，你不是一直想要只宠物吗？从现在开始，它就是你的了。"

他语气放轻了许多，没有了怒意。

那双如同子夜般深邃的黑眸，深深地看着她。

这只小狗……送给她的吗？易北北下意识地伸手，把它接了过来。

"嗷呜……"小萨摩只有几个月大，浑身雪白，毛茸茸的，宝石般的眼睛又圆又大，就这么看着她，乖巧地任由她抱着。

好可爱。易北北忍不住摸了摸它的小脑袋。

"嗷呜……嗷呜……"小萨摩似乎喜欢她摸自己，摇了摇尾巴。

易北北把它抱在自己怀里，看向易简，有些不解地问："哥，你为什么突然把它送给我？"

她很早之前就想养一只小猫或是小狗，易简一直都没答应。

方才狠狠地发泄过一通，易简已经冷静了下来。想到自己对北北做的事，他懊恼不已。"北北，刚才是我不好。我把它送你，你不要生我的气了。"易简认真地说道。

易北北抿唇："我没有生气……"只不过是，觉得窒息和害怕，那种害怕直达心脏，让她的心跳现在还是紊乱的。

"没有就好。"易简微微一笑，然后，目光落在她脖子的伤口上。

那是他咬出来的，很深的一个牙印，还在渗着血。

易简更加懊恼，立即冲着外面道："来人！"

一个用人赶了过来，低着头怯怯地问："易少，什么事？"

"给我拿医药箱过来！"

"是！"用人不敢怠慢，很快就把医药箱拿了过来，递给易简。易简在沙发上坐下，打开了医药箱："北北，过来。"

看着他柔和下来的脸，易北北仍旧心有余悸。知道他是要给自己上药，她硬着头皮说："我……我自己来。"

"过来。"易简重复了一遍。

易北北的喉头滚动了下。

易简向来说一不二。说第二遍，已经是他最大的耐心了。

见易北北犹豫，易简干脆伸手，一把握住她的手腕，将她扯过来，让她坐到了自己的腿上。

易简打开医药箱，拿出棉签和纱布，把她的身子扳过来，然后，开始仔细地给她清理伤口，上药，最后绑上纱布。他对自己的成果很满意。他看一眼趴在易北北身上摇尾卖萌的小萨摩，问道："喜欢它吗？"

"喜欢。"易北北点点头。

只不过，如果是以前，自己可能会高兴得一蹦三尺高。可现在，她虽然喜欢，却并不是很开心。

好像……没有当初跟凌意买小兔子时开心得真实。

自己在易简面前，好像越发地累了。有种想开心都开心不起来的感觉。

看出了她内心的想法，易简低声开口："北北，你不开心，我也不好受。如果你觉得我限制得你太多，让你讨厌了，那从现在开始，你想要什么，想做什么，都可以跟我说。能答应的，我都会答应你。"

"真的吗？"易北北有些怀疑地看向他。

"嗯。"易简眸色幽深："但有一点，我还是要限制你——不许跟别的男生来往，更不能喜欢，这是我的底线。"

易北北愣怔着，又听他说："北北，跟我去国外吧。"

"怎么了，不愿意吗？"易简紧盯着她错愕的表情。

易北北咬住唇："我……不太想去。"

"为什么？"易简的脸色陡然阴沉下来："难道，你想跟凌意待在一起？"

"我没有！"易北北连忙摇头："我就是不想去国外。"

"北北，为什么要一个人待在这儿？有我在你身边照顾你，保护你，不好吗？"

易北北沉默下来。她不想跟他走的原因，除了眷恋这个自己从小长大的地方之外，还有就是，她想要自由。

如果跟他走，虽然他说了会放松对自己的管制，可本质上，自己只不过是偶尔放出来飞一飞而已，终究是要关回笼子里去的。

但易北北知道，就算自己说不，易简也不会答应。

易北北抿紧了唇，心口沉甸甸的："哥，我累了，想休息了，明天再给你答案可以吗？"

"好，那你考虑一下。"易简放开她，揉了揉她的头发，而后站起身，迈步走出了房间。

话是这么说，但，他已经下定了决心。无论如何，他一定要带走北北。让她留在自己身边，像以前一样。只有看着她，他那颗难安的心，才能得到片刻的宁静。

易北北自然了解易简的心思，让她考虑一下，不过是说得好听而已。迟疑了一下，易北北拿出手机，找到凌意的电话，拨了过去。

凌意这会儿刚走进家门，看到是她打来的电话，他立即接了起来："喂？臭丫头！"

易北北低头看着怀里的小萨摩，顿了几秒，而后闷声开口："那个，凌意，我想说，我可能要去国外了。"

凌意的眉头猛地皱了起来。"是易简的意思？"

易北北垂下眼睑，叹了口气："是啊，他突然说要带我走。估计就这两天，所以我跟你说一声，毕竟，我们也算是朋友一场。"

对于她这句话，凌意似乎不甚满意，哼了一声："你觉得，我们只是朋友这么简单？就算是……这'友谊'纯洁吗？"

想起自己跟他之间发生的点点滴滴，想起他的拥抱、亲吻……易北北的脸蛋发烫，有些懊恼："凌意，我是跟你说正经的。"

凌意转动着手里的车钥匙，走到客厅沙发上坐下，语气变得认真了起来："好，我也跟你说正经的。臭丫头，我就问你一句话，你想不想去国外？"

"我……"易北北撇嘴："当然不想啊。"

"好，我知道了。"

嗯？易北北愣了愣。

似乎明白了他的意思，易北北错愕着，连忙说："喂……凌意，你该不会是想做什么吧？我打电话给你，只是想向你道别而已。虽然我不想走，可还是得跟着易简离开，没有别的选择，你不要蹚这趟浑水，可以吗？"

凌意不爽地扯了扯自己衬衫的领口，冷哼了一声："如果说，我还不想跟你道别呢？我舍不得你走。"

易北北沉默下来。吸了吸鼻子，她低声道："说实话，虽然你脾气不怎么样，还老是欺负我，占我便宜，但是跟你待在一起的时候，我还挺开心的。那是我……很久都没有体会到的感觉了。"

凌意的脸色缓和了些："所以，要不要考虑离开易简？"

"别开玩笑了。"易北北苦涩一笑："我跟你说过，我欠了他很多，要用一辈子去还啊，所以不可能离开他。好了，就这样吧……凌意，再见了。"

"臭丫……"

凌意话还没说完，那头，只剩下"嘟……嘟……"。

凌意顿时恼怒，在心里诅咒了易简八百遍。

这时，凌松从楼上下来，见凌意只有一个人，连忙上前问道："臭小子，你不是说要去找北北吗？她人呢，现在怎么样了？"

凌意脸色阴沉，攥紧了手机："刚刚她打电话来说，她要去国外了。"

"什么？"凌松一听，立马瞪圆了眼睛："北北要走了？那怎么行！她可是我看中的孙媳妇，不能走！"

凌意斜睨他："喂，老头儿，那明明是我看中的，怎么成你看中的了？你别打她的主意。"

凌松怒目圆睁，拎起拐杖就在他腿上敲了一记。

"臭小子，欠揍是不是？我可告诉你，不管用什么方法，你都得把北北追回来，不能让她就这么轻易地走了！"

"这用得着你说？"不过，要从易简手里抢人，还真不是件好办的事。凌意一只手抵着下颌，神色冷凝。

翌日清晨，柔和的阳光透过落地玻璃窗洒入，照亮房间的每一个角落。

大床上，易北北正熟睡着。浑身雪白的小萨摩趴在她枕边，也还在睡。

咔嚓一声，房间的门悄然打开，一道挺拔颀长的身影走了进来。

小萨摩一个激灵，立即醒了过来，转过小脑袋看向来人。

看到它睡在易北北身边，易简俊美的脸，倏地覆上了一层冰霜。

没有察觉自己在跟一只宠物狗吃醋，易简大步走过去，一把将小萨摩从床上拎起来，毫不留情地扔到了地上。

嗷呜……小萨摩打了个滚儿，趴在地上，可怜巴巴地看着他。看着它，易简突然有些后悔。早知道，他就送北北一只猫了，据说猫不黏人。不，猫也喜欢爬主人的床！

他应该送她别的宠物，比如金鱼、鸟雀、乌龟什么的都行，怎么就偏偏买了只黏人的狗？

听到动静，易北北的睫毛颤了颤，然后，缓缓地睁开了眼。

第一眼，就看见了坐在床边的易简，她惊住，脸色变了变："哥？"

"醒了？"易简嘴角勾起一抹浅笑，伸手拨开她额头凌乱的头发："昨晚睡得好吗？"

他声音低沉，带着关切。

易北北有些不自在地转移视线："嗯……挺好的。"

易简将她的小脸扳回来，让她直视着他："那……考虑得怎么样了？"

"哥，你何必明知故问呢？无论我考不考虑，结果都是一样的。"易北北自嘲地一笑："既然你想带我去国外，那就去吧。可是，你外公会答应吗？"

想起龙枭，易简冷冷道："不管他答不答应，现在，我已经不想跟他妥协了。"

易简莞尔，捏捏她的脸蛋："好了，起床吃早餐吧。我订了下午的机票，你看看有什么东西要带走的，收拾一下。"

"下午？这么快？"

易北北猝不及防。他却说："不快，我恨不得现在就把你带走。"

易北北无言以对。

虽然知道肯定是这两天走的，但没想到，易简会这么迫不及待。

她心口一沉，看向床下趴着的小萨摩，问道："那……我可以带着雪球一起走吧？"

易简斜睨小萨摩一眼："它叫雪球？"

"对啊，我给它取的名字。"

易简定定地看她两秒，忽然说："其实，如果你让它叫'易简'，我也不会介意的。"

易北北错愕："啊？它可是一只狗啊！"

用他的名字给它命名的话，会很奇怪的吧！

不符合他的形象不说，而且，谁会像他一样，愿意让一只狗叫自己的名字啊？

易简的眼底闪过一丝笑意，满不在乎道："那又如何？只要……你喜欢它就行了。"

"算了。"易北北摇了摇头："还是不要了吧，总觉得哪里怪怪的。"

易简笑了起来，幽深的眸子，跟她的眼睛对视着："既然叫雪球了，那就不要太喜欢它。否则，我会吃醋的。"易北北无奈，点了点头。

竟然有人会吃一只狗的醋，看来，即便易简可以让她养宠物，自己也不能对它太好，更不能跟它太亲密。

这时，外面响起一阵敲门声。保镖恭敬的声音传进来："易少，老爷子让您过去公司一趟。"

"现在？"易简皱眉。

"是的。"

易简的眉头皱得更深，顿了顿，他转向易北北，放轻语气道："北北，我出去一趟，很快回来。你要尽快下去吃早餐，不然就凉了。"

"好。"易北北乖巧地点头。

"一定要记得吃，不能饿肚子，对身体不好。"

又叮嘱了一句，易简倾身过来，在她的额头上落下一吻，这才起身离开了房间。

看着被他合上的房门，想到自己下午就要跟他去英国了，易北北的心里闷闷的，像堵了一团棉花。

洗漱完毕，易北北换了身衣服，带着小萨摩走出房间。

没想到，走到楼梯口的时候，后面突然蹿出来一个人，用毛巾捂住了她的口鼻。易北北愕然地瞪大眼，只觉得一阵刺鼻的味道袭来，还没来得及挣扎，就失去了意识。

那人将她带出别墅，扔上一辆车，车子迅速开走。

"哎，你说啊，这丫头，我们易少都没舍得碰一下呢，现在居然要送给王老板？这可是我们易少的心肝宝贝啊，想想还真是便宜那个死胖子了。"

"易少爷要是知道了，我们肯定要倒大霉。"

"是啊，记得以前，小姐跟着保姆跑掉的那天晚上，多少人受到了牵连！"

"易少会不会罚我们……"

"怕什么，这是老爷子的命令。有什么事，老爷子会罩着我们的。只是可怜了这丫头，王老板那可不是好人……"

迷迷糊糊中，易北北隐约听到有人在说话，睫毛不由得颤了颤。

那声音是？老爷子，易少……王老板？

易北北感觉头昏昏沉沉，她皱着眉头，缓缓地睁开了沉重的眼皮。

她这才发现，自己正躺在车后座。并且，手脚都被粗麻绳捆得紧紧的，动弹不得。易北北想说话，可是嘴上被贴着胶布，能发出的，也只有"呜呜"的声音。

察觉到后面的动静，坐在副驾上的保镖回过头说："小姐，对不起了。这是老爷子的意思，要把你送到王老板那儿去，你可千万不要怪我们啊。"

"唔唔！"易北北很想问，老爷子要做什么，王老板又是谁？这时，易北北突然明白了过来。今天早上，龙枭让易简去公司，就是为了支开他。

难道说，那个王老板是跟自己之前，在酒吧遇到的金老板一样的人物？

想到这个可能，易北北的脸色蓦地变得苍白。"唔……"她挣扎着，可是保镖说完，就转过了头，不再理会她。

车子快速地朝前行驶着，突然，唰——瞬间的刹车后因为巨大的惯性，易北北险些从座位上栽下去。

"怎么回事啊你，会不会开车啊？"坐在后座的保镖怒骂道。

"不是……"开车的人刹了车，惊魂未定道："我们，好像被截了！"

唰——唰——唰——四辆黑色车子从前方街道的尽头穿梭而来，拦住了这辆车的去路。两个保镖又往后看了一眼，发现后面也陆续有车子驶来……

两个保镖都蒙了。车后座，易北北吃力地坐起来，往前看去。

下一秒，从车上下来十几个牛高马大的男人，如同海潮般的气势，将车子团团围住了。

司机走到最前面那辆魅影旁，为坐在后座的人打开车门，然后恭敬地弯腰："少爷，请下车。"

首先踏出的，是一双穿着黑色帆板鞋的脚，然后便是裹在白衬衫和黑色长裤里挺拔的身躯。

还有那张俊美得像妖孽的脸庞——凌意！他的身上，有着与生俱来的矜贵，站在一群黑衣人之间，他就像发光体一般。看到他，易北北的鼻子一酸。

她应该想到的，敢这样公然拦截易家的车，除了他之外，还会有谁？他总会在她最需要的时候，及时出现。

凌意站在车前，单手插兜，看见车里的易北北，他的嘴角勾起一抹邪肆不羁的笑意："臭丫头，我来了！"

说话间，他已经走了过来，目光牢牢锁定她。

两个保镖连忙下车，拦在他的面前，警惕地看着他："凌少，你这是什么意思？是要跟龙家和易家作对吗？"

凌意仿佛听到了一个笑话，冷笑道："别在我面前摆架子，你们算什么东西？"

"凌少，你这是在自找麻烦！"

"怎么，你在威胁我？"凌意眯眼狠狠说道。

只是这么一个眼神，两个保镖立马了，结结巴巴道："不……不敢！只是，我们也是奉命行事，希望凌少不要为难我们。不然的话，我们无法向龙爷交代啊。"

"这跟我有关系？"凌意嗤了一声，示意身后的人动手。

两个保镖被直接拖走。

收拾了两人，凌意打开车后座，小心地撕开易北北嘴上的胶布。

终于能说话了！易北北松了口气，惊讶地看向他："凌意，你怎么知道我在这儿？"

凌意曲起食指，敲了一下她的额头："笨蛋，既然决定要帮你一把，我自然会时刻关注你的动静。"

凌意给她松了绑，然而，却没有帮她解开捆着她双手的绳子。

"凌意，为什么不把我手上的绳子也解开？"易北北诧异着。

凌意薄唇微启，轻佻地吐出三个字："好玩啊。"

"你——"易北北郁闷，鼓起小腮帮瞪他："凌意，你混蛋。"

凌意邪气地扬唇，伸手揉了揉她的头发："我是坏蛋，你不是早就知道了吗？"对于他的厚颜无耻，易北北无言以对。

"要我帮你解开绳子也可以。先说好，你不准逃跑。"凌意认真地申明着。

易北北一窨："我干吗要逃跑？"

"是谁说的，要跟我断绝来往，还要离得我远远的？"凌意凑近她，温热的气息喷在她脸上，酥酥麻麻的，好像有一根羽毛在轻轻地撩拨着。

只要再近一点，他就吻到她了！扑通，扑通……易北北脸红心跳着，连忙避开他那双幽亮的眸子："知道了，我不跑就是了！"

然而她这样说了，凌意把她带回凌家老宅的一路上，还是没有给她松绑。易北北更加郁闷。两只手被这么捆在身后，想动也动不了。下了车，她气呼呼地瞪了他一眼。

凌意权当没看见，颇有意味地问："臭丫头，我又帮了你一次，你想怎么报答我？"

"我想咬死你可以吗？"

"欢迎你咬我，不过，温柔一点。"凌意笑意加深，将俊脸凑到了她面前。易北北哼了一声，啊呜一口就冲着鼻子咬了下去！

"嘶!"凌意倒吸了一口凉气。

易北北还没来得及笑他,突然,后颈剧烈一痛,有人重重地劈了她一掌!

瞬间,她眼前一黑,软软地栽倒在了地上。

"臭丫头?"凌意一怔。

看到身后的人,他一拳揍了过去。后面跟着的保镖捂着自己被打了一拳的脸,窘迫道:"凌……凌少,对不起!我……我刚才以为,她是要伤害您,所以习惯性地动手了!"

"滚!"凌意恼怒地低吼。

"是是是……"

凌意将易北北横抱起来,见她紧闭着眼睛,他低声唤道:"臭丫头?北北?"

易北北没有回应。

虽然知道她只是暂时昏过去,并不碍事,凌意还是一阵懊恼。

嘶……脖子好疼啊。

易北北蹙了蹙眉,而后,缓缓地睁开了眼。

第一眼看到的,是床边的一个女佣。见她醒来,女佣欣喜道:"小姐,你醒啦?"

易北北揉了揉自己的眼睛,从床上坐了起来:"这是哪儿?"

"这是凌少的房间。"女佣说着,微笑着补充:"小姐,凌少的房间可是从来不允许外人进来的呢。除了每天打扫的人,你是第一个能进他房间的女生!"

凌意的房间吗?易北北讶然,打量起眼前的一切。

这个房间很大,却是一派的冷色调。灰、黑、白……看得出房间的主人十分高傲。脑子里浮现出凌意那张邪肆张狂的脸,易北北莫名地脸皮发热，掀开被子就要下床。

就在这时，浴室的门打开，一个充满磁性的声音传来："醒了？"

"凌少。"女佣恭敬地说了声，就识趣地退出了房间。

易北北抬眸，就看见凌意拿着毛巾擦着自己湿漉漉的黑发，从浴室里走出来。

他只穿着一条白色睡裤，一些晶莹的水珠，沿着他俊美的脸庞滑落。他走到床边，俯身，长臂横在易北北两侧，将她困在了自己身前。然后凑近她耳边，低低一笑："怎么，害羞了？"他笑得邪气，薄唇暧昧地摩挲着她的小耳朵。

"我才没有！"易北北争辩道。

"没有？那你的脸为什么那么红？"

"因为……因为你房间很热！"易北北一边找着蹩脚的借口，一边伸手捂住了发烫的小脸，只露出一双眼睛。

可是，当看到凌意高挺的鼻子上，好像还有她咬出来的牙印，她突然扑哧一声，很不厚道地笑了出来。

她笑得眼睛弯弯的，很是得意，脸颊边还有两个可爱的小梨涡。一时间，凌意竟然又看得恍了神。就是这样的笑容，他想要守护的东西。

不过，这丫头现在可是在取笑自己。"臭丫头，你敢笑我？"凌意哼了一声，伸手就挠向她的腰："再笑一个试试！"

"啊啊！啊哈哈哈……"易北北笑得上气不接下气，她最怕的就是别人挠她痒痒了！

她想逃跑，凌意却不放过她，两个人就在床上打起滚来。

易北北觉得自己笑得快断气了，只能抓过凌意的手，一口咬住了他的手臂！凌意条件反射地松开了她。

看着自己手臂上被她新咬出来的牙印，他好气又好笑："臭丫头，你是狗吗？这么喜欢咬人？"

易北北缓过气来，忿忿地瞪着他："凌意，下次你再这样的话，我还咬你！"她的话，显然对凌意构不成任何威胁。

他挑眉："你咬啊，我还怕这个？"

说话间，他突然注意到她脖子上贴着一个创可贴，皱眉问："怎么回事，受伤了？"

这个……易北北摸上自己的脖子，撇了撇嘴："如果我说……这是被易简咬伤的，你信吗？"

凌意嘴角抽了抽："所以，你喜欢咬人是学他的？"

易北北噎住，反驳道："才不是，我自学成才！"

"扑哧……"凌意忍不住笑出了声。这丫头，还真是可爱。

跟她在一起，总是那么的轻松愉快，好像一切都变得美好了起来。怪不得易简会那么在乎她，还想把她带到国外去。可惜，她现在已经不在易简身边了。

2

与此同时，另一边，龙家。

"开门！给我开门！不然，我杀了你们！"

易简暴怒的声音不断从房间里传出来，还伴随着砸东西、摔东西的声音。

守在外面的几个保镖，根本不敢开门，更不敢进去，只哆嗦着开口："少爷，请您冷静点！"

易简被锁在里面很久了，一刻都没有消停。

这时，龙枭回来了，跟他一起来的，还有夏若沫。

看到两人，保镖如获大赦，立即恭敬地弯腰："老爷子，夏小姐！"

龙枭冷冷道："把门打开！"

"是。"保镖应着，转过身，小心地打开了房门。

房间里，已然一片狼藉，能砸的东西，都已经被易简砸了个遍。易简看向这边，眼神冷厉如刀，浑身都笼罩着阴霾。

"易简……"夏若沫想要上前，可对上他阴鸷的眼神，又不敢了。

"混账东西，闹够了吗？"龙枭恼怒道："你现在，立即跟若沫去国外，没有我的允许不准回来！否则，我就让你永远见不到那丫头！"

他立即冲过去，一把揪住了龙枭的领口，急切地质问："北北呢？你把她怎么样了！"

"放肆！"龙枭厉喝着，狠狠地甩了他一巴掌！

"啪！"易简的脸被打得偏过去。

他却像没有感觉一样，缓缓地回过头，看向龙枭，哑声请求："外公，把北北还给我……"

龙枭怒不可遏，扬手又给了他一巴掌。易简的嘴角，顿时渗出了血。

可他仍旧自顾自地祈求着，声音愈发沙哑："外公，求你……把北北还给我吧。"

"没出息的东西，我打死你！"

龙枭愤怒地让保镖去拿马鞭，夏若沫大惊失色，连忙拉住他的胳膊，哭着道："老爷子，你别打了！"

龙枭额头暴起青筋。他极力克制着自己的怒气，吩咐保镖道："把少爷带走！不管你们用什么方法都好，给我把他押上飞机！"

"是！"保镖领命，朝着易简逼近："易少，得罪了！"

"滚开！"易简一拳打过去，将一个保镖打倒在地。看着跟保镖厮打在一起的易简，夏若沫都吓傻了。这样的他，就像是一头负伤的狮子，做着困兽之争，疯狂得让她害怕。

可是，又让她那么心痛。为了易北北，易简真的什么都做得出来。甚至，变得跟个没有理智的疯子一样。夏若沫无奈又无能为力。

保镖们接二连三地拥进去，费了好大的功夫，总算是钳制住了易简。

"放开我！滚！"易简还在拼命挣扎着，突然，脖子后方传来一阵刺痛。一支麻醉针扎下来，易简瘫倒在地，很快失去了意识。

刚才的暴风雨，终于平息了下来。看着满地狼藉，龙枭没想到，自己的寿辰，就是这样过的。他悉心培养的这个外孙，可真让他"高兴"。

龙枭带着浑身怒气往外走，又吩咐一个保镖："打电话给凌少，告诉他，既然他半道截了易家的车，想必是对那丫头有点意思。既然如此，我就顺水推舟，把那丫头送他了！"

保镖一愣，连忙颔首："是！"

易北北在凌家待了半天，也没有收到易简的消息。

他说过，今天下午就要带她去国外的。她不见了，他不可能一点反应都没有啊。

见她在发呆，一旁的凌意挑了挑眉："在想什么？"

"不知道我哥怎么样了……"易北北闷闷地用筷子戳着碗里的饭，然后抬眸看他："凌意，要不，我还是回去好了？"

"他出国了。"

"啊？"易北北错愕。她怎么一点儿也不知道？

"是龙枭的命令，他还让你留在我这儿。他说，你现在是我的了。"凌意歪了歪嘴角。

什么叫她现在是凌意的了，龙枭打的什么主意？易北北的心情突然低落下来，嘟囔道："我怎么感觉自己像是一个被送来送去的物件？"

凌意眼神深邃着，揉了揉她的头发："笨蛋，我可没这么想。"易北北郁闷地托起下巴。

晚上，凌意领着易北北来到二楼的一个房间："臭丫头，从今天开始，这房间就是你的了。"

易北北往里看去，这个房间很大，是她喜欢的粉白色调，很梦幻的公主房，看得出是经过精心布置的。

"喜欢。"她看向凌意，认真道："凌意，谢谢你。"

"谢什么？"凌意敲了一下她的额头："要不要我帮你整理行李？"

易北北看一眼房间门口的几个行李箱，是刚从公寓那边送过来的，她摇摇头："不用啦，我自己来就可以了。"

"不用就不用，谁稀罕？"他有些别扭地说着，又补了一句："臭丫头，整理完了就早点休息，别太晚了。"

易北北扬起嘴角，冲他笑了笑："知道啦，晚安！"

凌意笑意加深，伸手轻轻地揉了揉她的头发："臭丫头，晚安！梦里见。"

等凌意离开之后，易北北拖着行李箱走进房间，锁上了房门。

然后，她拿出自己的手机，找到易简的号码，拨了过去。

"对不起，您拨打的号码是空号……"嗯？易北北错愕。

没有迟疑，她立即又拨了个电话给夏若沫。此时，夏若沫正坐在去往机场的车上。接到易北北的电话，她盯着手机屏幕看了一会儿，才犹豫着接了起来。

"喂？若沫姐姐，你跟哥哥在一起吗？"

夏若沫看了一眼身旁仍旧昏迷着的易简，伸手理了理他微微凌乱的头发，垂下眼帘道："嗯，在一起。"

"他怎么样了？"易北北急切地问着："为什么突然间就去国外了？也没有说一声。"

"他……"夏若沫顿了顿："他很好，去国外是龙老爷子的命令。北北，你不用挂心，留在那儿好好生活吧。易简他，暂时是不会回来的了，你自由了。"

易北北心情很复杂，不解地问："他的号码怎么变成空号了？"夏若沫平静道："老爷子把他的号码注销了。老爷子说，你现在是凌少的人了，以后就不要再联系易简了。要是再让他发现你们之间还有什么瓜葛，他绝不再手软！"

易北北只觉得心寒，想到龙枭对待易简都可以毫不留情，还想着把她送给那个什么王老板，易北北抿住唇。

翌日清晨，易北北还睡得迷迷糊糊的，突然听到一阵急促的敲门声："臭丫头？"

隐约听到声音，易北北眉头皱了皱，缓缓地睁开了惺忪的睡眼。

对了，今天还要去上学的："知道了，我起来了！"易北北应了声，连忙从床上坐了起来。

迅速洗漱完毕，换上校服，易北北拎起书包就跑去打开了房门。

第一眼，就看到凌意单手插兜倚靠在门边，姿势吊儿郎当的。他一身灰色校服穿得整整齐齐，白衬衫却随意地松开了两个扣子，隐约可见他精致的锁骨。

看到易北北出来，凌意嘴角勾起一抹笑意："笨蛋，早。"

"喂！"易北北忿忿地瞪他一眼。这时，一只白色毛茸茸的东西突然出现在她面前，易北北吓了一跳。仔细一看，她兴奋了起来。是她的小白兔！

凌意提着小兔子的两条前腿，摆动了两下："小东西，来跟你主人打个招呼。"

小兔子欢快地蹦了蹦，看来，凌意将它照顾得很好。

易北北将自己的兔子接了过来，突然想到什么，心底微微失落。

雪球好像还在公寓那边，没有一起带过来呢。

就在这时，嗷呜一声，一团白色的东西跑了过来。凌意将它抱起，唇角的弧度扩大："是不是在想这个？"

易北北惊讶地看着他怀里的小狗。雪球？

她突然发现，凌意真是一个神奇的存在，居然会知道她在想什么。

正发着愣，额头突然被凌意敲了一记："发什么呆？下去吃早餐吧，爷爷在等着了。"

"嗯嗯！"易北北笑起来，抱着小兔子跟着他走下楼。

到了楼下，把兔子和雪球交给用人，易北北走进餐厅。

凌松果然已经端坐在那儿，看到易北北，他眼睛一亮，立即招呼道："北北，来来来……过来让爷爷瞧瞧！"

凌爷爷还是这么热情，这么亲切啊。

易北北立即走过去，老爷子将她上下打量了一遍，确定她安然无恙后，慈祥地笑起来："没事就好，没事就好，快坐下吃早餐吧。"

昨天听说她被绑了，要送给什么人，他这个早已经历过大风大浪的老头子，都禁不住担忧了起来。好在，凌意及时找到了她。

"谢谢爷爷。"易北北笑了笑，在餐桌旁坐下了。

"客气什么？都是自家人了。"凌松的心情好像特别的好，整个人容光焕发。

易北北一窘。凌意走过来，自然而然地在她身旁坐下了。

凌松很是满意，越看越觉得这两个孩子般配。"北北，昨晚睡得好吗？"

易北北笑着点头："嗯，挺好的！"

"那就好。北北啊，接下来你都要住在这儿了，如果有什么不喜欢的，不适应的，尽管跟爷爷说，千万不要客气！"

闻言，易北北心里一片温暖。她跟老爷子，非亲非故，可他对她，是不是太好了一点？

易北北抿了抿唇，然后，迟疑地开口："爷爷，有个问题，我一直想问你。"

凌松挑眉："你尽管问！"

易北北的脸上写满了认真："爷爷，我想问的是，为什么这么久了，你从来没问过我的家世背景？想必，你也已经知道我的来历了吧？"

龙家和易家，都游走在这个城市的黑暗边缘，让人闻之色变。一般的人，都不会想跟这两家扯上关系，搞不好会引火烧身。

"是，我知道，凌意早就告诉我了。但这又有什么关系呢？"凌松直截了当地承认，仍旧慈祥地笑着："反正，老头子我看中的是你这个人，又不是你的身家背景。"

易北北垂下眼帘，低声说："可是……我怕会给你们带来麻烦。"

"怎么会麻烦呢？我们凌家，可不是好欺负的！"凌松朗声笑起来，瞥一眼凌意："还有，就算有麻烦，让这小子经历一下也好，他才会知道娶媳妇不容易，才会加倍珍惜你。是吧，臭小子？"易北北真是哭笑不得。

凌意漫不经心地喝着牛奶，一脸的傲娇："你说什么就是什么了。"

3

此时的国外，夜幕降临，整个庄园都笼罩在夜色之中。

这儿里里外外起码有上百个保镖，二十四小时监控着。

眼下，易简去哪儿都会有人跟着，连出入这座庄园都是个问题，更别说回国了。

别墅二楼，偌大的房间里没有开灯，漆黑一片。夏若沫端着一碗刚煮好的米粥走进来，把灯打开。

看到躺在沙发上的那个人，她顿时心疼了起来，柔声道："易简，你还好吗？起来吃点东西吧？"从昨天被龙枭关起来到现在，他还没吃过一点东西，连水都没喝两口。

易简一只手覆在自己的眼睛上，看不清他此时的表情。

他全身都笼罩着一种阴暗颓废的气息："易简，你哪怕吃两口也好啊。"

夏若沫走上前两步，却被他一声低吼吓得猛地站住："你滚吧。"

"易简……"夏若沫的眼眶泛红。她不想看见他这样。咬了咬唇，她鼓起勇气说道："你是打算不吃不喝吗？你这样折腾自己，又能怎么样？你外公还是不会让你回国！而且，万一你把自己身体搞垮了，就算你想把北北抢回来，也没有办法了！"

易简黯然空洞的眼睛微微一动，有了一丝光亮。

当得知北北被外公转送给了凌意，他除了愤怒、难受之外，还有……一种前所未有的恐慌。

跑车一路抵达了学校，凌意这才把手松开。

易北北如获大赦地把自己的手抽回来，揉了揉被他攥得发热的手指。突然，她感到手腕一凉。易北北诧异地低头看去，竟然是自己的星星手链！

凌意把手链戴回她手上："物归原主。"既然这丫头已经在家里住下了，他也就没有霸占她手链的必要了。

易北北欣喜着，斜睨他一眼："好吧，看在你主动还给我的分儿上，我履行答应过你的事，加入学生会。"

真的？凌意也有些意外，随即邪气地一笑："这可是你说的。放学之后，我在学生会等你，不见不散！"

易北北打开车门正要下车，她突然想到一个问题，诧异地看向凌意："对了，凌意，你为什么这么想让我加入学生会啊？"

凌意勾起嘴角，卖了个关子："等你加入之后就知道了！"

果然，从凌意的跑车上下来之后，易北北走进教室的这一路上，无数学生都向她投来怪异的目光。

等她在自己的位置上坐下，夏小葵立即凑过来，好奇地问："北北，我听说你今天是跟会长一起来学校的，是真的吗？"

易北北失笑："是真的。"

流言蜚语的传播速度就是快。

"哈？"夏小葵惊愕地瞪大眼："那你们是……是在交往了吗？"

"没有啊。"易北北叹气："我跟他之间，有点复杂，找个时间再跟你慢慢说吧。"

夏小葵兴奋得眼睛放光："好啊好啊！北北，我对你和会长之间的事，超级感兴趣的！"

一天下来，易北北脑子里想着各种事，尤其是易简……以至于今天的课，就这么浑浑噩噩地过去了。

放学之后，夏小葵收拾好了书包，拉了拉易北北的袖口，一脸期待地问："北北，今天学生会招新，你要不要去？"

"去啊。"她答应了凌意的。

"真的吗？我们一起吧？"夏小葵兴奋着，挽住易北北的手，跟她一起走出教室，一路来到了学生会。

这是一栋已经有些年代的欧式风格建筑，在夕阳的笼罩下，古朴又庄严。

今天是招新的日子，此时的学生会大门外，已经排了好几列长长的队伍。

人头拥挤着，正领着学生会成员发下来的申请表。

看着这么长的队伍，易北北有些发愁："好多人啊，学生会有这么受欢迎吗？"

"当然咯，光是奔着会长来的就占了好大一部分！你看看那些女生，一个个娇羞的样子……"

易北北嘴角抽了抽。和夏小葵一起排到了队伍的后面。

这时，有人捣了她一下，一个温柔的声音随之传来："北北，你也来了呀？"

易北北回过头，就看到了身旁这个长发飘飘的漂亮女生。

咦？她不是上次上体育课时，在操场遇到的那个女生吗？

易北北仔细想了想，哦……对了，温芷柔！

女生将耳边一缕发丝撩到耳边，白皙的脸上扬着一丝浅浅的微笑。周围的男生都忍不住往这边多看了几眼。

"北北，你是来参加学生会招新的吧？"温芷柔又说。

易北北点点头："对呀，你呢？"

"我也是！不过，我是专门来找你的。"

"找我？"易北北有些诧异："你有什么事吗？"

温芷柔不好意思地笑笑，有些为难地开口："其实……也没什么。就是……那个，我申请加入学生会几次了，都没能成功。北北，你跟会长好像比较熟……能不能帮帮我啊？"

加入几次都没成功？不会吧。

易北北不解地问："你申请的什么部门？"

"我……我申请的是会长助理。"温芷柔的脸上泛起一抹红晕："北北，拜托你了！我真的很想成为会长的助理，你帮帮我好不好？"

这么说，她也是冲着凌意来的？易北北窘迫着，见温芷柔可怜兮兮地看着自己，满脸的请求，她不太好拒绝。

易北北犹豫了下，点头道："那……好吧，如果我见到他，就找机会跟他说。"

"嗯嗯！"温芷柔眼睛一亮，激动地握住她的手："北北，谢谢你！有你帮我，我一定能够成功的！到时候我请你吃饭。我先去填申请表啦！"说着，她就兴冲冲地跑开了。

看着她的背影，夏小葵从鼻子里哼了一声："北北，她难道不知道，会长助理是由会长亲自审核决定的吗？干吗要来找你帮忙……而且，这万一又没选上，她会不会怪你？"

易北北也想到了这一点，但是不想纠结："算啦，我都答应她了。至于能不能成功，当然还是看她自己的表现了。"

领到了申请表，填写完毕之后，易北北交了表格，等待着学生会第一轮的筛选。

申请表基本上都会通过，然后，要参加学生会安排的第二轮筛选——笔试。

题目并不难，主要是一些基础题、心理题，还有一些关于学校规章制度的内容。

不过半小时，笔试的成绩就出来了。

易北北挤在一堆学生中间，听着学生会的人宣布进入第三轮筛选——面试的名单。

她听到了自己的名字，还有夏小葵，太好了！

然后，立马有学生会的成员过来提醒："念到名字的同学，请上三楼会长办公室，等待面试！"

对于学生会的办事效率，易北北也是服气。这会不会太快了一点儿？根本连缓冲的时间都没有啊。

"哎，你听说没？这次招新是会长亲自面试，真是太难得了！"

"对啊对啊，哪怕不能进学生会，见他一面也值了！"

听到身后两个女生的话，易北北的嘴角又是一抽。她正想着，有人喊了一声她的名字："易北北同学！"

易北北回过头，就见宋初原跑了过来，谄媚地笑着："恭喜你进入了学生会的面试，会长在上面等着你呢，让我来带你上去。"

"他在等我？"

"对啊，你快跟我上去吧，别让会长等急了。"

"好吧。"

上到三楼，已经有很多学生在等着了。

易北北走近会长办公室，从门缝中往里看。

偌大的办公室，坐着学生会各部门的部长，一个个表情严肃，给人以无形的压力。

凌意身为会长，坐在正中间。

在那么多人中，他无疑是最耀眼的那个。

长相俊美的少年，本身就是夺目的光团。

凌意一只手慵懒地抵着额头，另一只手转动着笔，正看着眼前来面试的女生，目光漫不经心，却邪气得让人心悸。

那女生看着他，羞涩得涨红了脸，磕磕绊绊地说着："我……我叫……，来自高一……高一C班。我加入……学生会的目的是……"

还没说完，凌意便冷声开口："下一个！"

女生睁大眼睛，不知所措道："会……会长，我还没说完呢？"

"学生会不收结巴！"

女生尴尬地低下了头。接着就被人请走了。

易北北已经看到好几个人垂头丧气地出来了，宋初原领着她走进办公室，然后跑到凌意身边的位置坐下，狗腿地笑道："会长，我把她带来了！"

凌意抬眸，郑重其事地看向易北北，嘴角蓦地勾起。

易北北在一张椅子上坐下，就听到有人说："先做个自我介绍吧。"

看一眼自己前方的凌意，见他正一脸邪气地看着自己，易北北窘迫了起来，但也没有怯场，声音清脆道："我叫易北北，是高一A班的学生。"

"为什么加入学生会？"

"本来呢，我对学生会是没有兴趣的。但是你们会长希望我加入，为此还耍赖威胁什么的。他这么煞费苦心，我当然要给他一点面子啊，是吧？"易北北笑眯眯地看着凌意，眼里带着一丝挑衅。

学生会众人惊呆了，一句话都没有。

凌意嘴角抽了抽。这丫头怎么实话实说呢？

宋初原有些尴尬，不过他还是保持着微笑，清了清嗓子，按照流程来提问："那么，易北北同学，你有什么才艺吗？"

易北北耸了耸肩："没有啊。"

虽然自己从小学习钢琴，现在已经完全达到了演奏水平。可易简说过，不允许她在外人面前弹奏，只能弹给他一个人听……所以，一直以来，她都只能这么藏着掖着。

对于易北北的回答，各个部长哭笑不得。

学习部部长坐在凌意旁边，见他似乎对这个女生很有兴趣，尴尬地问："会长，你觉得……她符合我们的要求吗？"

凌意挑眉："当然。"

"可是，她不仅是个刚来我们学校没多久的转学生，还什么才艺都没有啊！"

凌意的目光紧锁住易北北，笑意加深："她脸皮够厚，这就足够了！"

"噗……"宋初原没忍住喷了。

易北北愤然地丢给凌意一个大白眼。

不是吧，她还敢瞪会长？学生会众人更加吃惊。

可是会长呢，却一点儿也不生气，嘴角始终噙着一抹笑意，好像心情很好的样子。

宋初原拿起易北北的申请表，微笑道："易北北同学，恭喜你通过了面试。你申请加入的是宣传部，如果你没有什么异议的话，以后你就是宣传部的一员了！"

易北北正要点头，凌意突然开口："慢着——"

宋初原不解地看向他："会长？"

"从今天开始，她，就是我的助理了！"

凌意这话一出，在场的人都愣住了。

不会吧，会长居然直接任命她当自己的助理，都不用经过考核或者试用的吗？

她做会长助理？那不是……温芷柔一直梦想着的吗？

易北北嘟哝了句："我能拒绝吗？"

凌意修长的十指交叉，抵着自己尖削的下颌，眼神倨傲，不可一世："易北北，你能给我当助理，是你的荣幸！"

易北北嘴角抽了下。文娱部部长是个女生，语气酸酸地说："就是啊，多少人想做会长助理，还没有那个机会呢！你居然还不愿意。"

她还没说完，就被凌意冷声打断："闭嘴！"

女生吓到，不敢再说话。

凌意起身，整理着自己的袖口，好像要离席了："接下来的事交给你们，我先走了。"

"啊？"宋初原诧异地看着他："会长，你要去哪儿？"

凌意看向易北北，眼神不怀好意："去跟我的助理交流感情！"

易北北不解地睁大眼，下一秒，手腕被他抓住，人也被强行地往外带去。

"喂，凌意，你要带我去哪儿？"

学生会的人面面相觑。难道，学校里的传言是真的？会长大人真的情窦初开，春心荡漾，看上了一个家境普通的灰姑娘？

郊外

1

一阵手机铃声突然响起，打破了暧昧的气氛。

易北北立即回过神来，从书包里拿出自己的手机。

夏若沫？

她的第一反应，就是易简出了什么事。易北北连忙接起电话："喂？若沫姐姐……"

"是我。"易简冰寒的声音从那头传来。易北北的身体一僵。

"哥……你……还好吗？"

"北北，你还知道要关心我？我以为，你跟凌意在一起开心过了头，都忘记我的存在了！"易简语气嘲弄。

易北北错愕："我没有！"

"北北，我不管你现在在哪儿，你都给我牢牢记着，你是谁的人！你要是敢让那小子碰你，我绝不会饶了他，还有你！"易北北的心脏一抖，小脸微微发白。

她下意识地挣开了身后的凌意，咬唇道："我知道了。"

"希望你是真的知道！"易简掷地有声，而后，又放轻了语气："北北，我打电话给你，是有件事要提醒你——别忘了明天是什么日子。"

明天……易北北抿唇，眼底溢出伤感："我当然不会忘记。"

"嗯。可惜，明天不能陪你去了。"

"没关系，我自己去也可以。"

"我宁愿你自己去，也不准你让别人跟你一起！"易简的语气霸道又强硬。

这么多年来，从来都是他跟她去那个地方的，他不希望有第三者介入。

易北北抿了抿唇："好吧，我自己去。不会跟其他人一起的，可以了吗？"

等她结束通话，凌意一只手随意地搭上她的肩膀，亲昵地凑过去："喂，要不要带上我？我可以当你的保镖。"

易北北推开他的手，垂眸说："不用了，我想自己去。"

凌意皱眉，不禁更加好奇。这丫头身上，是不是还有着很多他所不知道的秘密？

这样的她，就像有着什么魔力，吸引着他向她靠近。哪怕前方是万丈深渊，也不愿退缩。

第二天，正好是周末。

易北北起床吃了早餐，收拾了下东西，就打算出发，去自己每年都要去的地方。

特别应景的是，今天的天空灰蒙蒙的，好像有下雨的预兆。

凌意从楼上下来，见她一个人走出了别墅大门，他叫住一个正在打扫的女佣："知道她要去哪儿吗？"

女佣摇摇头："不知道，易小姐没有跟我们说。"

凌意思索了下，最终还是忍不住跟了上去。

坐了一个多小时的车，易北北来到了郊区的一块公墓。这里远离市区，山清水秀，只听得见鸟叫声。

沿着青石板铺成的路走了好一会儿，易北北停了下来。

眼前的这个墓碑，被打扫得干干净净，一尘不染。

易北北知道，这是易简派人做的，每天都会打扫，雷打不动。

她将一束新采摘的小雏菊放到墓碑前，然后，伸手摸上墓碑上的那张照片："妈妈，今天是你的忌日，我又来看你了。"

照片上的女人，定格在了二十多岁，照片上的她正笑着，温柔又美丽。

"妈妈，你在那边……过得好吗？"

"我过得很好，你不用担心我……易简这次没跟我一起来，是因为他被送到了国外。"

看着墓碑上的照片，易北北眼眶一点点地变红，泛出了泪光。

她哽咽地开口："妈妈，我好想你，真的好想你……我恨那个肇事司机，是他摧毁了我们的家，可是这么多年了，他还没有落网……"

易北北哭了起来，眼泪大颗大颗地落下："我明白，时间过去了那么久，抓到凶手几乎已经不可能了。可我还是想知道，当年的肇事司机是谁……想亲口问问他，是有心还是无意，呜……"

如果妈妈没有死，爸爸也不会离开家，不知所踪。她就不会被送到孤儿院，不会被龙枭带走，不会被送给易简！

原本，她是可以幸福快乐地跟爸爸妈妈在一起的啊……为什么？偌大空旷的墓地，似乎只有她一个人在。没有了顾忌，易北北跪坐了下去，放纵自己失声痛哭。

她不知道的是，此时，有人正站在不远处的一棵树旁，幽深的目光落在她身上。

她哭得肩膀一抽一抽的，听着她的哭声，凌意的心刺刺地疼，像是被针一下下用力地扎着。

他还是第一次见她哭成这样，就像个无助的孩子。难道，只有在没人的时候，这丫头才会展现出最脆弱的一面吗？

凌意喉头滚动了下。此时此刻，他真的很想冲过去，抱着她，安慰她，替她擦眼泪。

没一会儿，天空飘起了毛毛细雨，在草木上凝结成水滴。慢慢地，天空杂夹着深秋的风，带来丝丝寒意。易北北却像是没有感觉般，仍旧伤心地哭着。

突然，一件外套盖在了她的头上，替她挡去了渐渐沥沥的细雨。

易北北一愣，连忙抬起头。对上那张耀眼的俊脸时，她微微失神。

凌意站在她身后，低头看着她，将她身上的外套裹紧了一点："笨蛋，不知道下雨了吗？"

易北北没有说话，只是伸出手，将照片上沾上的水珠擦去。

看着那张照片，凌意发现，这丫头长得跟她妈妈有六七分像。

"你妈妈很漂亮。"他由衷地说着。

易北北擦了一下眼泪，苦涩地笑了笑："是啊，而且还是个特别好的人。她都生下了我，还有几个男人在追求她呢。"

"她……是什么时候去世的？"

"在我六岁左右的时候。那天，我和我妈妈在广场上喂鸽子，一辆车突然就冲了过来，直接撞向了我妈妈，她当场就……"易北北声音哽咽，她咬住了唇，使劲控制着眼底的泪水。

车祸？凌意的眉头皱起。什么车会无缘无故地往广场上开？

他冷声道："看来，很可能是蓄意谋杀。"

"我也是这么认为的，可是……没有一点线索，肇事司机至今都没有找到。我好想让我妈妈托梦给我，想她告诉我，是谁害死了她……"

那种想要找到凶手的强烈渴望，就这样汹涌而出，以至于易北北根本就止不住眼泪。

见她小脸上满是泪水，凌意的喉头又滚动了下，将她的身体扳了过来："想哭就哭出来吧，肩膀借你。"

易北北没有动，只是低着头呜咽。

凌意干脆伸手，勾住她的腰，将她搂入了自己怀里。

"斯人已逝，我们能做的，就是好好活着，让他们放心。"

靠在他温暖的胸前，心，好像暂时得到了抚慰。易北北点点头，然后闭上眼睛，情绪平复了些。

凌意抱紧了她，下巴亲昵地抵住她的额头："臭丫头，以前……你的身边有易简。现在，你有我。我希望，你能像依靠他一样依靠我。特别是，在你伤心难过的时候。"他的声线磁性低沉，伴随着雨水，仿佛有某种蛊惑人心的魔力。

你有我……易北北一怔，立即睁开了眼，抬头看他："凌意，你别对我太好可以吗？"

凌意垂眸，对上她的视线。

细细的雨丝，将他的脸浸润得格外地清莹俊美，他一笑："怎么，怕我对你太好，你会爱上我？"

易北北耳朵一热，连忙撇开脸："我……我只是不想欠你人情！"

"啧，这句话我都听腻了。"凌意一脸的嫌弃："而且，欠就欠了，又不需要你还！"

"……你真大方。"

凌意倨傲地哼了一声："我可不是对谁都这么大方的！"

"是是！"易北北有些想笑，却忍住了。如果自己又哭又笑的话，肯定会很丑的吧。

凌意勾起嘴角，放开了她，转而握住她的手，跟她一起站到了墓碑前面。

对着墓碑上的照片，凌意莫名地有些紧张："我可以跟你妈妈打个招呼吗？"

易北北点头："当然可以啊！"

凌意连忙整理了一下自己半湿的头发，还有衬衫的领口，确定自己看上去仪容得体之后，这才认真地开口："阿姨，你好！我叫凌意，是北北的……"

说到这里，他不确定地看向易北北："我是你的什么？"

对上他深邃的眸子，易北北一窘："咳，你自己说吧。"

"那好，我可就说了。"凌意笑起来，而后清清嗓子说："阿姨，我是北北的同学、上司兼男朋友！"

她是让他自己说，同学没毛病，上司嘛，也说得过去。但这男朋友，就不太对劲了吧？

易北北正要反驳一句，就听到凌意继续说："阿姨，我跟北北的相遇，还挺奇妙。我一直都有种感觉，是上天把她送到我身边的。既然如此，那么，我会好好地照顾她，保护她，你放心。"

易北北的小脸，忽然一阵滚烫。说的话像是在跟她告白，又像是一个女婿在给丈母娘做着保证。

而凌意说完，也有些窘迫了起来。

不知道为什么，他真有一种见丈母娘的感觉。

轻咳了一声，忽然发现自己手里空空如也什么都没带，他抱歉地又说："阿姨，我也想给您献一束花，但我第一次来，什么也没有准备。对不起，下次我一定带上。"

此时的他，没有平时的玩世不恭，嚣张跋扈，有的只是礼貌和诚挚。

易北北能感觉到他对自己妈妈的尊重。

她笑了笑："凌意，没关系呀。那边有小雏菊，我妈妈最喜欢了。"

凌意看向不远处的那个小山坡，盛开着大片金黄的小雏菊。

"可以去摘吗？"

"嗯！"

"那我们一起去。"说着，凌意就牵住她，往那边走了过去。小手被他包裹在手心里，头上还盖着他的外套，带着独属于他的体温和气息。

易北北的心，顿时像是被捂热了一样，格外地温暖。

她抬起头看他，认真地说："凌意，谢谢你。"

"谢谢有什么用？"凌意傲娇地哼了声："说'我喜欢你'还差不多。"

"切。"易北北撇了撇嘴，脸蛋却有些发烫，连忙转过了身，朝着原路返回。

走出一段距离后，凌意突然想到了什么，脸色有些凝重地看向她："臭丫头，你爸爸呢？"

爸爸？易北北神色一滞。

她垂下眸子，声音变得苦涩了起来："我爸爸……在我妈妈去世之后，就变卖了家里所有的东西，把我送到孤儿院，然后就不知所踪了。我跟他快十年没有见面了，不知道他现在在哪儿，我都有些记不清他长什么样子了，也没有他的照片。"

想到当年爸爸把她抛弃在孤儿院，一个人决绝离开的背影，易北北就很难过。甚至，有些记恨。

凌意揉了下她的头发："那样的人，不值得你记住。别想太多，你只要知道，现在，你的身边有我就好。"

只要知道，身边有我就好。

易北北鼻子骤然一酸："嗯……"

凌家老宅。

凌松正坐在沙发上看着报纸，看见两人回来了，立即冲易北北慈祥一笑："北北，今天出门淋雨了吧？我让厨房给你熬了姜汤，快上楼换身衣服，然后下来喝了，别着凉了。"

易北北的心一暖，笑着应了："好的，谢谢爷爷！"

凌意等了好一会儿，也没听见凌松叫自己去喝，忍不住别扭地开口："喂，老头儿！你怎么不叫我喝？没我的份儿吗？"再说了，臭丫头裹着他的外套，没有淋什么雨。反倒是他，头发和身上的衣服都湿了。

凌松瞟他一眼，继续翻着报纸，满不在乎道："你是男孩子，身强体壮的需要喝吗？矫情！"

看着他哑口无言的模样，易北北"扑哧"一声笑了出来。

凌意原本是想反驳自己爷爷的，看到她的笑，就打消了这个念头。

易北北换了身衣服，下楼喝了姜汤，感觉全身都暖和了起来。见锅里还剩下大半碗的样子，她干脆拿碗盛了起来，给凌意送去。

楼上，凌意洗了个热水澡，驱除了浑身的寒意。从浴室里出来，就听到了外面的敲门声。

他一边用毛巾擦着湿漉漉的头发，一边走过去，门一开，易北北抬眸，看到眼前裸着上半身的少年，顿时窘迫了起来。

她别过脸，将手里的碗递给他："这个给你的，快喝了吧。"

见她小耳朵微微泛红，凌意觉得可爱，不由得凑近了她的耳畔："怎么，你在关心我？"

易北北回过头看他，有点小郁闷："凌意，你能不能正经点？要喝就喝，不喝我就拿走了。"

凌意却不放过她，伸手捏住她小巧的下巴，执拗地问："说，是不是在关心我？"

"是是是，我在关心你，好了吧？"易北北很无奈，也是服了他了。

有时候，她觉得他沉稳厉害得像个大人，可是有时候，又像个小孩子。凌意满意地勾起嘴角，这才接过了那碗姜汤，喝了起来。

盯着他上下起伏着的喉结，往下就是结实的胸膛，易北北莫名地有点口干舌燥。

见易北北正呆呆地看着自己，凌意低下头："喂，臭丫头，你想不想出去游玩散心？"

"去哪儿？"她没好气地问。

"下星期学校会组织两天一夜的秋游。先是登山，然后会在山上露营，有兴趣吗？"

"秋游？真的吗？我一直都很想去！"

对上她因为兴奋而亮起的眸子，凌意嘴角一勾，揉揉她的头发："嗯。到时候，你就跟着我好了。"

易北北撇嘴："为什么要跟着你？"

当他的小跟班？他肯定打的是这个主意！

"当然要跟着我，你这么蠢，万一走丢了怎么办？"理直气壮的语气。

易北北被雷了一下，不服气道："我这么大个人了，而且还是班集体一起行动的，怎么可能会走丢？"

凌意倨傲地扬眉："管你会不会走丢，别忘了，你现在是我的助理，就必须服从我的命令！"

易北北气得说不出话来。

不过，自己长这么大，还没参加过这样的集体活动呢。

易简总是把她看得很紧，凡是人多的地方，他都要限制她去，或是让一大堆保镖跟着，更别说在外面过夜了。这一次，竟然有机会可以尝试，突然有点小期待。

　　翌日，易北北照样坐凌家的车来到学校，自动忽略了周围投过来的各种目光，朝着自己的班级走去。

　　想到过几天可以去秋游，她的心情格外美妙，却在看到那个突然跑出来拦住她去路的女生时，脸上的笑意戛然而止，脚步也跟着停了下来。

　　是她？"北北……"温芷柔眼眶红红地看着她，好像快要哭出来了。

　　易北北有些不明所以："你怎么了？"

　　"北北，你在装傻吗？我哭什么，难道你不知道？"温芷柔使劲地吸着鼻子，眼泪汪汪的。

　　易北北想了想，该不会……她是在哭会长助理的事吧？"那个…温芷柔，你听我说，我也不知道会是这样的结果，我并不是自愿要当这个助理的。"

　　温芷柔虽然在会长办公室偷听到了凌意说的话，可她就是不甘心，泪水在眼底打转："既然不是自愿的，那你为什么不反对？你不想当，却要占着那个位置不放？你让那么多想当的人情何以堪？"

　　她什么时候占着位置不放了？如果可以的话，她现在就想拱手让人好吗？易北北无奈地一笑："所以，你是在怪我吗？"

　　"我没有！我只是不明白，为什么会长指定你当他的助理？你用了什么方法讨他欢心？还有，你是不是压根儿就没向他提起我？"温芷柔抿唇，握紧了手指。

　　"我当时根本就没机会提，就算提了，也是同样的结果。"易北北语气淡淡的："而且，你不需要用这种咄咄逼人的语气跟我说话。"

　　"你……你明明答应了的！"温芷柔有些激动了起来："易北北，我还以为我们可以成为好朋友。原来你跟其他女生一样，都看我不顺眼，都不愿意帮我，想看我的笑话！"

186

易北北无言以对。这个温芷柔，亏她长了一张漂亮的脸蛋。她是有被害妄想症吗？

"好吧，既然你认为我们不能成为朋友，那就没什么好说的了。上课时间快到了，你走吧。"

"不，我不走！北北，你说清楚，你是不是也喜欢会长，所以不想让我靠近他，怕我会把他抢走？"温芷柔控诉着，就像一只楚楚可怜的小白兔。

这时，易北北头上突然被敲了一记。与此同时，凌意磁性好听的声音在头顶上方响起："臭丫头，你戳在这儿干什么？当雕像？"

看到他，温芷柔的眼泪瞬间止住。

她连忙抬手擦干净了脸，然后微微勾起嘴角，绽开一个柔软的浅笑，转眼间就恢复了平时完美的样子。

易北北惊叹着一个人的变脸速度竟然可以这么快。

"会长，早上好。"温芷柔的声音就像她的名字一样，温柔似水。

凌意漫不经心地瞟了她一眼："你是谁？"

这三个字，一下子就让温芷柔飘在半空中的心，狠狠地摔了下来。

她错愕地看着凌意，脸色一点点地变得苍白。

全校有谁不知道她？

就连不少外校的人都听说过她。会长居然问她是谁。

温芷柔备受打击，刚止住的眼泪又涌了出来。她真的无法忍受，自己一直爱慕着的人，对自己这么不上心。

"会长，对不起，我先走了！"温芷柔哽咽着，转身便朝楼梯口跑了过去。

见她一边跑一边抹着眼泪，易北北感慨道："凌意，你又伤了一个女孩子的心。"

凌意满不在乎："又不是伤你的心。"

"可她想做你的助理都想疯了，你看她哭得多伤心，要不要满足一下她的愿望？她那么喜欢你，肯定会成为一个称职的助理，而且，她长得那么漂亮，看着工作动力都会满格呢，是吧？"

易北北说着，见凌意的表情越来越不爽。凌意沉着脸道："臭丫头，劝你打消这个念头。我只要你当我的助理，别的一个都不要。"

虽然有点郁闷，但是，心底深处的某个角落，突然间泛起了一丝微妙的感觉。真是有点甜。

"还有，"凌意又敲了一下她的头，警告道："以后不许在我面前夸别的女人，听着烦！"

易北北莞尔，故意说："那夸我妈妈行吗？"

凌意傲娇地扬起下巴："当然，丈母娘除外！"

3

此时国外正值深夜，庄园里盛放着一大片的玫瑰花，香气随着夜风弥漫。

别墅二楼。易简站在落地窗旁，凝视着外面漆黑的夜空，眼神有些放空，俊脸上显出一丝憔悴。

一回到这里，没有北北在身边，他每天都无法安心入睡。就像从心底长出来的荆棘，勒得他快要窒息。易简颓然地闭上眼。

这时，一个保镖走过来，恭敬地对他说："易少，已经派人去墓园祭拜了易小姐的母亲。"

"嗯。"易简睁开眼，随口问："北北是一个人去的？"保镖顿时噎住，冷汗冒了出来。

"说！"易简凌厉的目光扫向他。

保镖浑身一抖，连忙说："易小姐……她，她是跟凌少一起去的。

不，准确地说，是凌少跟着她去的。"至于两个人在雨中拥抱，一起回去什么的，保镖终究还是没敢说。

易简自嘲地扯了扯唇。果然，如他所料……

看着易简恼怒又沉痛的神色，保镖忍不住说："易少，您为易小姐付出了那么多，可她并不知情，甚至不领情。比她好的女生那么多，真替您觉得不值！"

黑衣人说着，面容突然痛苦地扭曲，额头上暴出了青筋。一只手死死地掐住了他的脖子！

"值不值，是你说了算的？"易简的眼神狠戾嗜血。

感觉自己快要窒息，保镖连忙惊恐地求饶："易……易少，对不起，是我多嘴了！"

"在我心里，北北就是全世界最好的。滚——"易简猩红着眼，狠狠地一脚踹开了他。

易简薄唇紧抿，突然间一个甩手，将身旁那个半人高的瓷瓶甩翻在地，哐啷一声，瓷瓶瞬间摔了个粉碎。

夏若沫端着一杯温牛奶进门，看到的恰好是这一幕。她吓了一跳，不敢再往前。

看着暴怒的易简，她默默闭上了眼，睫毛湿润一片。

刚才他说，北北在他的心里，是全世界最好的，任何人都无可取代！

"可是易简，你知道吗？即使很多人怕你，憎你，恨你，你在我心里，也是全世界最好的，没有人可以取代。"

夜游

1

接下来的两天，学生会要负责秋游的事项，每个部门都忙得不可开交。凌意的办公桌上，放着一堆文件等着他来批阅。

易北北身为会长助理，自然也忙了起来。

每天都是按照他的吩咐打扫办公室，打印复印文件，做会议记录，外加给他端茶递水，总之各种跑腿……

傍晚放学之后，学生会照例召开了部门会议。

凌意坐在主位上，双手交叠抵着英俊的下颌，严肃又认真地听着部长们的汇报。这么看上去，还真有老板的风范。

天色渐暗，凌意还待在学生会，翻阅着各部门递交上来的工作方案，易北北想先走，可他说什么也要让她在这儿陪着他，她饿得前胸贴后背，只能去学校的小超市买点东西充饥。

从超市里买了几包零食出来，一个人挡住了她的去路："北北……"

易北北抬眸，看见来人，她不禁皱眉："又是你？"

"嗯……是我。"温芷柔咬住唇，两只手藏在身后，有些扭捏道："北北，那天早上的事是我不对。没选上会长助理，是我自己的问题，我不应该责怪你的，对不起！"

温芷柔的眼神楚楚可怜，她将一盒饼干从身后拿出来，递到易北北面前："北北，这是我亲手做的饼干，送给你，算是给你赔礼道歉了。你原谅我，可以吗？"

易北北有些诧异，她怎么突然间就向自己道歉了？

"北北，我是真心实意向你道歉的，你就原谅我吧，好吗？我们重新做朋友！"

温芷柔把饼干盒往易北北面前递了递，眼睛红红的，易北北受不了她，伸手接过了那盒饼干："好吧，你的道歉我收下了。"至于重新做朋友，还是算了吧。

"太好了。"温芷柔的脸上浮现出一丝开心，又期待地说："北北，这个饼干真的是我专门为你做的，做了很久才做好，你一定要吃，不然，就辜负我的一片心意了。"

易北北不冷不热道："哦，谢谢了啊。"

一路回到会长办公室，凌意从文件中抬头，看到易北北手里拿着的那盒饼干，挑了挑眉："哪来的？"

易北北把饼干盒放到他面前，撇了撇嘴说："校花送的，你要吃吗？"

凌意皱眉："校花？"

"你又忘了？前两天早上不是还见过她吗？"易北北这么一说，凌意有了点印象。

身为凌家唯一的继承人，从小就见识过各种各样的人。是什么货色，他基本上一眼就能看出来。那个女生，并不像她表面上看起来那么单纯无害。

"我说，臭丫头，你怎么随便收她送的东西，不怕这里面下毒了？"

易北北讶然地睁大眼："不至于吧？"

一个正常人，看到别的女生跟自己喜欢的男生在一起，还能够跟那个女生做朋友的话，要么是心胸太宽广，太能忍，要么，就是城府很深。

看着那盒饼干，易北北突然觉得，为了自己的生命安全，还是不吃为妙。

正想着，就听到凌意问："对了，臭丫头，你明天跟谁睡一个帐篷？"

易北北鄙夷地瞟他："你不用想了，我跟我朋友一起睡。"

凌意扬眉，刚才还邪肆的表情，秒变严肃："男的女的？"

"关你什么事？"

"当然关我的事。你是我女朋友。"他说得理直气壮。

是，他的确入戏了，而且开始无法自拔。

他已经不满足于臭丫头只是假扮自己的女朋友，而是，想把它变成真的。

晚上八点多，凌松总算是等到凌意和易北北从外面回来了，立即慈祥地笑起来："终于回来了啊，还没吃饭吧？菜刚刚热好，快去洗手吃饭！"

"好的爷爷！"易北北笑笑，转身朝着餐厅那边走去。

见凌意也要往那边过去，他急忙冲他招招手："臭小子，先别走！过来，我有话要跟你说！"

凌意斜睨他："什么话不能直说，非要我过去？"

"我让你过来，你就给我过来，别废话！"

见老头子一脸的严肃，凌意单手插兜，不情不愿地走了过去。

"臭小子，明天你们去秋游，是在外面过夜的吧？"凌松压低了声

192

音问。

"嗯哼。"

"真的?"凌松的表情严肃起来:"那你可要保护好北北,不能出什么差错!"

凌意倨傲地哼了一声:"这还用你教吗?"

"你知道就好。还有,你要趁着这次机会,跟北北培养一下感情,让她喜欢上你!"

凌意转过头,看了一眼坐在了餐桌旁,正津津有味地啃着鸡腿的易北北。见她吃得小腮帮鼓鼓的,模样可爱极了,他嘴角勾起邪气的笑:"这是自然。"

听到他这么说,老爷子备感欣慰。易北北全然不知他们在说什么,等凌意过来,在自己身边坐下,她好奇地问:"凌意,你爷爷跟你说什么?"

凌意轻咳了一声,一本正经道:"他说让我这两天照顾好你。"

是吗?易北北挑眉,那怎么神神秘秘的,她还以为爷孙俩在密谋什么呢。

见她怀疑,凌意曲指,敲了一下她的额头,岔开了话题:"臭丫头,今晚早点休息,明天早上跟我一起出发!"

2

翌日,天气很好,特别适合出游。一大早,学校门口就停了十几辆大巴,静静地等待着学生们上车。

易北北背着包,兴高采烈地挽着夏小葵的手准备上车,后衣领突然被人一扯,她低呼一声,然后就撞入了凌意的怀里。

今天的他,一身休闲打扮。白色立领衬衫,亚麻色长裤,单肩背着个黑色的运动包。整个人修长挺拔，帅气得分分钟可以秒杀时尚杂志上的男模。

他一出现，女生们的眼里就都掠过了惊艳的光，想要尖叫。

易北北撇嘴，虽然很帅，可凌意一开口，就是不客气的一句："你不知道自己要坐哪辆车？"

易北北诧异地眨了眨眼："不是坐本班的车吗？"

"学生会的成员单独坐一辆车，你是我的助理，要跟我坐在一起！"凌意掷地有声地命令着。

"谁规定的？"

"我这个学生会会长规定的，你有意见？"

易北北不服气，正要反驳几句，却被他攥住手腕，强行地拽上了后面一辆大巴。

看着她被凌意拉上了车，人群中的一个女生，怨愤地咬住了牙。奇怪，易北北是没吃那盒饼干还是怎样？居然这么的生龙活虎，一点事儿都没有，还能来参加秋游，跟会长坐同一辆车！

温芷柔的表情，愈发的气愤，委屈，不甘……

易北北跟着凌意上了车，凌意靠近她身边坐下。

斜睨着他俊美的侧颜，易北北不禁怀疑，他是怎么当上这个会长的。滥用职权、乱定规矩，也没人管管？

她正鄙视着，宋初原兴奋的声音传了过来："易北北同学！"

易北北转过头，就对上了他那张可爱的娃娃脸。

宋初原凑了过来，灿烂地冲她笑着，手里拿着一瓶未开封的橙汁："我这儿有果汁，你要不要喝？"

现在整个学生会的人谁不知道，易北北是会长身边的红人。讨好了她，就等于讨好了会长！

宋初原将橙汁递过去，殷勤地说道："要吗？"

突然，一个不悦的声音打断了他："要什么？是揍你一顿吗？"

被凌意阴恻恻的目光逼视着，宋初原咽了咽口水，立即缩回了手，干笑了两声："会……会长……嘿嘿！你，你听错了，我什么都没说！"

说完，就很没骨气地缩回了自己的座位。

易北北强忍着想笑的冲动："凌意，你凶什么？他也是好心啊。"

"我看是不安好心！"凌意冷哼了一声，从自己包里拿出一瓶果汁，拧开瓶盖递给她："你就算要喝，也得喝我给你的！"

易北北拍了拍自己鼓鼓囊囊的背包："我带了喝的呀，你自己喝吧。"

"啧！给你喝你就喝，别人想喝还没这个机会呢。"

"我谢谢你啊。"易北北无语地瞥他一眼，接过了那瓶果汁。

大巴稳稳地朝前行驶着，要到达目的地，还有好长一段距离。

易北北趴在车窗上，一路看着外面的风景，只觉得越来越困……

眼皮耷拉着，整个人昏昏欲睡。她干脆闭上了眼睛，不知不觉地，就睡着了。

凌意无意间侧头，见她睡着了，不由得有些出神。

这丫头睡着的样子……还挺可爱。

长而卷翘的睫毛，安静地覆在白皙的皮肤上。红润柔软的唇轻抿，像是果冻，让人有种想要品尝的冲动。

凌意内心悸动着，忍不住伸出手，把易北北抱过来，让她舒服地靠在了自己怀里，修长的手指理了理她凌乱的发丝，享受着此刻的亲昵。

而另一边，宋初原正跟几个学生会的成员在打牌，大家都情绪高昂，不停地嘻嘻哈哈。

易北北像是隐约听到了声音，小脑袋动了动。

凌意一只手捂住她的耳朵，眼神锐利地扫向宋初原那边，压低声音道："吵死了！"

宋初原吓了一跳，不解地看向他："会……会长？"

"都给我闭嘴！你们要是把她给吵醒了，就给我滚下去！"凌意霸道地命令着。

看一眼他怀里睡着的易北北，宋初原恍然大悟，立马不敢说话了。

其余的人，更是连大气都不敢出。

所以这一路上，别的大巴都是吵吵闹闹，气氛热络。唯独这辆大巴，安静得出奇。

宋初原窝在自己的位置上，越看前面那两个依偎在一起的人，越觉得憋屈。

真没想到，会长居然是个"宠妻狂魔"？可怜他们要忍受旅途的寂寞，还要忍受这幅"秀恩爱"的画面。

约莫一个多小时之后，十几辆巴士抵达了市郊的清台山。

这座山空气清新，层峦叠嶂，高耸的山顶上缭绕着袅袅云雾，远远看去就像仙境一般。

"喂，臭丫头，醒醒，你是猪吗？怎么这么能睡？"

易北北皱了皱眉，而后悠悠地醒了过来，应该已经到了吧？

与此同时，她惊悚地发现，自己居然睡在凌意的怀里。而他的手，就搂在她的腰上，显然是抱了她一路。

天哪，易北北噌的一下就从他怀里坐直了身子："凌意，我……我……你……"

凌意斜睨着她，一脸事不关己的倨傲模样："你自己靠过来的，我什么都没做。还有，我没推开你，你应该感到荣幸！"

后面的宋初原默默地抹了一把冷汗。会长这简直是在睁眼说瞎话。

易北北则愤然地瞪一眼凌意。

可惜，凌意没有丝毫羞愧，若无其事地起身，拎上自己的背包，心情愉悦地下车去了。

生怕他又揪着她不放，所以易北北一下车就跑去找夏小葵了，她之前就跟她约好，今晚睡同一个帐篷。

所有的学生集中完毕之后，就一起朝着景区进发了。

学校这次将整个景区都包场了，以便让学生们可以尽情地享受这两天的秋游。

"登山过程中大家不要乱跑，一定要跟紧队伍。"

领队老师带着学生们抵达了半山，找到一处空旷平坦的地方，然后停了下来，又对大家说："同学们，山顶昼夜温差大，晚上会比较冷，所以我们在半山搭帐篷。搭好帐篷之后，我们就开始野炊！"

老师说完，每个班的男生，还有学生会的成员们，陆陆续续地把还没拆开的帐篷搬了过来，堆在地上。

易北北跟夏小葵领了一个帐篷，找到说明书看了看，怎么觉得看不太懂？

"北北，这个怎么弄？"夏小葵拿着几个钉子，有些摸不着头脑。

见周围的人已经开始动手了，易北北窘迫着："我也不知道，我再看看说明书。"

她才说着，一个男生的声音在身后响起："需要帮忙吗？"易北北和夏小葵回过头，见是班长，夏小葵立即说："好啊，谢谢啦！"

班长性格很好，平时就乐于助人，他熟练地帮她们把帐篷给搭了起来，夏小葵眼睛一亮："太厉害了，班长，你搭得这么快，是以前就搭过吗？"

班长看一眼同样一脸赞叹的易北北，耳朵热了热，有些不好意思："是啊，以前我参加过夏令营，搭过帐篷。"

他才说着，一个不悦的声音就传了过来："臭丫头，你不会搭帐篷，不知道来找我吗？"

易北北抬起眸子，凌意？他不是应该在他们班那边吗？怎么过来了？

看着凌意黑成锅底的脸，夏小葵偷笑一声。会长该不会是吃醋了吧？

凌意冷哼一声，大步走到班长面前，看他的眼神带着警告："离她远点！"班长不敢得罪他，连忙说："我知道了，我现在就走。"

等他离开后，凌意冷眼看向易北北："臭丫头，别再让我看见你跟别的男生腻在一起！"

易北北也是败给他了，无语地应了声："哦……"

"给我记住了！"凌意伸手轻弹了一下她的额头："臭丫头，不要忘记你现在的身份，最好安分点，我会随时过来监督你！"

夏小葵打趣道："北北，会长肯定是吃醋了，他喜欢你吧？"

"什……什么啊，不要乱说！"易北北心跳加速，连忙把自己背包里的零食拿出来，一股脑儿地塞给夏小葵："用零食堵住你的嘴！"

"嘿嘿，北北，你害羞了！"

"我才没有！"易北北心跳更快，怕她继续调侃，只能说先去洗把脸，找了个借口离开帐篷。

易北北出去之后，夏小葵的目光落在这一大堆的零食上。

刚才爬了那么久的山，她已经饿了。

拆开一块巧克力咬了一口，她忽然看见了一盒包装得很精致的饼干，她顺势拆开，拿起一块饼干放进嘴里。

嗯，好好吃！

洗了把脸，易北北感觉清爽多了，又在这附近溜达了一圈儿，欣赏了下山间景色，这才打道回府。掀开帐篷一看，没人。

小葵呢？

易北北诧异着，突然看见，那一大堆零食之中，饼干盒被打开了，里面的饼干被吃了三分之一！

等等，这盒饼干……不是温芷柔送的吗？

她昨晚本来想扔掉的，没想到忘了！

小葵吃了饼干，这会儿又不见了，该不会出什么事吧？

易北北有种不太好的预感，连忙走出帐篷去找夏小葵。可是找了好一会儿，也没看见她。

另一边，夏小葵正捂着肚子从洗手间出来，看到不远处正四处张望着的易北北，哭丧着脸跑了过去："……北北！"

听到她的声音，易北北立即转头。

见夏小葵一脸痛苦，她赶紧扶住她，紧张地问："小葵，你怎么了？"

"呜呜……我快要虚脱了，好难受！"夏小葵眼泪汪汪。

"你是不是吃了那盒饼干就这样了？"

"对啊！"夏小葵点头，可怜兮兮地看着她："北北，我吃了没多久，肚子就疼起来了，然后我跑去厕所现在才出来！"

说着，她又弓下了腰："嘶，肚子好痛……不行，我还得去洗手间！"

满脸痛苦地说完，夏小葵转身又朝着洗手间那边跑去了。

看着她跑走的背影，易北北明白了。那个温芷柔，昨晚来找自己请求原谅，都是惺惺作态。还给自己送饼干，估计就是想让她吃了之后，第二天来不了秋游吧？

易北北咬了咬牙，手指在身侧握紧。她不能让小葵白白吃亏！

易北北去找随行的校医拿了药，在洗手间外面等了很久，夏小葵才出来。

她脸色苍白，冷汗直下，整个人真的快要虚脱，全身上下一点力气都没有了，由易北北搀扶着回到帐篷，吃了药之后，只能躺在里面休息。下午的活动，恐怕是不能参加了。

看着夏小葵虚弱的样子，易北北自责道："小葵，对不起……如果我记得把饼干扔掉就好了。"

夏小葵扬起泛白的唇，轻轻笑了笑："北北，这不怪你，都怪那个温芷柔。"

"小葵你放心，我会教训她的。"

"算了，北北，不要给自己惹麻烦。"

"不行，那种人就应该给她一个教训，要不然她还以为我们好欺负！"易北北目光坚定。

一小时后，易北北来到温芷柔所在的班级营地，一眼就看到了她，走过去笑眯眯地说："嘿，原来你在这里呀，我找了你好久！"

温芷柔正坐在帐篷外面的草地上，拿着手机看着几张照片，都是她今天偷拍凌意的。听到易北北的声音，她吓了一跳，连忙回过头。

见她朝着自己走近，温芷柔的脸色顿时有些不自然，将手机收好，然后扯出一抹牵强的笑容："北北，是你啊！"

易北北在她面前停下，笑脸盈盈道："嗯，我来是想告诉你，你做的饼干很好吃哦，我吃了一块。因为太好吃，所以没舍得再吃，放在家里啦。"

"哦，是吗……"温芷柔很是心虚，拨弄了下自己耳边的头发，干笑道："那你慢慢吃。"

"我一定会吃完的！"易北北笑着，把手里的一杯奶茶递给她："喏，给你买的奶茶。你送了我饼干，我送你奶茶，算是礼尚往来啦。"

给她买的？温芷柔受宠若惊，下意识地伸手接了过来。

她起先还有些戒心，可看到易北北手里握着一杯同样的奶茶，还喝了几口。她放心了些，也就插上吸管喝了起来。

见她喝了，易北北的眼里闪过一丝狡黠的光，笑眯眯地问："怎么样，好喝吧？"

温芷柔以为她没有发现饼干的事，所以对自己这么友好，于是佯装感动地冲她一笑："嗯嗯，北北，谢谢你。"

看她将整杯奶茶都喝完了，易北北才离开。转身的瞬间，她脸上的笑意立即消失不见。

天知道她是多不想对着这张伪善的脸。

温芷柔喝完奶茶没多久，就感觉肚子隐隐作痛了起来。一开始她没怎么在意，可是很快，肚子越来越疼，有种想拉肚子的感觉。

班上跟她住一个帐篷的女生见她脸色不太好，连忙问："芷柔，你没事吧？"

"我……肚子疼！"温芷柔难受地捂住了自己的肚子。

"是不是吃了什么不干净的东西？"

不干净的东西？温芷柔愣住，首先想到的，就是刚才易北北给她的那杯奶茶。该不会……易北北早已发现了饼干的问题，所以以牙还牙地报复她吧？

这么想着，又是一阵绞痛袭来，温芷柔的眼泪都快出来了。

不行，她得去上厕所！

温芷柔慌忙起身，不料，噗——

突然很响亮的一声。

周围一些正在生火野炊，还有聚在一起聊天玩牌的学生，都不由得愣了愣，然后朝她这边看了过来。

一个男生打量着四周的人，使坏地大声质问："谁放屁啊？这么响！"

温芷柔脸一红，怕学生们发现是自己放的，强装镇定地加快了脚步，没想到又是噗噗——两声！

与此同时，一股异味弥漫开来，离她近的人捂住了鼻子。其余的人，都看向了温芷柔这边。

女生们除了惊讶之外，还有些幸灾乐祸。男生们则是瞪大了眼睛，一个个都石化了。

谁能想到，在他们心目中一向清纯优雅得像个仙女一样的校花，居然当众放了好几个又响又臭的屁。男生们看温芷柔的眼神，都充满了不敢置信，有种女神形象在面前幻灭的感觉。

被一道道异样的目光盯着，温芷柔感觉自己像是被扒光了一样羞辱，瞬间就哭了出来，捂住涨得通红的脸，朝着厕所那边跑了过去。

不知道过了多久，她才虚脱地从厕所里出来。找到校医吃了药，她才感觉自己舒服一些。回去的路上，她气愤又委屈，眼泪忍不住掉下来。一直以来在外人面前维持着的美好形象，就这么被易北北给毁了！

另一边，帐篷里传来一声欣喜的惊呼。

"北北，你说的是真的？你也给温芷柔下了泻药？"夏小葵两眼放光，崇拜地看着易北北。

"对呀，我下了大剂量的，结果她没忍住，当着那么多人的面放了好几个屁，哈哈……"

夏小葵都能想象到温芷柔在大庭广众之下丢脸的样子了，只觉得好爽，肚子都没那么疼了！

易北北笑了笑，起身走出帐篷。两个女生从她身边路过，正幸灾乐祸地谈论着温芷柔。

"喂，你听说没？校花放屁了！超大声的，我当时听着都觉得尴尬！"

"我也在场啊！你没看到，那些男生的表情，好像被雷劈了一样，笑死我了！这下，她的形象毁了吧？谁让她平时老把自己当仙女，成天对着那些男生放电，心里又喜欢着会长，恶心死了……"

"就是，活该！"

哎，这个世界上，总少不了落井下石的人。

易北北感慨着。不过，温芷柔今天丢脸丢到家了，也是她自找的。

温芷柔走到半路，恰好碰上了易北北。

现在的她浑身无力，肚子还在隐隐绞痛，今晚她最期待的探险活动都没法儿参加了。而且，活动是要自行组队的，就她今天出尽洋相，恐怕没人愿意跟她一个队伍吧？

此时此刻，温芷柔真的恨不得掐死易北北。

易北北也看到了她，两人的视线对上，温芷柔三两步就冲到了她面前，死死地瞪着她："易北北，你在奶茶里下了药对不对？"

"是又怎么样？"易北北微昂着下巴，微笑地看着她："我可是跟你学的哦。"

"易北北，你居然……居然……"温芷柔指着她，手指都在轻微发抖。

她一生气，肚子就又疼了起来。那张漂亮的脸蛋微微扭曲，充斥着恨意。

温芷柔忍不住弓下腰，捂住了绞痛的肚子，恨恨地说："易北北，你……凭什么？凭什么你一来，就有人说你比我漂亮，说你可以取代我当校花？你哪里漂亮了？还是穷光蛋一个，有什么资格站在会长身边！"

易北北简直想笑。

"你别以为会长喜欢你，他才不会稀罕你这种女生！"歇斯底里的温芷柔，想要刺激易北北。

易北北却仍旧微笑着，不慌不忙地反驳："照你这么说，他稀罕你这种女人咯？要不要我把我'见不得人的手段'教给你，助你一臂之力？"

"你——"温芷柔又被气到了。

温芷柔冲上来就想打她，还没靠近易北北，一只手突然横空出现，扣住她的手腕，狠狠地将她给推开了。

温芷柔猝不及防，跟跄了好几步，差点摔到地上。

易北北转头看向出现在身旁的少年，眼睛亮了起来。

她就知道是凌意！

温芷柔没想到他为了易北北竟这样对待自己，眼泪一下子又涌了出来。

然而这副楚楚可怜的模样，在凌意这里，是得不到半点怜惜的，就连看她一眼都觉得多余。

温芷柔抹着眼泪跑开后，易北北舒了口气，转向身旁的人："凌意，谢谢你啊。"

看着她笑得灿烂的小脸，凌意两眼发光："打算怎么谢我？"

"你说吧，只要不太过分，我能办到的就行。"

凌意扬眉，玩味地笑起来："那好，今晚的探险活动，你跟我一组，怎么样？"

易北北有些窘迫："不是不可以。只是，我从来没有参加过这样的活动，你不怕我拖你后腿吗？"

"你放心，就是因为要跟你一组，所以本尊已经做好了输的准备。"

"喂！"易北北郁闷地瞪他。

其实，凌意才不在乎这种活动，平时也不屑于参加。他在乎的，只是能跟她待在一起而已。突然间，开始期待今晚的到来了。

吃过晚饭之后，就是探险活动。易北北跟着凌意来到了集合的地点，发现参加活动的队伍起码有十几支。

一开始几乎所有学生都报名参加了，因为人数太多，老师筛选了一下午，才确定了最终的名单。

"同学们，今晚我们进行的活动叫'夺宝奇兵'，我们在森林里埋了八十八个'宝藏'，大家要克服对黑暗和未知的恐惧，去找到这些'宝藏'。注意，每个队伍不能分散，必须一起行动。活动时间限定为两小时，最后哪个队伍找到的'宝藏'最多，即为获胜者，大家都清楚规则了吗？"

"清楚了！"声音响亮。

赢了活动会有学校颁发的奖品，所以每个人都跃跃欲试着。

老师给每支队伍都发了一个手电筒，一大袋小旗子，叮嘱道："这片森林很大，你们一路上要用这些小旗子做好记号，以免迷路。每支队伍旗子的颜色都不同，所以不用担心会混淆。还有，在出发之前，请大家打开自己手机的定位，并且记下我们的求助号码。如果进去之后迷路了，或是遇到什么突发状况，就马上拨打这个号码，我们会立即派人进去找你们。"

"知道了！"学生们很是兴奋，已经迫不及待地要开始了。

易北北拿到手电和小旗子，也是一脸的兴奋。

睨着她的笑容，凌意不由得勾起嘴角。他倾身凑到她耳边，坏坏地说："喂，臭丫头，森林里面，说不定会有某些恐怖的东西，比如蛇、老鼠……毛毛虫什么的，怕不怕？"

易北北转头看她，眸子清澈明亮："不怕啊。"

"为什么？"凌意有些意外。易北北想也没想就脱口而出："因为有你在啊！"

她她她……怎么就说出了这么一句话？完全没经过大脑！

果然，凌意的眼神立即变得邪气了起来。易北北刚才的话，明显让他心情愉悦。

凌意伸手，用力揉了下她的头发："就凭你这句话，我会保护好你的。"

"好了，探险活动现在开始！准备好了的同学可以出发了，祝你们一切顺利！"

老师才说完，有几支队伍立即朝着森林里冲了进去。

"凌意，我们也快去吧，不能让他们抢先了！"易北北说着就往前跑去，却被凌意拎住了身后的背包："包给我。"

易北北一愣，转头看了看自己的背包。

里面只装了手机、纸巾、矿泉水还有一些零食而已，便摇摇头说："不用啦，我的包不重，自己背着就好。"

"让你给我就给我，啰唆！"凌意蹙眉，直接伸手将她的包扯了下来，甩在了自己肩上。

看着他这副傲娇别扭的模样，易北北有些想笑。

还有啊，他一个大男生背着一个粉红色的包，不会觉得不好意思吗？

正想着，手忽然被一只大手握紧在了手心里面："走吧，笨蛋。"

就这么被凌意握住了手，他掌心的温热传来，易北北的心急促地跳动了两下："喂……"

她窘迫地想把自己的手抽出来，却被凌意攥得更紧。

他瞥她一眼，眼底尽是嫌弃："为了防止你这个笨蛋中途走丢，我只好勉为其难地牵着你了。"什么啊，明明他就是想牵着她吧，还说得这么勉强。还有，在他眼里她就那么笨吗？

然而，走进森林之后，易北北才发现，里面比她想象的要阴森得多。树木遮天蔽日，杂草丛生，没有什么光亮，只能依靠手电微弱的光探路。一阵夜风吹来，树叶沙沙作响，时不时还会传来几声诡异的鸟叫。

易北北浑身发毛，原本被凌意握着的手，不由自主地反握住了他的手指。

察觉到了她的小动作，凌意的嘴角勾起一抹笑。"臭丫头，害怕就靠过来一点。"听到他这么说，连忙往他身边靠了靠。此时，她跟他的距离很近，少年身上清新好闻的气息，淡淡地萦绕在她的鼻尖，有着一种让人心安的力量。

易北北突然间就没那么紧张了，鼓起了勇气跟他一起往前走着。

咦？易北北的目光落在前方草丛里的一个小木盒上，她眼睛一亮，立即拉着凌意上前，弯腰拾起，打开一看，里面是一张字条：我是三号宝藏，很高兴见到你！

"找到了！"易北北兴奋地蹦跳了两下："凌意，我们找到一个了！"

"啧，才找到一个就高兴成这样，真没出息！"

虽然嘴上说着嫌弃的话，可凌意却定定地看着她兴奋的小脸。

夜色漆黑，四周也是一片昏暗。可她的笑，就像是会发光的一样，让他挪不开视线。

"哼，我就是这么没出息了，怎么着？"易北北忿忿地丢过去一句，然后拿出一面小旗子，将它插在了身旁的树干上，做个标记。

旗子是红色的，插上去很是醒目。

易北北满意地收回手。

突然，一个黑乎乎的东西从草丛里蹿出来，经过她脚边时，很快又钻进草丛里不见了。

看清那东西，易北北先是愣了一秒，而后反应过来，连忙往凌意身边靠了靠："刚才那是……那是老鼠吗？"

"怎么，怕了？"凌意低笑了一声，在这样的夜里，他的笑声格外好听。

易北北有些尴尬："谁怕了！只是，只是它突然蹿出来，我没有防备而已！"

"笨蛋。"凌意嫌弃着，忽然将身上的背包塞给她，然后在她面前弯下了腰："上来。"

易北北一愣："你要背我？"

"不然呢？"凌意挑眉："不过是遇到一只老鼠，你就怕了。要是真有蛇什么的，你不得吓出心脏病？"

易北北支支吾吾地说："那个……我说了，只是没做好心理准备而已！"

"哦，难道蛇跑出来之前，会跟你说一声？让你做好心理准备？"

易北北噎住："反正我自己会走，不用你背。"

被他看扁了是一回事，主要是因为，这点小事就让他背的话，她觉得过意不去。

"你这笨蛋还真是磨叽。"凌意"啧"了一声，直接一个反手勾住她的腰。

易北北还没来得及反应，就被他背了起来。

她惊住，连忙说："喂，你快放我下来，我自己能走！"

"你这么吵，是想把蛇引出来？"

两个人吵吵闹闹着，又找到了五个宝藏，沿路插了不少小旗子，就这样走到了森林的深处。

越往里，光线就越暗。四周黑漆漆的，前方的路都看不见。

易北北的心悬了起来，一只手握着手电，另一只手不由得搂紧了凌意的脖子："凌意，要不……我们回去吧，这儿好黑啊。"因为紧张，她说话的声音都有些不稳。

凌意邪气地一笑："怎么，你怕黑？"

"难道你不觉得很黑吗？路都看不见，怎么找？"

"要这么容易被你找到，这探险还有什么意思？老师不是说了，要我们克服对黑暗和未知的恐惧吗？"凌意说得头头是道。

"可是……"

"不用怕，有我在呢。"

又往前走了一段，易北北转头打量了一下四周，突然觉得有点不太对劲："凌意，我们……怎么好像越走越偏了？"

刚才她还能隐约听到其他队伍的说话声，现在好像离他们很远了。

凌意却不以为然，反倒邪气地笑了起来。偏好啊，越偏越好！揉了揉她的小脑袋，他镇定道："反正我们做了标记，不会迷路的，放心。"

"也是。"易北北点头，然而，走着走着，易北北心里越发不安了起来："凌意，别往前走了，我们往回走吧？"

"凌意，我们会不会出不去了？"

凌意扬眉一笑："很有可能。"

易北北怔怔地看着他，小脸一下子垮了下去。她突然想起，自己被易简关进地下室时，也是这样的黑……漫无边际的黑。

感觉到她的手心冒出冷汗，整个人在轻微地发抖，凌意眉头一皱："臭丫头？"

"我不想待在这种地方……"

"笨蛋。"凌意连忙沉声安慰："有我在呢，怕什么？我会带你出去的，相信我。"

易北北哽咽着点头："嗯……"不知道为什么，她对凌意，有着一种本能的信任。有他在身边，她总会有安全感。

只是凌意嘴上那么说，却没做到。为了保证这次活动顺利进行，他跟学生会的人早就过来这边熟悉了地形，以防万一。对于怎么回去，即使不用路标，他也一清二楚，可他并不想这么快就回去。

于是，他绕了另外一条路，看似是回去的路，实则越走越远了。

易北北察觉到周围的环境很陌生，有些担忧地问："凌意，这是回去的路吗？怎么没有路标，我也不记得怎么走了。"

凌意无奈地耸耸肩："我也不记得了，而且现在天黑，路不好找，恐怕要等到明天早上才能回去了。"

"啊？我们真的要在这里待一晚吗？好黑。"易北北欲哭无泪。

凌意转头往不远处眺望了一眼，突然看到了什么，他勾起嘴角："臭丫头，走，带你去一个地方。到了那儿，就不会黑了。"

沿路都是树，她一不小心，就被树枝钩到了头发。

"嘶……"易北北低呼一声："疼。"

"别动！"凌意说着，连忙将她放下来，借着昏暗的光线，替她把缠着的头发解开。

此时，他离自己只有不到一个拳头的距离，易北北能感觉到他温热的呼吸，就洒在她的头顶。

扑通，扑通……她的心，突然又急促地跳动了起来。

"那个，好了没有？"易北北僵硬着身体，好像不能动弹了。

借着手电筒的光，凌意看到了她泛红的小脸，他低下头，飞快地在她的脸上亲了一下。

易北北吓了一跳，错愕地看向他。然后就捂住了自己的脸，羞愤道："凌意，你干什么？又占我便宜！"

凌意坏坏地挑眉："我帮了你，占你点便宜怎么了？"

"你——"

凌意笑起来，把手递到她面前："手给我。"

"我不要你牵！"易北北赌气中。

"前面是泥路，地滑，你要是想摔跤的话，我就不管你了。"

易北北咬牙，忿忿地把手伸过去，放在了他的手心里。她的手真的很小，他一只手就能够完全包裹。

两手交握的瞬间，凌意的心，突然像是被一根羽毛轻轻地拨动了下。

小心地走过泥路，易北北突然发现，前方居然有个小山坡。凌意拉着她爬了上去。到达上面的时候，视野顿时开阔！

今天的天气很好，银盘般的月亮悬挂在夜空中，给整片森林都镀上了一层淡淡的光晕，总算是没那么黑了。

易北北瘫坐下来，呼……好累啊。

凌意在她身旁坐下，好笑地看着她喘气的模样。看来，不仅要让她多吃饭，还得让她多锻炼身体。

易北北注意到了他的眼神，正想瞪他，却无意中看到了他手臂上一道细长的伤口。好像是被树枝划破的，微微渗出了血。

"凌意，你的手臂在流血。"易北北提醒着。

凌意不以为然地瞥了一眼："小伤而已，不碍事。"

易北北从背包里拿出矿泉水替他清洗了血渍，又用纸巾擦干。

低头看着她专注的小脸，凌意轻声一笑，赞赏般地摸了摸她的头发："乖！"易北北忿忿地抬头，却跟一双幽深如夜的黑眸撞了个正着。

"喂，臭丫头。"突然，凌意唤了她一声。

易北北回过神来。意识到自己刚才看他看呆了，小脸上划过一抹心虚："什么？"

"现在还害怕吗？"凌意眼神魅惑，像是旋涡一样，将她牢牢地吸噬着。

"不怕了……"易北北摇摇头。说着，她又认真地补充："凌意，谢谢你。"

凌意斜睨着她："口头上的谢谢，我不稀罕。要谢，就来点实际行动。"

易北北迷茫地眨了眨眼："你想怎么样？"

"你说呢——"凌意慢慢地凑近了她，故意拉长的尾音，他的目光落在易北北红润的唇上，喉头滚动了下，继续靠近她。

一点点地，越来越近，越来越近……当彼此的唇，近得只有一片树叶的距离时，易北北心如擂鼓，猛地扭开了脸。

凌意的唇从她脸上掠过，他微微一怔。

易北北面红耳赤，故意转移了话题："那个，今晚的月亮好大啊，真漂亮！"凌意莞尔。

他有的是时间和耐心等她接受自己。

4

现在是深秋，昼夜温差大，易北北看了一眼上方浓重的夜色，不由得问："凌意，我们给老师打个电话吧？如果不回去的话，他们会担心的。"

看她似乎很想回去，凌意有些无奈，只好给老师打了个电话，说他等会儿就回去，不用过来找人。

易北北仔细琢磨了下，突然觉得哪里不对劲。下一秒，她恍然大悟，愤然道："凌意！你知道怎么回去对不对？为什么说不记得回去的路了，还带我走了那么远！"

凌意侧头看她，眼神深邃："还不明白吗？当然是想跟自己喜欢的女生多待一会儿。"

这突如其来的表白，让她猝不及防。看着眼前这张俊美得过分的脸，还有他深邃认真的眼神，易北北撇过了脸，声音小了下来："凌意，你……喜欢谁都可以。但是，不要喜欢我，可以吗？"

她跟他，是不可能的啊。

这么想着，易北北闭上眼，心口沉甸甸的很难受。

凌意伸手揉揉她的头发，嘴角微勾："臭丫头，我就是喜欢你，如果你也喜欢我，那么，一切都不是问题。"易北北有些失神。

"我长这么大，第一次对一个女生动心，第一次这么想保护她，照顾她，得到她。"凌意的声音轻得像是梦中的呢喃，却字字清晰地落在易北北的心上。

"凌意，对不起……你不要喜欢我，那会成为你的灾难。"

凌意的语气沉稳坚定："我不怕。"

"可我怕！"易北北抬头看他，眼底闪烁着水光。

因为……我也开始有那么一点点喜欢你，变得在乎你了。所以，我希望你安然无恙，永远做这个骄傲张扬的凌大少，不要为了我跟易简作对。

看着她眼里的水光，凌意知道，这丫头的心里，已经有了他的存在。即使她现在无法接受他，他也很满意了。

揉了下她的头发，凌意低低一笑："好吧，你当我刚才什么都没说好了。"

说着他站起身，朝她伸出手："走吧，带你回去。"

易北北点了点头，把手放到他的手心里，凌意顺势握住了她的手，易北北低头看一眼他牵着自己的那只手，心里突然很不是滋味。她不得不承认，他是个很好的男生。可是，她真的没有那个勇气去喜欢他。

而凌意牵着她的手往前走去，眼神和步伐同样坚定。

臭丫头，我喜欢你。

戏剧

1

此时，另一边。

庄园二楼，明亮的光线从落地玻璃窗洒入，勾勒出一道挺拔的身影。

这是一个偌大的工作室，易简站在桌旁，戴着手套，手里拿着工具，正在一块巨大的水晶上面研磨着。

夏若沫端着一杯咖啡走上来，一进门，就看到他认真专注的模样。

从她的角度看，易简的侧脸轮廓深邃，俊美异常，简直比水晶还要耀眼。

这张脸，虽然她从小看到大。可是每一次看，心脏都会控制不住地乱了节奏。

夏若沫走进去，柔声道："易简，你忙了一上午了，喝杯咖啡提提神吧。"

"嗯。"易简淡淡地回答，视线却不曾从水晶上移开。

夏若沫走近了一些，发现桌面上有一张图纸，那赫然是……一座漂亮的水晶宫殿。

她有些惊讶："易简，你……这是，要送给北北的吗？"

她突然想起，没多久就是北北的生日了。

说到易北北，易简语气都变得耐心了起来："她小时候最喜欢听王子公主的故事，还羡慕他们可以住在城堡里面。所以，我想亲手给她打造一座宫殿，当作她的生日礼物。"

为了易北北，他还真是煞费苦心……

夏若沫心里沉甸甸的，看着那块水晶，苦笑出声："易简……你明知道，北北最想要的是什么。"

易简的动作一顿，声音陡然冷冽了下来："除了放开她，她要什么我都可以给她。"

易简有多喜欢北北，她此刻就有多难受。

夏若沫咬了咬唇，强忍着想哭的冲动，岔开了话题："你已经忙了很久了，要不……我帮你一起做吧？"说着，她朝着水晶伸出手。

易简眼神一凛，厉声道："别碰它！"夏若沫的手瞬间吓得缩回来。

易简冷冷地看着她："我说过，我要亲手做，不需要任何人掺和，你出去。"

夏若沫喉咙酸涩，转过身的瞬间，她的眼泪忍不住掉了下来。

夜深人静，易简抬眸，看了一眼腕上的表，已经十点多了。

"来人！"一个保镖立即走了过来："易少？"

易简阴沉着脸道："今天没有北北的消息吗？"

保镖一颤，连忙说："有倒是有。只是，不知道该不该跟您说……"

易简的脸陡然阴沉了下来，保镖瑟缩了一下，连忙低下头说："小姐昨晚跟凌少一起，参加了一个探险活动。好像是迷路了，很晚才回到营地！"

北北很晚才回去，也就是说，她跟凌意，单独待了很久！

砰！手里的工具被他狠狠地摔在了地上，易简转身，大步朝着这边走来。

夏若沫一愣，连忙说："易简，你要去哪儿？"

易简恍若未闻，带着浑身的煞气，径自走了出去，往楼下走去。

在走到别墅门口的时候，外面把守的几个保镖立即拦住了他，易简猩红着眼怒吼："滚开！"

"易少，老爷子不许你迈出别墅大门一步，请您不要为难我们！"

外公，又是外公……他不要再这样下去了！易简愤怒地眯起眼，心里已经有了主意。

2

傍晚，夕阳的余晖笼罩着学生会大楼。

"会长，会长！"宋初原拿着张海报，兴奋地冲进会长办公室："一年一度的校园戏剧大赛又开始了，我们学校要不要参加？今年的奖金比上一年翻了一倍！"

当然，这一点奖金对于他们这些富贵家庭的学生来说不算什么，却有机会上电视。看向那张海报，凌意摸着下巴，若有所思着。大家都很喜欢参加这类活动没错，只是，无论是剧本、选角，还是拍摄方面，都很耗时。

然而想到什么，他欣喜地笑了："好，参加。"

宋初原眼睛一亮："真的吗？会长，我这就去跟文娱部部长讨论剧本，然后贴一张征集演员的公告，让学生们踊跃报名！到时候你给筛选筛选？"

说着他就要走，凌意叫住了他："慢着。"

宋初原立即停下："会长，还有什么吩咐？"

凌意双手交叉着："这次，我亲自上阵！"

"啊？"宋初原先是一愣，然后就激动了起来。他一直觉得会长是男主角的最佳人选，会长总算是愿意亲自上阵了。

"太好了！我仿佛已经看见我们学校拿奖了！"宋初原说不出地兴奋。

"会长，就这么说定了，你来演男主！"生怕他反悔，宋初原连忙重复了一遍。

"嗯。"凌意颔首："不过，我还有一个要求。"

易北北的脸在他脑海里一闪而过："把女主角的位置给我空出来，我有人选了！"

"会长，谁啊？"

凌意投过去一个看笨蛋的眼神："这还用说吗？"对哦，他这木头脑袋，怎么这么迟钝？

就在这时，易北北出现在办公室门口，手里端着一杯刚煮好的咖啡。看到她回来了，宋初原很识趣地说："会长，我先出去了。"

易北北一头雾水，端着咖啡走进去。

正想着，一张海报递到她面前："臭丫头，看看这个，有兴趣吗？"

"校园戏剧大赛？"

"嗯，我已经决定，让你演女主角了！"凌意笑得邪气。

"你又是男主角？我对这个不太感兴趣。"

"你不能拒绝。"

"理由？"

"因为，现在你是我的助理，就得服从我的命令！"

"你……"易北北又被噎了。

剧本很快就出来了，讲述的是民国时期一个豪门世家的恩怨情仇。学生会各成员看了之后都很感兴趣，毕竟这是个新鲜题材。如果拍这个的话，一定会让人眼前一亮的吧？

下午放学之后，宋初原找到易北北，将一本册子递给她，兴奋道："易北北同学，你是女主角，这是你的剧本，要认真看，熟悉台词哦。"

"我真的不能不演吗？"易北北有些欲哭无泪。

她连一个小视频都没拍过，这会儿直接拍戏。还是民国时期的。太让人害羞了。

这样的比赛，肯定会引起不小的轰动。万一被易简知道了，那还得了？

易北北的小脸变得凝重起来，连忙将剧本塞回宋初原手里："还是算了……你另找别人吧。"

"别啊！"宋初原哀求。

本来在这部戏里，男女主角的颜值是一大看点，但是现在女主角居然临阵罢演？

颓然地回到会长办公室，宋初原委屈道："会长，这部戏的女主角，你恐怕要另外找人了。"

凌意放下手头的工作，不悦地扫过去："我不是说了，要让易北北演吗？"

"她不想演女主角。"宋初原哭丧着脸。

"那她想演什么？"凌意的语气很是不爽。

"她考虑了下，说演女主角身边的一个丫鬟……"

"她傻了？放着好好的千金大小姐不演？"凌意嘴角抽搐着，忽然想到了什么，阴恻恻的视线落在宋初原的脸上："等等，这么说，她跟你是一对？"

宋初原演的是这家的二少爷，跟丫鬟情投意合，碍于父母反对不能在一起，于是后来两人冲破阻碍，一起私奔了。

凌意转言道："我的戏份跟你换一下。"

"啊？"宋初原震惊，换了的话，男二号的颜值甩他这个男主角十条街，那不是笑话吗？

凌意懒得听他说什么："我要你换你就换，少废话。"

"会长，这个……"宋初原快哭了。

晚上，写完了作业，易北北托起下巴，想到明天就要开始排练了，就有些头疼。其实要不是小葵也在里面演一个丫鬟，她才不想演呢。

起身，打开门走出房间，左右看了看，没有看到凌意，易北北这才放下心来，准备下楼去倒杯水喝。

才走出两步，一个挺拔的身影就出现在她的面前，挡住了她的去路。凌意邪肆的声音在头顶上方响起："臭丫头，偷偷摸摸的，是要做什么坏事？"

易北北吓了一跳，仓皇地看向他："凌意，你……这么晚了，有什么事吗？"该不会强迫她演女主角吧？

"跟你对台词！"凌意一本正经地挥了挥手里的剧本。

易北北窘迫："那个……我演的丫鬟台词很少的。"

"我演的二少爷不少，必须对！"

易北北惊愕。二少爷不是宋初原演的吗？怎么变成他了？

突然，她反应了过来。怪不得，他对她罢演女主角没反应呢，原来他也换角了。兜了一圈儿，还是他跟她演对手戏。凌意伸手，一把勾住她的脖子："走，跟我对台词。"

"我自己会对！"

不满她的挣扎，凌意将她抵在墙边，低头盯着她的小脸，眼神邪气得危险："对台词还是让我亲你，自己选！"

可恶！

"二少爷，我出身卑微，自知配不上您。这天底下还有很多好女孩儿等着您，请您忘了我吧！"

努力忽视着凌意的存在，把他当成一块木头，来回地练了好几遍，易北北总算找到了一点儿感觉。

凌意一只手支着额头，饶有兴致地看着她："二少爷和丫鬟可是有吻戏的，我们要不要提前练习？"

易北北讶然："什么时候加了吻戏，我怎么不知道？"

"我临时加的，你有意见？"凌意理直气壮。

果然。"你擅自加戏，我当然有意见。还有，就算有吻戏，也是借位的，你少糊弄我。"

凌意看着她的眼神，愈发邪气："宝贝儿，你越来越了解我了。"

易北北一阵恶寒，搓了搓自己的手臂，嫌弃道："我觉得，你还是叫我'臭丫头'或是'笨蛋'好了。"

凌意"扑哧"一笑。这丫头，真是太好玩了。

虽然易北北的台词不多，但是凌意就相反了。跟他对着戏，不知不觉地，易北北就趴在桌子上睡着了。

"臭丫头？"见她紧闭着眼，凌意碰了碰她的脸蛋。

易北北没有反应。

凌意眯了眯眼，这丫头，居然就这么睡着了。凌意心里隐隐不爽，放下了手里的剧本，一把将易北北横抱起来，朝着大床走去。

将她放在床上，他拉过被子，替她掖好。然后，摸摸她的头，低声道："臭丫头，晚安。"

说着，凌意的目光，忽然变得深邃了起来，隐隐渗着一丝寒意。这次的戏剧大赛，每年都会引起很大的轰动。加上有臭丫头参演，易简一定会知道。不过，就当作是对他的宣战好了。

翌日放学之后，紧张的拍摄开始了。

女主角换成了学生会有过拍摄经验的学姐，宋初原就这么莫名其妙地当了男主角，可惜NG（拍得不好，再来一遍）了很多次都拍不好。

文娱部部长只能让他们去一边练习，先拍男二号和女二号的戏。

易北北换上了一身民国时期丫鬟的衣服，头发扎成两条麻花辫。脸上化了一点精致的淡妆。她的皮肤本来就很好，只需要抹一些口红。

她一出现，男生们不由得多看了她几眼。

一个丫鬟都这么水灵动人。怪不得二少爷愿意为了她放弃家产，跟她私奔。

虽然不想承认，但是今天的凌意，真的格外的帅气。白色衬衫，英伦风的马夹和长裤，怀表链子悬在左胸口，还戴了一副金丝眼镜。相比以往的邪魅妖孽，多了几分温文儒雅的气质。

凌意跟她对视着，嘴角勾着一丝浅笑，魅惑众生。夕阳的余晖，洒在两人身上，晕染着淡淡的金光……

突然，文娱部部长的声音传来："卡！非常好！"

易北北回过神来，一脸懵懂。

文娱部长小跑过来，兴奋道："不好意思啊，刚才那一幕好唯美啊，特别符合二少爷跟丫鬟第一次见面的场景，所以我直接拍下来了，没跟你们打招呼。"

剧本里，丫鬟第一次见到二少爷时，紧张，脸红，心跳加速，总而言之很羞涩。难道，她刚才也是这样的？

接下来，她和凌意的对手戏，基本上都是一次到位的，在场的人都惊叹不已。

易北北也意识到，虽然自己是第一次演戏，但很顺利。不过，还是要归功于凌意昨晚找自己对台词。

　　一旁的宋初原看得都呆住了，他有种预感，这对配角搭档，绝对会盖过其他人，火上一把的。见两人状态很好，文娱部部长决定趁热打铁，继续拍配角戏。

　　随着拍摄进程的持续，易北北突然觉得，她跟这个丫鬟，似乎很像啊。出身卑微，被卖进大户人家，没有人身自由。喜欢一个人，却碍于种种原因，不能跟他在一起。好在最后，对方为了她抛下一切，跟她私奔，离开了家族这个是非之地。

　　如果自己也能这样就好了。想到这里，易北北忽然有些难过起来。

　　凌意眼尖地察觉到了她的不对劲，立即问："怎么了？"

　　"没什么。"易北北摇头："只是连续拍了几个场景，有点累了吧。"

　　凌意勾唇一笑，摸摸她的头："那好，先不拍了，我们回家。"

3

　　拖着疲惫的身体回到凌家，天已经黑透了。

　　吃了晚饭，易北北直接回了自己的房间，不料一进门，就看到了角落里摆放的一架白色三角钢琴。

　　易北北愣在原地，她该不会是眼花了吧？

　　凌意从后面走近她，尖削的下颌亲昵地枕在她的肩上："送给你的，喜欢吗？"

　　她仰起小脸，惊喜地看着他："凌意，你怎么知道我会弹琴？"

　　凌意"啧"了一声："笨，你忘记之前我收买过易简的两个保镖了？

他们告诉了我不少关于你的事。"

"你又在调查我吗?"易北北故意瞪他一眼。

"那些保镖都能知道的事,我凭什么不能知道?"凌意语气霸道:"我还要知道你所有的一切!"

"是吗?那为了公平起见,我也要知道你的一切!"易北北发现,她对凌意的了解,也还不够。

凌意的眼神一变:"行,改天我找个时间,让你好好地了解我。"

说完,他示意那架钢琴:"不去试试手吗?"

"当然要!"易北北回过神来,迈步走了过去。有一段时间没弹了,也不知道手生了没有。

钢琴,真的是她从小到大唯一的精神寄托了。只有在弹琴时,她才能全身心地放松下来。

易北北在钢琴旁坐下,纤细的手指搭上黑白琴键,做了个深呼吸,就这样弹奏了起来。

凌意双手环胸倚靠在门边,静静地看着她。

她弹奏的,是很经典的曲目《卡农》。

悠扬动听的琴声在房间里萦绕,她弹琴的样子那么专注,连凌松和用人都被吸引了过来,认真地聆听着这样的天籁之音。

然而没多久,手机铃声突然煞风景地响了起来。易北北手指一顿,琴声戛然而止。

易北北连忙摁下接听键,将手机举到耳边:"喂?若沫姐姐?"

然而回应她的,并不是夏若沫,而是一道冷酷的声音:"北北,想我了吗?"

易北北的心猛地一跳:"哥……怎么是你?"

"不能是我?"易简语气嘲弄:"还是,你现在过得很开心,不希望我打扰你?"

易北北愕然，连忙说："不是的！"

"不是最好！"

易北北觉得，易简今天的语气真的怪怪的，让她忐忑不安："真的没有。哥，你在那边怎么样，还好吗？"

易简冷笑了一声："你觉得我会好吗？不过，我想我们很快就可以见面了。"

很快？

这么说，哥哥快要回来了？可是，他外公不是说了不允许他回来的吗？

"北北，等我回来，我会让你一直陪在我身边。"

易北北听得一阵心惊胆战。

结束了通话，易北北看着手机屏幕，眼神有些放空。

凌意斜睨她，皱眉道："易简说什么了？"

易北北抬眸看他，迟疑地开口："他说……很快就可以跟我见面了。"

凌意冷冷扯唇。该来的，总是会来的。

经过两个多星期紧锣密鼓的拍摄，整部戏终于杀青。剪辑完毕之后，就投给了大赛的举办方。

很快，所有的作品都会被放到网上，由专业评委和观众投票选出优胜者。

"干杯！庆祝我们的戏成功杀青！"西餐厅的一个包厢里，参与了拍摄的学生聚在一起。男生们喝的都是啤酒，易北北很想尝尝是什么滋味，她侧过头，眼巴巴地看着又灌了一口啤酒的凌意，闷闷地问："凌意，我真的不能喝吗？"

"不能。"凌意拒绝得很果断。

"为什么？"

"女生不能喝酒。"

易北北拧眉，不服气道："喂，你是在搞性别歧视吗？"

"啧，笨蛋。我是在担心，万一你喝醉了，赖在我身上怎么办？"

"切。"易北北一脸的不服气。

这时，宋初原拿了几副牌过来："嘿，我们来打牌吧？斗地主怎么样？谁输就当众表演个节目，不管是唱歌跳舞怎样都行。大家觉得呢？"

大家齐声答应了下来："好！"

"凌意，那个……斗地主是什么？"易北北不明所以地问。

"你没玩过？"

易北北摇头。

凌意叹了口气，垂眸看她："如果我教你，你给我什么奖励？"

"你还要奖励？那我不要你教了，我找宋初原去。"易北北嫌弃地说着，就要起身。

凌意脸一沉，立即将她拉了回来："你敢找他？"

"喂！"易北北愤然："你能不能讲点理？"

"当然不能！"

"你……"易北北噎住，只能在一旁翻白眼。

宋初原将牌发给了学生们，然后自己拿了一副牌，屁颠儿屁颠儿地跑到凌意身边，一脸期盼地问："会长，我能跟你，还有易北北同学一起打牌吗？"

"当然可以啊！"易北北率先开口。对于宋初原，她还是很有好感的。

易北北在打牌方面，毕竟是个生手。虽然宋初原有意无意地让着她，不压她的牌，然而，她还是输了个惨。

宋初原发现了，会长像是跟易北北同学杠上了似的，毫不留情地压她的牌，易北北同学不输才怪。

她输了，要表演节目了！

易北北一阵懊恼，咬牙道："凌意，你故意的吧？"

凌意笑得一脸欠揍："我就是故意的，你能拿我怎么着？"

"你……"易北北一把抓住他的胳膊，气恼地瞪着他："我不管，我要你跟我一起表演！"

此时的她，完全不知道自己看上去，就像一个在跟男朋友赌气的小女生。

对此，凌意很是受用，凑近她一些："表演什么？"

这会儿，周围正玩得兴高采烈的学生都停了下来，要知道，会长当众表演节目，那可是百年难得一见啊！

见易北北苦恼地想着，凌意邪肆一笑："不如……就表演之前我们没演的吻戏，如何？"

"你想得美！"易北北瞪他，冲他挥了挥拳头："我看演打戏还差不多！"

凌意忍俊不禁："就你这小身板，是我的对手？"

"哼！"易北北瞪他一眼，然后转向学生们："嗯……那个，我会弹钢琴。不如，我给大家弹奏一首曲子，你们看行吗？"

"好啊好啊！"学生们兴奋地回应。

一行人走出包厢，易北北走上餐厅中间搭建的那个小舞台，上面放着一架黑色的钢琴。

美妙动听的音符，在她的指下，仿佛变成了一朵朵花，绽开在西餐厅的每个角落。

惩罚

1

所有人的目光都被吸引了过去，易北北感受到了那些赞叹的目光。原来，在舞台上弹奏自己最喜欢的钢琴，是这样的感觉。她梦想的，就是有朝一日，可以在万人瞩目的舞台上演奏。

此时，关注点全都在易北北身上。所以，没有人注意到，一个有着植物遮挡的角落里，坐着一个穿着黑色衬衫的少年。他的帽檐压得很低，鼻翼以上的部位，都笼罩在了浓重的阴影里。

定定地看着那边忘情弹奏着钢琴的易北北，少年的一只手紧握成拳。

北北的琴声现在已经不属于他一个人了。

少年浑身散发出强烈的煞气，他身旁的一个保镖察觉到了，不由得打了个哆嗦。

当凌意走上小舞台，在易北北身边坐下，跟她一起弹奏起来的时候，易简脑子里使劲拉扯着的那根弦，骤然断裂。

他控制不住地站起了身。

保镖大吃一惊，急忙压低声音说："易少，请您冷静点！您不能过去，要是暴露了的话就糟了！"

易简的动作猛地一滞。是，这一次他也是瞒着外公回来的。在这个节骨眼儿上，他绝对不能再暴露了。

易简整个人都在轻微地颤抖，手指握得死紧。

一首曲子弹完，底下仍旧保持着安静。过了好几秒，才爆发出阵阵掌声。

知道自己得到了肯定，易北北心情澎湃着，转向身旁的少年："凌意，你也会弹钢琴？"

对上她清澈的眸子，凌意邪气地挑眉："怎么样，是不是感觉更喜欢我了？"

"切！"易北北撇撇嘴："臭美吧你！"

一群人玩得很嗨，离开西餐厅的时候，已是晚上十点多钟了。

外面是步行街，一到这个时候，就摆满了小吃摊，比白天还要热闹。突然看见了什么，易北北眼睛一亮："凌意，你在这儿等我一下，我想去买个棉花糖！"

才迈开脚步，胳膊就被凌意给拽住了。

他酷酷地斜睨着她："在这儿等着，我去给你买。"

那边人太多，哪里够那些人挤？叮嘱了一声"别乱跑"，凌意就迈步朝那边走了过去。

仗着身高优势，他很轻易地就挤到了小摊那边。

易北北踮起脚张望着，不一会儿，他就拿着一个粉红色的棉花糖回来了，递到她面前，傲娇地扬起下巴："拿着！"易北北兴奋地接了过来。

看着她眼睛发光的模样，凌意不由得勾起嘴角。

易北北一边吃着棉花糖，一边跟着他往停车的地方走去。然而，她忽然感到，自己的身后凉飕飕的，好像有一道目光在盯着自己。

她回头看去，看到的只是泰然自若走动着的人群，没有发现什么异样。

　　见她表情有些不太对劲，凌意问："怎么了？"

　　易北北迟疑地开口："我怎么……感觉有人在盯着。"

　　"嗯？"凌意皱起眉头。

　　易北北莫名地有些不安，扯了扯他的袖口："可能是我的错觉。凌意，我们还是早点回去吧。"

　　回去之后，易北北想来想去，怎么都觉得自己的直觉没有错。她立即将凌意拉到一边，有些慌乱地小声说："凌意，我觉得易简可能回来了。要不……我还是搬出去好了。"

　　凌意眸光一沉："搬出去？你是想回到他身边？"

　　易北北低下头，心情有些复杂："其实，我始终都要回到他身边的不是吗？我毕竟答应了他。"

　　"那又怎么样？"凌意扳住她的肩膀，让她正视着他，目光灼灼道："臭丫头，你弄清楚，现在我不准你走！"

　　不准你走……

　　易北北的心，忽然微微触动。

　　她的鼻子一酸："可是……凌意，我现在很害怕。我已经告诉过你，易简是个什么样的人了，难道你没有一点感觉吗？我真的很怕。"

　　"好了，兵来将挡，水来土掩。我都不怕，你怕什么？相信我。"凌意邪气地一笑，然后拉着她往楼上走去："走，给你看样东西。"

　　走进书房，凌意在座位上坐下，伸手一拉，很是自然地将易北北拉坐在了自己腿上。易北北脸红地挣扎了下："凌意！"

　　"别动。"凌意一只手禁锢着她，一只手打开了桌上的笔记本电脑，登录了一个网站。

易北北定睛一看。这个不是……校园戏剧大赛的官网吗？

来自各个学校的参赛作品已经放了上去，早就有无数人在网上守着，都想一睹为快。

易北北眼睛一亮："凌意，我们学校的作品人气排名第一哎！"

不过是短短几小时，就有了十几万的点击量，甩了第二名好几万。

"早料到了。"凌意一脸倨傲，点击了进去。

"哇哦！这个作品好新颖，居然是民国时期的故事，主角和配角们都好美啊！"

"啊啊啊啊，二少爷怎么可以这么帅！舔屏，舔屏！"

画面被不断滚动的弹幕给遮住了，几乎看不到任何内容。评论区也不断有新的评论不停地刷新着。

"噗。"易北北笑了起来，转向身后的少年："凌意，你火了！"

这家伙，只要人往那儿一站，就能够吸粉无数。更别说，他演得确实很不错。

看着他跟自己的对手戏，还有越来越多说自己跟他很般配的评论，易北北有些不好意思起来。

"哎哎？有没有人觉得这个小丫鬟很可爱？"

"对啊，她好可爱！有没有人知道她叫什么名字？哪个班的？求告知啊啊啊……"

几个称赞易北北的评论冒了出来，与此同时，也有不少嘲讽的评论。

"切！你们是没见过美女还是怎么的，这有什么可爱的？化妆效果罢了，卸了妆不知道是什么鬼样子呢！"

"就是，明明就长得很普通！不知道你们这些男生的眼睛怎么长的……"

看着这些酸不溜丢的评论，易北北撇撇嘴。

凌意哼了一声，修长的手指落在键盘上，啪啪打了几行字：[我的小丫鬟就是可爱，全世界最可爱，比你们任何人都可爱，不服憋着！]

易北北忍不住笑了出来。他怎么这么幼稚呢？

此时，还有一个人，也在看着这个视频。

看到易北北与凌意的戏份，他下颌绷紧，霍地站起身，不再去看那些刺眼的画面。易简走到落地窗旁，拿出手机，编辑了一条短信，然后发送……

[北北，我是哥哥，我回来了。我很想你……今晚，我在家等你。]

中午时分的龙家，被低气压笼罩着。听到庄园那边的人说，易简失踪了，可能擅自回国了，龙枭相当恼火，吩咐候在一旁的保镖："马上给我找到他！要让我知道，他真的又偷偷回来了，我非好好收拾他不可！"

正说着，门口忽然传来一道冷冽的声音："外公，您不用找我了，我确实回来了。"龙枭立即扭头朝着门口看去。

"你……"龙枭顿时怒不可遏："谁允许你回来的？你的眼里，到底还有没有我这个外公！"

易简在他面前几步站定，冷冷地说："外公，从你把她送给凌意的那天起，我的眼里就一片空白，还会有你这个外公吗？"

龙枭暴怒，接着猛地捂住胸口，痛苦不已。龙枭只觉得一阵天旋地转，站都站不稳，勉强扶住了桌子，才不至于摔倒。他看着冷漠的易简，伸出了双手。

下一秒，就倒在了地上，失去了意识。

易简面容冷酷地看着眼前的一切，他抬起阴鸷的眸子，扫向四周惊愕的黑衣人，如同高高在上的王一般宣布道："从现在开始，易家和龙家的一切，都由我掌管！"

看完了视频，易北北还沉浸在兴奋当中。

回到房间，她拿出手机，想告诉夏小葵，学校拍的戏已经放到网上去了，让她也去看看。不料一划开手机屏幕，一条新信息就映入了她的眼帘。

是一个陌生号码，可一看到内容，易北北就知道是谁发过来的了。

易简……他说，他回来了。

而且今晚，会在家等她？

易北北咽了下口水，脸上的血色，一点点地褪去。想到之前，易简把自己丢进冰冷的泳池，关进黑漆漆的地下室，甚至想侵犯她，她就浑身发凉。她清楚自己必须回去，否则会更加激怒易简。可是，她又不敢回去。

傍晚时分。

身为学生会会长，凌意时刻关注着那部戏的情况，确定第一名已经非它莫属，这才关了笔记本，走出书房。

这会儿，老爷子还在公司没有回来。用人们在楼下准备着晚餐，整个别墅静悄悄的。

没有像平时一样看到易北北窝在沙发上看电视，凌意找了个女佣问："臭丫头呢？"

女佣眨眨眼："易小姐……她出去了啊。"

凌意的眼神一凛："什么时候？"

"大概半个多小时之前吧。她说今晚约了朋友出去玩，可能不回来了。"

凌意的心猛地揪起："她约了哪个朋友？"

女佣有些紧张起来："她，她没说……"

"该死！"那丫头八成是去见易简了。凌意咬牙切齿。

2

易家坐落在一个小岛上，这里三面环海，寸土寸金。

易北北抵达这里的时候，傍晚的海风吹过来，她从身到心都感到十足的凉意。她揿响门铃，把守在门口的几个黑衣人看见是她，立即打开了门，恭敬地向她行礼。

随即，管家走了出来："小姐，你总算来了。少爷等你很久了。"

花园里，名贵的树木上缠绕着彩灯，看起来像是特别布置过了。道路两边，大片的红玫瑰盛放着。浓郁的香气，在夜色中暧昧地萦绕。

易北北跟着管家一路走进去，心情越来越紧张。两只手也冒出了细密的汗。

走到道路的尽头，易北北抬起眸子，当看到不远处的那个少年时，她脚步一顿。易简正背对着她坐在一张躺椅上，一只手慵懒地支着额头，旁边是波光粼粼的室外泳池。

之前被扔进去的记忆涌入脑海，易北北咬住了唇。

管家率先走上前去，毕恭毕敬道："易，小姐来了。"

易简眸光一闪侧过头来，两人的目光对了个正着。那双漆黑的眸子，就像是一个旋涡，能把人吸进去似的，充满了危险的气息。

易北北心悸着，脚上像是生了根，迈不动脚步。而她今天是带了易简送的那只小狗一起过来的，看到他，雪球三两下便跑了上去。它在易简面前站立了起来，两只毛茸茸的小短腿趴在他的膝盖上，摇着尾巴冲他哈着舌头。

很显然，雪球还认得他。易简伸出手，摸了摸雪球的头。他看向站在原地没动的易北北，有些自嘲道："北北，我们在一起生活了十年。十年来，几乎形影不离。可你对我，甚至还没一只跟我待了不到一天的狗热情。"

易北北咬唇："我……"

"过来。"易简冷冷地打断了她。易北北紧张着，两只手绞住了裙子。

见她还是没动，易简突然怒了，一把抓起雪球甩了出去，低吼道："我让你过来，没听见吗？"

雪球！

嗷呜……雪球被他扔出几米开外，重重地摔在了地上，委屈地舔着自己的爪子。易北北浑身发寒，连忙朝着易简走了过去。接着腰被他勾住，整个人就被拉到了他的腿上坐下。

"北北……"易简从后面抱住她，易北北浑身僵硬，连大气都不敢出。

现在，每次被易简这么抱住，易北北都觉得，自己身后不是一个朝夕相处了十年的人。而是一头凶猛的狮子。

正想着，一朵艳红的玫瑰，魔法般地出现在她面前。易简修长的手指执着玫瑰，抬眸看她："喜欢吗？"

易北北回过神，伸手接了过来，战战兢兢道："喜……喜欢……"

易简的目光落在她那只包扎着纱布的手上，沉声道："伤口还疼不疼？"

"……不碍事。"易北北的声音很小，眼神始终在躲避着他。

察觉到了她身体的紧绷，易简讥讽道："北北，你在害怕？我有那么可怕吗，可怕到……让你想要逃离我？"

易北北一愣，连忙说："不，不是的！哥，我答应过留在你身边。我一直都记得，我也会履行诺言的！"

易简冷笑了一声："可你的心里，现在装着另外一个人。即使留在我身边，又怎么样？"

说着，他捏住她的下巴，把她微微苍白的小脸扳过来，她想要偏过头，却被易简捏得更紧："不许躲!

他冷冷一笑："北北，我跟你一起生活了那么久，从小到大你所有的一切，都是我帮你打点的。在这个世上，没有人比我更了解你。你在想什么，我一眼就能看出来。"

易简的笑里，夹杂着几分自嘲和苦涩："我给过你机会，你却一次次地让我失望……"

易北北惊恐地看着他。

当易简用一只手扣住她的两只手，另一只手就要解开她上衣的纽扣时，易北北强忍着的眼泪，骤然滑落了下来。

易简的眼底冒着愠怒的火花，突然放开了易北北，然后一把将她拎起来，大步朝着泳池走去。

易北北的泪水盈在眼眶里，惊恐地抓住他的袖口。走到泳池边时，易简没有迟疑，就将她扔了进去。他此刻的眼神异常淡漠。

易北北连呛了好几口水，鼻子和喉咙刺痛着，眼泪再度涌了出来："喀喀……哥，哥……喀喀喀!"

夜色浓重，刷——凌意打着方向盘，加速在大街上穿梭着。他一张脸紧绷，往日的淡定消失不见。

臭丫头，居然一个人跑回去。

在拐到一个十字路口时，几辆黑色跑车突然出现，将他拦截了下来。凌意立即踩下刹车，十几个保镖从车上下来："凌少，请您跟我们回去!"

凌意落下车窗，恼怒道："你们敢拦我?"

"凌少，老爷子说了，您不能去易家!"现在的易家今非昔比，是易少爷掌权。要是龙枭，他或许还会给老爷子几分薄面。但是易少不同，他就是个疯子。

"我让你们滚开，听见没有？"凌意低吼着。

他此时的心情有多急切，只有他自己知道。这时，一道苍老却浑厚的声音传了过来："你要是敢去，就别怪我不认你这个孙子！"

凌意开门下车："爷爷，您不是说，北北是您指定的孙媳妇吗？现在她有危险，您却阻止我去找她？"

"说得难听点，你这是去送死！"凌松恼怒着："你知道现在易家的当家人是谁吗？哪怕是我，都不愿意跟那位易少起正面冲突。"

"我既然敢去，就已经做好了心理准备。不管会遇到什么，我都要在她身边！"凌意的眼神前所未有的坚定。

没办法，他只能向自己身边的一个保镖使了个眼色，示意他行动。保镖点头，拿出了一支喷雾。趁着凌意不注意，保镖立即冲了上去，迎面朝凌意喷过去。

很快，凌意便瘫倒在地，眼里满是愤怒和不甘："爷爷，你……"凌松很不好受，却还是狠下心命令保镖："把他带回去，锁在房里。"

3

翌日，早晨的光线透过巨大的落地玻璃窗射入。

浴室里，白色的雾气蒸腾着。

易北北坐在浴缸里，机械地打着泡沫，看着前方发呆。

半小时之后，女佣做好了早餐，端上来的时候，听到浴室里还在放着水，诧异地走过去："小姐，您洗好了吗？早餐做好了。"

没有回应。

"小姐？您听到我说话了吗？"女佣试探性地又问了一声。

还是没有任何回应。

女佣紧张起来，连忙走过去打开了浴室的门，一地的水……

易北北趴在浴缸边，脸色苍白，紧闭双眼，已经失去了意识。

得知易北北昏迷，私人医生很快就赶了过来。

易简冷着脸，暴躁地问："怎么回事？"

医生放下听诊器，小心翼翼地回答："小姐昨晚晕倒，是受到了惊吓。现在是因为在泳池里待得太久，着凉发烧了。浴室的空气又不太流通，导致缺氧晕倒。"

看着床上紧闭双眼的易北北，易简在床边坐下，伸手探上她的额头。

很烫手。

他阴鸷着脸色道："今天之内让她退烧。"

"是是……"私人医生冷汗直下，立即准备替易北北输液。

针头扎进易北北的手背，医生挂好药水，又开了些药之后，便背着医药箱迅速地离开了。

大床上，易北北睡得很不安稳，像是做着什么噩梦。

她的睫毛颤抖了下，低喃出声："凌意……"

易简一愣，怒气在他脸上蔓延，忽然又听到易北北说："不要……哥，不要……"她的睫毛被泪水浸湿。

正要伸手替她擦干泪痕，易北北忽然睁开眼，猛地坐了起来。脸色苍白着，大口大口地喘气。

她梦到易简又把她推到了泳池里，还好，只是做梦。然而，看到易简就坐在床边，易北北一惊，立即往后退了退，警惕地看着她。

易简觉得喉咙里，像是卡了一根鱼刺，他艰涩地开口："北北，你别怕。我不动你。"

他递过来一杯温水："你发烧了。来，把药吃了。"

易北北不敢再惹怒他，只好接过药片，就着他递过来的温水服下。

输了液，易北北的烧退了。醒来的时候，房间里只有她一个人。肚子咕噜噜地叫着，她起身下床，拖着虚软的身体走了出去。

走到楼梯口，她脚步一顿。

客厅里，易简正坐在沙发上，恼怒地命令着一个保镖："把它给我撤了，我不想再见到它！"

易北北怔了怔，他说的是什么？

保镖恭敬道："好的，易少，我马上让网站把那个视频撤掉。"

易北北反应过来，见黑衣人就要离开，易北北连忙下楼："等一下！"

"北北？"易简立即起身走过去，伸手摸了摸她的额头："感觉好些了吗？"

易北北往后一避，定定地看着他，抿了抿唇说："哥，你是要把学校拍的那部戏撤掉吗？"

易简神色一冷："嗯。"

"为什么？"

"碍眼！"

易北北鼻子一酸，抓住他的袖口："哥，那部戏，是大家辛辛苦苦拍了很久才拍好的，付出了很多努力，他们都很重视这次比赛，想着可以得第一的！"

她的眼神里充满了请求。易简的心，蓦地一软。

"好，我可以不把视频撤掉。不过，你得为我做一件事。"

易北北紧张了起来："你说……"

易简幽深的眸子锁定她，修长的手指，抵上她心脏的部位："我要你为我，把这个地方空出来。"

什么？

"北北，你能做到吗？"

"我……"易北北低下头，进退两难。

但是为了那部戏，她只能将内心深处的声音压下去，咬了咬唇说：
"我……试试。"

试试？

这个答案显然让易简很不满意，但他知道，在这个节骨眼上，他不能
逼得她太紧。万一她真的承受不住，他一定会后悔。

"行，我答应你了。"易简说着，朝保镖挥手，示意他退下。

"北北，你要知道，没有人比我更爱你。你可以试着喜欢我。"易简
揉了揉易北北的头发

易北北心里一阵苦涩。

易北北回到房间，拿起自己的手机，想打开网页找到那部戏，看看能
不能拷贝下来。如果要留在易简身边的话，那部戏，就是她跟凌意之间，
唯一的纪念了吧。

易北北眼眶酸涩，摁了几次开机键。可是，手机始终一点反应都没
有。她这才想起，昨晚掉进泳池里，手机估计进水坏掉了。

她可能联系不到凌意了？万一他过来这边，跟易简闹翻的话就糟了！
易北北心神不定，只能祈祷凌意不要出什么事。

正忐忑着，一团白色毛茸茸的小东西从门口挤了进来，嗷呜……

易北北回头看去："雪球？"她立即蹲下身，朝它伸出手。

嗷呜……雪球似乎很虚弱的样子，摇晃着走到她面前，伸出粉红的小
舌头舔了舔她的手心。湿漉漉的眼睛看着她。

"雪球，你怎么了？"易北北立即将它抱了起来。雪球软软地趴在她
的怀里。

昨晚它被易简狠狠地丢开，该不会摔伤了吧？

没多想，易北北抱着雪球往外走去，恰好撞上一个用人："小姐，你
要去哪儿？"

"雪球好像很不舒服，我得带它去看医生！"易北北焦急道。

"不行啊，小姐。你不能擅自离开这里。"

也就是说，她又回到以前没有人身自由的日子了吗？

易北北抿紧唇，直接跑到了书房："哥，雪球的情况好像不太好，我想带它去看医生！"

易简从一堆文件中懒懒抬头，见雪球趴在她怀里，他的眉心倏地皱起。"我让人叫个兽医过来就好。"

易北北摇头："不，我要带它出去。哥，你是想把我关在这栋房子里，不让我出门吗？"

"北北……"易简的眉头皱得更深。不是不让她出门，而是，他不想让她见到凌意！

见她态度坚决，易简放下手里的钢笔："好，我陪你去。"

易北北急忙说："不用了，哥，你忙吧，我一个人去就好了。"

"不行。"易简拧眉道："你还生着病，我怎么放心让你一个人去。"

易北北还想说什么，可是看到雪球越发虚弱了，不能再耽搁了。

黑色的兰博基尼在街上嚣张地行驶着，后面好几辆保镖车护航。一路来到市中心的宠物医院，十几个黑衣人率先下车，然后迅速地将宠物医院清场，将除医生护士以外的人都驱逐了出去，把守在了门口。

"医生，你快帮我看看它出什么事了。"易北北焦急地将雪球放到病床上。

雪球气息微弱，只有肚皮还在微微地起伏。

医生替它做了检查，表情凝重道："它内脏出血严重，应该是撞击伤。"

易北北错愕，雪球才两个月大，哪里经得起那么重的摔打？

嗷呜……雪球艰难地抬起小脑袋，舔了舔易北北掌心。

雪球它……要死了吗？

想起它扑到她怀里，冲她卖萌撒娇，跟她还有凌意打闹的可爱模样，易北北难过极了。

易简走上前，揽住她的肩："北北，别太难过了。不过是一只狗而已，我再送你一只就是了，喜欢什么品种？"

易北北推开了他，红着眼眶说："不用了，我不会再养了！"

看着奄奄一息的雪球，易北北哽咽着，突然猛地转身，朝外面跑了出去。

"北北！"易简立即追了出去，可这里是市中心，人特别多，易北北很快就不见了踪影。

他暴怒地扫向外面不知所措的保镖："你们还愣着干什么？去找人啊！"

黑衣人立刻四散出门。

易简下颌紧绷，而后，转身折返回来。见他一步步逼近，医生惊恐道："你，你想做什么？"

易简紧盯着雪球，眼底掠过一丝残忍冷酷的光，只见他用力掐住了雪球的脖子！之前把它送给北北的时候，他是一万个不情愿。

很快，小小的一团抽搐了两下，就没了气息。

一旁的医生吓得瘫软在地，他……他到底是什么人？

刚才那个女孩子，是他女朋友吧？看她似乎很喜欢这只小狗，这个少年就不怕她更伤心吗？

易简没有任何怜悯地松了手，继而扫向医生："刚才你所看见的，如果敢透露半个字，你的下场就跟它一样！"

医生脸色煞白，连声说："是是是……我……我什么也没看见！"

逃离

1

一路奔跑着，跑得累了，易北北这才停了下来，漫无目的地走在这到处都是人的大街上。

易北北环顾四周，她们要么和闺密在说笑，要么跟男朋友亲密，要么跟宠物打闹……每个人看上去，都那么开心。

这是她向往的，可是……她只有羡慕的份儿。

看见一个女生遛着只白色的小狗，易北北想起了雪球。

医生说它快不行了，她真的没有办法眼睁睁地看着它死去。雪球是自己在那个冷冰冰的家唯一的伙伴。

易北北难受地闭上眼睛，又想起自己小时候养过的一条小金鱼，她特别喜欢，可第二天就死了，没有任何预兆。

她现在算是明白了，无论是人还是动物，只要跟易简分享了她的感情，或是阻碍到他的，他都不会放过。

小金鱼、保姆、凌意、雪球……无一例外。

只是这么一想，便浑身冰冷。

正想着，一只大手突然抓住她的手臂，将她拽进了旁边的小巷里。易北北刚要叫出声，却被捂住了嘴！

"嘘……臭丫头，是我。"一个熟悉的声音贴着她的耳朵响起。

凌意？

把她带到一个更偏僻的地方，确定没有人找来，凌意这才放开了她，将她抵在了墙边，

喉头滚动了下，他哑声道："臭丫头，终于见到你了，我很想你，也很担心你！"

真的是凌意……在见到他的这一刻，易北北一直隐忍着的眼泪，终于掉了下来。

见她哭了，凌意皱眉，连忙伸手替她擦拭："臭丫头，见到我不开心吗？怎么哭了？"

"不是……"易北北哽咽着摇头："雪球……它要死了！"

凌意一怔："怎么回事？"

"被易简摔伤，医生说没办法救了……"

"该死！"凌意低骂一声，而后把易北北抱入自己怀里，低声安慰道："别哭，狗是很有灵性的。即将死去的时候，它会找一个主人看不见的地方，独自等待死亡，因为怕主人伤心。雪球它……肯定也不想你为它伤心。"

易北北埋头在他的胸口，呜咽出声："可是，我真的好难过……早知道，我就不把它带回去了。"

她之前想着，如果把它留在凌家的话，易简可能会不高兴，毕竟那是他送给她的宠物。

没想到，雪球现在是这个下场。

"好了，别哭了。"凌意捧起她的脸，拭去她眼角的泪花："雪球死

了，我们无能为力，只能祈祷它去了天堂，不会再遇到易简那样的人。"

易北北点点头，强迫自己平复心情，用力吸了吸鼻子。随即，诧异地看向他："你是怎么找到我的？"

"我一直都跟着你们。"凌意揉揉她的头发，嘴角一勾："易简在你身边，我还以为没机会接近你。没想到，你自己跑出来了。"

抿了抿唇，她岔开了话题："凌意，易简的人正在到处找我呢，你还是快走吧，万一被他们发现就糟了。"

"我不想走。"凌意眼神深邃："好不容易见到你，我不想就这样走了。"

"你知不知道很危险？"

"那又怎么样？"

"你……"易北北咬住唇。

"臭丫头，相比我自己的处境，我更关心的是，易简有没有对你怎么样？"

他这么一问，易北北的小脸瞬间苍白，眼神闪躲了下："没，没有……"

"真的？"凌意挑眉，有些怀疑。

如果易简不会对她做什么，她为什么要害怕？而且，她刚才明显地避开了他的目光。

凌意低头，心痛地吻去她脸上的泪水："臭丫头，跟我走吧。"

易北北苦笑一声，摇摇头说："我可以去哪儿？易简不会让我走的，哪怕把整个城市翻过来，他都会找到我。"

"那就离开这个城市！我带你出国，怎么样？"

"出国……"易北北有些怔忪。

这时，小巷外面传来保镖的声音："小姐，你在哪儿？快出来吧！"

"是易简的人！"易北北焦急起来："凌意，你快走，不然的话就来不及了！"

"嘘。"凌意示意她别出声，径自拉着她朝小巷深处跑去。

易北北努力地跟上他，看着他牵着自己的那只手，那么地温暖，温暖得让她眷恋，舍不得放开。

2

易北北失踪已经超过一小时，易简在宠物医院等了很久，也没有她的消息。

他暴怒地砸了所有东西，吓得在场的医生和手下瑟瑟发抖。

"你们这群废物！"

这儿是市中心，人那么多，坏人自然也多，北北说不定会遇到什么危险！

保镖慌乱地开口："对不起易少，是我们没用！"

其余的人惊慌道："易少，我们已经加派了人手，一定会很快找到小姐的！"

"要是再找不到，我让你们见不到明天的太阳！"易简恼怒着，突然想到什么，整张脸冷了下来。

北北，会不会被凌意带走了？易简的眼底，迸发出一丝杀气："去凌家！"

凌松怒道："找到他没有？"

"还没有，老爷子，请您再给我们一点时间！"

凌松此时极其担心，万一那小子真的跑去了易家，估计就出不来了吧！

保镖离开没多久，管家慌乱地从外面跑进来："老爷子，不好了！那个易少来了！我们大部分人都出去找凌少了，根本拦不住他啊！"

凌松眼神一凛，握紧了手里的拐杖。

他来这儿做什么？

正想着，管家突然被人狠狠推到一边，摔倒在地。随即，十几个人就冲了进来。易简单手插兜，看见沙发上的凌松，他似笑非笑着："老爷子，无意打扰。只是，我妹妹不见了，请问，她在这儿吗？"

"你说北北？"凌松不慌不忙道："很不巧，北北昨晚就走了，一直没有回来。"

"是吗？"易简轻嗤："说不定，她还会回来的。所以，我决定在您这儿等着，直到她回来为止。"

凌松嘲弄道："你是不是以为北北现在跟我孙子在一起？"

易简面容冷冽："难道不是吗？"

"凌意现在在哪儿，我都不知道，更别说北北了！"

"哦，这么巧，您孙子也不见了？那行，我帮您找。不过，要是让我发现他跟我妹妹在一起，我一定会请他去我家做客的。"易简冲着凌松绽放出一个笑容。

凌松的脸色，陡然阴沉下来。真是不可理喻，居然到他家里威胁他？

"这个，倒是不劳烦你了。凌意平日挺忙的，没时间去你家里做客。"凌松仍旧笑着，却是不怒自威。

他直接在沙发的另一边坐下，他的人迅速将客厅包围了起来。

"放肆！"凌松怒喝一声，瞪向易简："你这是什么意思？"

"没什么意思。"易简斜睨着他，冷冷一笑："我只不过是想在这儿等我妹妹，只要她回来了，我马上就走。"

话音才落，一个女声传来："北北，你要去哪儿？别跑呀。"

易简的眼神猛地一闪，立即循着声音来源看去。

一个女佣从楼上跑了下来，像是在追什么东西。易简皱眉，发现……

246

那竟然是一只灰色的兔子。

他用眼神示意身边的保镖，那人会意，走过去就要抓那只兔子！

女佣惊愕着，护在兔子前面："你……你们想干什么？这是我们凌少养的兔子！"

"不想死的就滚开！"保镖狠狠将她推开，然后把那只兔子拎起来，交到易简手里。

易简拎着它的耳朵，小兔子无措地扑腾着两只前腿，试图从他手里挣脱出来。

那么小的一只，只要他一用力，就可以将它像雪球一样捏死。易简眯着眼，阴恻恻地问那女佣："这只兔子，叫什么？"

他的眼神太过可怕，女佣吓得浑身哆嗦，连忙回答："叫……叫北北！"

"你说，这是你们凌少养的？"说话间，他加大了手中的动作。小兔子感觉到了疼痛，扑腾得更厉害了。

更糟糕的是，这时另一只小白兔也从楼上跑了下来："易少，那儿还有一只！"保镖眼尖地发现了，连忙将小白兔也抓了过来。

原来有两只？怒火在易简的心底燃烧了起来，又问女佣："这只，又叫什么？"

"它，它叫小意……"女佣浑身冒着冷汗。

"谁取的名字？"

"是……是易小姐！"

北北平时也是这么称呼凌意的吗？

眼见两只小兔子弱弱地挣扎着，凌松的面容变得冷厉起来："易少，能否放了这两只兔子，算是给我老头子一个面子？"

"如果，我说不呢？"易简冷蔑地说着，揪着两只兔子的耳朵，将它们提在半空。

两只小兔子不知道危险来临，毛茸茸的脑袋互相蹭着，小鼻子时不时耸动两下，模样可爱极了。

生怕他下一秒就要将兔子狠狠摔死，女佣连忙别过脸，不忍心去看那一幕。

就在这时，一个邪肆的声音从大门口传来："听说，有人在等我？"仿佛看到了希望，管家、女佣……都立即转头看向了那边。

果然看到凌意单手插兜，昂首阔步地走了进来，看到他安然无恙，凌松的心，顿时放松了下来。而所有的保镖们，也跟着回来了，跟易简的人形成了对峙局面。

一时间，原本宽敞的客厅，因为这么多的人，竟然变得拥挤了起来。凌意径自走了进来，将手里拿着的一袋东西丢到老爷子面前的茶几上："老头儿，这是你最喜欢的那家老字号包子，给你买回来了！"

"你，你跑出去就是买这个？"凌松有些瞠目。

凌意随意道："可以这么说。"

"看来，凌少挺有闲情逸致。"易简冷笑一声："不知道，你在路上有没有见到我妹妹？"

凌意睨他一眼，眼底隐隐有暗光闪过，却是不慌不忙道："我倒是想见到她。另外，我家可不是什么人都能进的，你最好离开，否则，我不介意让警方过来请你们回警局喝茶！"

"我可以走。"易简眼神阴鸷着："不过，你得先把北北交出来！"

"我说了，我没见到她，你耳朵不好使？"凌意嘲讽道。

"还在跟我装傻？你是不是以为我不会做什么？"易简身上的煞气，变得浓烈起来："我的耐心是有限的。"

凌意的脸上，亦是没有丝毫慌乱，只是眼神更加冰冷："你要做什么就尽管试试。"

扑通……扑通……

整栋别墅，安静得似乎连心跳声都听得见。

两个少年冷冷地对视着，谁都不会低头认输，气氛更加僵持，一触即发。就在这时，一道手机铃声突然响了起来，打破了满室的寂静。

那是易简的手机在响，一个保镖接听之后，激动地朝他走过来："少爷，是小姐打来的！"

易简眸光微闪，立即将手机拿了过来："喂？"

"哥，是我。"

听到她声音的那一刻，易简瞬间被安抚了情绪。"北北，你在哪儿？"他急切地问着。

"我也不知道，我好像迷路了……所以借了别人的手机打电话给你，我在市中心电影院附近……"

"嗯，你别急，也别挂电话。就在原地等我，我马上过去找你！"易简边说边往外快步走去。

一行人匆忙离开，那浓重的火药味，这才慢慢散去。

凌意让女佣把小兔子带回楼上。还好，他来得及时。不然，这两只小东西就遭殃了。

"臭小子，看看，都是你惹出来的好事！"凌松恼火着，没好气地瞪着凌意："北北呢？怎么没跟你一起回来？"

凌意的脸色仍旧阴沉："本来我想直接带她走的。"

"那你们为什么不走？"

"她不肯，让我回来救场！"凌意有些焦躁地捋了捋额前的头发。

听到他的话，凌松一愣。

看来，北北料到了易简会到凌家找麻烦，所以才不愿意跟凌意走的。

"唉，真是委屈那丫头了。"凌松叹了口气："她怎么就摊上了易少这样的人物？"

凌意抿唇，没有再说话。当时，他真的很想不管不顾地带着臭丫头走，去一个没有人认识他们的地方。可臭丫头不愿意，而他也不能丢下爷爷不管。

想起易北北的眼泪，凌意的心，就一阵压抑的疼。

根据手机上的定位，易北北很快就被找到了。

回去的第一件事，就是把雪球埋了。

听那个兽医说，它在自己跑走之后没多久就咽了气。抱着它已经僵硬的小小身体，想起之前跟它相处的时光，易北北的眼泪又忍不住掉了下来。

在花园里最大的那棵榕树下挖了个坑，易北北把它埋了进去，哽咽道："雪球，对不起，我没有保护好你……"

晚上面对着满桌丰盛的饭菜，易北北一点胃口也没有。易简的心情却是格外的好，今天北北没有逃走，更没有跟凌意在一起，主动跟着他回来了，这让他很欣慰。

有的时候，易北北倒是希望易简对她冷酷一点，无情一点。因为，他对她的感情，真的浓烈得让她窒息，无法承受。

见易北北正在发呆，易简凑过去，低声问："在想什么？"

他的气息温热，易北北浑身顿时紧绷了起来："没，没什么。"

她不愿意说，易简也没有追问，而是想起了一件事："对了，北北，你的生日很快就到了。你想要个什么样的生日？"

易北北愣了愣。这才想起，自己十八岁生日半个月之后就要到了。

她不在乎过什么样的生日，因为，每年无非就是开生日Party（派对），宴请一大堆她不认识的宾客，然后收各种各样的礼物。

"怎么样都可以。"易北北随口说着。

这样的回答，易简很不满意，脸色微沉："我在认真地问你。"

易北北的心一紧，想了想说："我……不想太隆重，也不想举办宴会，有个蛋糕就够了。"

就这样？易简皱起眉头，诧异地看着她，而后否决道："这不可能，太寒酸了。"

易北北正要开口，易简却继续："北北，我还是会给你办一个Party，比之前更盛大，宴请更多客人。因为，我要宣布一件大事。"

"什么大事？"

"到时候，你就知道了。"易简揉揉她的头发，嘴角勾起一抹弧度。

3

夜深人静，易北北躺在床上，翻来覆去怎么都睡不着。

今天见到凌意，她差一点就答应跟他走了。还好彼此都找回了理智，没有就这样离开，不然的话，肯定会掀起一场腥风血雨吧？

也不知道，凌意现在怎么样了，凌爷爷也还好吧？

还有，吃晚饭的时候，易简说要在她生日宴上宣布的大事，到底是什么？

为什么，她会有一种不太好的预感呢？

易北北抱着被子，陷入了沉思。

如果自己生日那天，凌意也能来的话，那该多好……

易北北失眠了大半夜，快要天亮的时候，才迷迷糊糊地睡过去。还没睡够两小时，就被闹钟给吵醒了。

她睁开惺忪的睡眼，起床洗漱。

就算自己这两天过得很不好，今天也还是要去上学……

易北北走出房间，没走两步，一双手突然从后面抱住了她："怎么这么早？"

易北北吓了一大跳，像是被虫子蜇到似的，猛地挣脱了出来。

易简一身运动装，好像刚刚从外面锻炼回来，几缕湿湿的黑发，凌乱不羁地散落在额前，更显得他那张脸俊美无比。

易简眯了眯眼："怎么，你想去见他？"

知道他说的是凌意，易北北神色一窘，有些气恼："不是！哥，你不会连我上学都不让吧？"

"当然不是。只是，我今天会派人帮你办理转学手续，你没有必要再去那个学校。"

"你……"易北北怔住。

他竟然擅自给她转学，都没问过她的意见！之前是，这一次也是！

"哥，我在那个学校很好，我好不容易有了个好朋友，我不想转学！"

易简皱起眉头："好朋友？男的女的？"

"女的！"易北北没好气地回答。

"那好办，让她跟你一起转学。"

易北北噎住，无言以对。

为什么，易简总是强迫别人去顺应他的意思，不管别人愿不愿意？

觉得谈话没办法再继续下去，易北北咬牙，压抑着心里的悲愤，提步下楼。

"生气了？"易简跟了上来。

易北北没说话，继续往楼下走。

"北北，不准不理我。"易简命令着，伸手就扼住了她的手腕，把她拉了回来。易北北一个趔趄，撞到了他怀里。

她下意识地想要推开他，盯着她气愤的小脸，易简有些无奈："北北，你什么时候，才能学会跟我撒撒娇，就像别的女生对自己男朋友一样？"

这么多年，她都把他看成哥哥，怎么可能做到把他当成自己的男朋友？

避开易简深邃的眸子，她深吸了口气："难道，我向你撒娇，就可以不用转学吗？"

"这还不够，除非……"易简凑近她，在她耳边说了句话，易北北错愕地瞪大眼。

"除非——你对我笑一下。"

听到他这么要求，易北北还以为他在开玩笑。

他应该知道，他对她做了那种事，她怎么可能笑得出来。

所以，他是在故意刁难她？

易简等了好一会儿，也没等到她有所行动。他忽然发现，北北长这么大，在他面前，似乎真的很少笑。可是，她却能把她的笑容，毫不吝啬地给别人。

比如说……凌意。

易简的眼底浮现出一片深深的失落。他伸手，揉揉她的头发："好了，下楼去吃早餐吧。"

"我是不是不用转学了？"易北北连忙问。

易简不答反问："如果你能做到不跟凌意接触，我倒是可以考虑。但你觉得，你能吗？"

不跟凌意接触……也就是说，在学校里见到了，也要当成陌生人一样。易北北垂下睫毛，做了个深呼吸："我……可以！"

"真的？"

"嗯。"她点点头，却似乎并没有什么底气。

易简扯了扯嘴角，带着几分讥讽："北北，你嘴上说可以，其实你根本做不到。"

易北北愕然地看着他："我……"

"北北，我不想再被骗，我可以给你请最好的私人老师。"

秘密

1

这时，一个保镖从外面进来，恭敬道："易少，外面来了一个男人，说是来找您的。"

易简不悦道："什么人？"

"不知道……但他说，等您见到他，就知道是谁了。"

"让他进来！"易简冷声说着，拽着易北北的手往楼下走去。

一个四十岁左右的男人被带到了别墅门口。

男人身材矮小，一双小眼睛不怀好意地四处乱瞟着，啧啧赞叹着易家的奢华。

看到他，易简的眼神蓦地一暗。

"哎呀，易少，好久不见，还记得我吗？"男人笑嘻嘻地跟他打招呼。

与此同时，他看向易北北，忽然意味深长地咧嘴笑了起来。他打量她的眼神，还有那古怪的笑，都让易北北很不舒服。

这个人，怎么感觉有点眼熟？易北北绞尽脑汁想了想，却又什么都想不起来。

这个男人的出现，让易简浑身上下的气息瞬间变得很冷，他松开了易北北，轻声道："北北，你先去吃早餐，我很快就来。"

易北北有些不明所以，但她也没兴趣去掺和。

男人的目光，一直追随着她，眼底始终带着不怀好意的光。

这个猥琐大叔认识她？

易北北回过头，打量着那个男人。

易简单手插兜，冷傲地从他身边走过："有什么话，跟我到外面去说。"

"好嘞，听您安排！"男人仍旧笑嘻嘻着。临走之前，又看了易北北一眼，这才跟着易简离开。

易北北越看越觉得不对劲，想了想，还是决定跟上去看看。

易简在不远处一个欧式亭子里坐下，周围站着不少黑衣人，易北北不能再上前，只能躲在了蔷薇花丛后面，竖起耳朵去听。

男人笑嘻嘻道："易少，听说您现在取代了龙老爷子，成了龙易两家的掌权人了。我以后还得请您多关照。"

别人在面对易简时，都是卑躬屈膝，可是这个男人，却是嬉皮笑脸的，好像并不怕他。

易简斜睨着他，眼神凌厉冰冷："你敢跑来我这儿索要好处？"

"易少，我这也是迫不得已嘛。之前呢，您给了我一大笔钱，我拿去做了生意，赚了不少。可我这个人有个毛病——好赌。这不，前几天才去豪赌了一把，没想到把全部身家都输光了！现在我一家老小，饭都快没得吃了。"

男人云淡风轻地说着，没有一点求人帮忙的样子，好像笃定了易简会答应。

易简轻蔑地嗤了一声："一百万，够不够？"

"什么？"男人不敢置信，顿时就不高兴了："易少，您这也太抠门儿了吧？您现在可是身家千亿了。"一旁的黑衣人暗自吸了口冷气，哪来的不要命的家伙，居然敢这么说易少？

见易简的脸色变得阴鸷，男人不由得打了个寒战。不过自己手里有易简的把柄，他不需要害怕。

眼珠子转了转，男人又阴阳怪气地笑了起来："对了，易少，刚才那个女孩子，就是您的妹妹吧？啊，我发现她……长得真是越来越像——"

易简的瞳孔骤然收缩，狠狠道："闭嘴！"

隐约听到男人刚才说的话，易北北有些恍神。

他说什么？她长得像谁？

男人知道，自己戳中了易简的要害，态度愈发地嚣张了起来："易少，不如这样吧，我要的不多，两千万。怎么样？拿了这笔钱，我保证不会乱说话，以后也不会再来找您！"

一旁的黑衣人呵斥道："你是不是活得不耐烦了？连我们易少也敢威胁！"易简抬手，示意他噤声。

易简眸子微眯，冷冷地看着眼前的男人。这个人，知道北北的身世，以及他和北北之间的秘密。那个自己一直想要保守的秘密！

要是让北北知道了她的身世，知道她为什么会被外公选中，他无法想象，会有怎样的后果。

而当初收买这个男人的时候，他才十岁。如果不是看在这人确实有一家老小，他一时间动了恻隐之心，早就把他给除掉了。现在他竟敢跑来威胁自己？

看来，这样一颗定时炸弹，没必要再留着了。

易简的眼底，掠过一抹强烈的杀气。"别说两千万，给你两个亿都行。等你死后，我会让人烧给你，要多少有多少！"易简的语气阴森可怖，示意身后的黑衣人动手。

男人大惊失色，脸一下子就白了："易少，您不能这样啊！我知道错了，这样吧，我……我不要钱了，我马上滚！"

"呵，晚了！"

"易少，求求你饶我一命。"男人当场跪地求饶，但还是被黑衣人给拖走了。

躲在花丛后面的易北北震惊不已。她惊慌失措着，趁着易简还没发现自己，转身离开。

回到别墅，一路跑进自己房间，看到一个女佣正在打扫，易北北立即上前，焦急道："阿姨，能不能把你手机借我一下？我有急用！"

"快给我，拜托了！"

"好吧。"女佣连忙把自己的手机拿了出来。

易北北拿着手机，让女佣先出去，把房门锁上，然后拨通了那个她早已背得烂熟于心的号码。

很快，那头的人接起了电话。一个低沉充满磁性的声音传了过来，语气不善："谁？"

听到这熟悉的声音，易北北心口猛然一酸："喂，凌意？"

凌意惊喜道："臭丫头？"

"嗯，是我！"紧要关头，易北北没有多说什么，直接开门见山："凌意，你能不能帮我去救一个人？他好像知道一些关于我的事情！可易简要他的命，现在他已经被带走了！"

"救人？那他被带到哪儿了？"凌意也没有多问。

"我也不知道他会被带去哪儿，但是，求你一定想办法救下他！"

"你别急，我马上想办法。"

"嗯嗯，拜托了！"

挂断电话，易北北闭上眼睛，不停地祈祷着。希望那个男人在凌意找到他之前，不要死掉，她有很多问题想要问他！

易简从花园那边回来，看到易北北正在吃着早餐，他松了口气。她应该……没有察觉到什么异常？

见他在自己身边坐下，易北北旁敲侧击地问："哥，刚才那个人是谁？他怎么一直在看我，他是不是认识我？"

闻言，易简的面色微微一僵，很快恢复如常："怎么会？他一定是看我家北北太可爱，所以多看了两眼。"他果然不打算告诉她实情。

易北北敛眸，沉默。一顿早饭，吃得心事重重。

2

易简将她关在了家里，在转学之前，暂时不允许她回学校，请了老师过来辅导她功课。

傍晚的时候，一个女佣敲了敲她房间的门："小姐，外面有个女生找你，说是你同学。"

女生？意识到是谁，易北北喜出望外，立即跑到了别墅外面。夏小葵穿着蓝白色校服正站着等她。

"小葵，你怎么来啦？"易北北兴奋得眼睛都亮了起来。

"你今天没来上课，我很担心你，所以以来看看你。"夏小葵拉住她的手，撇了撇嘴："北北，你太不够意思了，居然瞒了我那么久！原来，你是易少的妹妹啊？"

"你怎么知道的？"

"会长告诉我的，他让我过来这边看你，顺便把这个给你。"夏小葵小声说着，看了看不远处把守着的保镖，然后偷偷把一部崭新的手机塞到易北北手里。

太好了！易北北欣喜着。"小葵，谢谢你啊。"

258

"不客气！"夏小葵笑笑："北北，我走啦，你要照顾好自己哦，等你回来上课！"

"嗯嗯，我会的，你也是！"目送着夏小葵离开，易北北心里一片惆怅。

回到自己的房间，易北北拿出那部手机。开机之后，发现能用，便立即拨通了凌意的号码。

此时，医院。

看着病床上那个浑身是血、奄奄一息的男人，凌意脸色阴沉得厉害，命令医生道："我不管你们用什么方法，都给我把他救活！"

医生连连点头："是是，凌少，我们一定会尽力救他的！"

凌意烦躁地将额前的头发捋到后面，这时，手机铃声响了起来。

拿出手机，看到来电号码，他幽黑的眸子蓦地亮了，连忙走到病房外面接听："喂，臭丫头？"

那头，易北北声音急切："喂？凌意，找到那个人了吗？"

"找是找到了，不过……"凌意有些迟疑："他出了车祸，失血过多。医生说就算不死，也可能没有醒来的希望。也就是说，他或许会变成植物人。"

什么，植物人？易北北小脸一下变得煞白。

这么说，只能等那个男人醒过来，她才能了解到关于自己的事？可是，他能不能醒来还是个未知数。

"我知道了。"易北北声音闷闷的。

"臭丫头，不要悲观，我会请最好的医生替他诊治。"

"嗯嗯，谢谢你啦。"易北北莞尔一笑。

凌意单腿曲膝，慵懒地倚靠在墙边道："我不接受口头上的谢谢。不如，你以身相许怎么样？"

"喂，我是说正经的！"

"以身相许怎么就不正经了？"

听着他调侃的声音，易北北小脸微窘，又听到他说："对了，臭丫头，你的生日……很快就到了吧，打算怎么过？"

生日啊……易北北撇了撇嘴："易简说要给我办生日宴，会邀请很多宾客过来，每年都是这样的。"

"我可以去吗？"

"你觉得呢？现在，易简最讨厌最防备的人就是你。"

凌意自然明白这点，惋惜道："可是，臭丫头，我为你准备了礼物，想亲手送给你。"

易北北微怔，垂下眸子："那个……礼物什么的，就不用啦。因为，最好的礼物，就是你好好的，所以，你不用过来啦。"

凌意低低的笑声传来："是吗？那好。"

可恶，叫他不要来，他就说不来了？这么直接爽快，好歹要委婉一点呀！真是不懂得女孩子的心思！

易北北不开心地哼了一声："虽然你不来参加我的生日宴，但是，生日快乐还是要说的！"

"放心，我一定会是第一个对你说生日快乐的人。"

"这还差不多！"易北北说着，小脸忽然垮了下来："凌意，其实，我特别想在生日宴会上看到你，但是……"

凌意啧了一声，这个笨蛋。既然是她的生日，他怎么舍得缺席呢？

之前她过生日，他都没能参与。这一次，自然不能错过。不仅是这一次，以后的每次生日，他都想要陪她一起过。凌意嘴角的弧度加深，带着一丝连自己也没有察觉的宠溺。

生日这天，夜幕降临的时候，整个易家庄园灯火通明。大门敞开着，豪车陆陆续续地驶入，一派热闹景象。

易北北换上了一身白色的蕾丝公主裙，在镜子前坐下。

女佣给她戴上钻石发卡，再化一点淡妆。即使只是简单地打扮一下，也已经足够耀眼。

"小姐，你太漂亮了！"女佣忍不住夸赞。

她在易家工作很多年了，忽然发现，小姐真是从小美到大啊。

易北北扯了扯嘴角，却一点儿也笑不出来。

忽然，咔嚓一声，房门打开。

易简走了进来，他今天穿着黑色的礼服，纯手工缝制剪裁，衬得他整个人修长挺拔，如王者般气势不凡。

他一只手撑在椅背上，俯下了身，打量着镜子里的易北北，嘴角不由得勾起："北北，你一定会是全场最漂亮的女生。"

说着，朝她伸出手："走，跟我下去吧。"

"我自己会走。"

易北北正打算从他身边绕过去，易简眼神一冷，直接就拽住了她的小手，将她往外带去。

易北北挣扎了两下："哥，我说了自己走！"

"不是答应了我要乖乖的吗？"易简侧头看她，眼底隐隐有着威胁的意味。

易北北咬唇，只能放弃挣扎，任由他这么牵着自己。

沿着旋转楼梯走下去，入眼的就是金碧辉煌的大厅。

到处都是粉白色的玫瑰、气球、丝带……布置得格外温馨。

悠扬动听的音乐环绕，长长的自助餐桌上摆满了美味佳肴。香槟塔，像喷泉池一样流泻着……

宾客们都来头不小，易北北甚至看到了一些只在电视上见过的人。

不知道谁喊了一声"易少！"，所有的宾客都安静了下来，朝这边投来视线。

易北北没有理会那一道道各种各样的目光，径自环视了大厅一圈。没有看到凌意，她的心顿时一沉。

易简率先上台致辞，感谢宾客们的到来。然后，让用人将蛋糕推了过来。

蛋糕足足有十几层高，令人惊叹。

牵着易北北走过去，易简贴近她耳边说："北北，切蛋糕吧。"

易北北点头，伸手接过用人递过来的餐刀。

就在这时，她眼角的余光，无意间看到了一个西装革履的中年男人。

那一瞬间，男人立即撇开了脸，好像在躲避什么似的。然后转身，迅速地隐没在了人群中。

嗯？那个人好奇怪。可惜，没看清他长什么样子！见她盯着某个方向发呆，易简皱眉："怎么了？"

易北北连忙回神，摇摇头："没，没什么。"

易简冷笑一声："北北，如果你是在看凌意有没有来，劝你还是算了。他要是敢来，我就让他有来无回！"

易北北的心猛地一跳。

看到大厅内外严阵以待的保镖，她突然很庆幸，凌意没来。

那个家伙，果真掐准了时间，在零点零分的时候，对她说了生日快乐……

这样，就足够了。

欢快的生日快乐歌响起，在宾客们的鼓掌祝福声中，易简从后面握住易北北的手，跟她一起切开了蛋糕。

然后，他用叉子叉起一块，递到她唇边："张嘴。"

易北北窘迫着，伸手想要拿过叉子："我自己吃。"

"嗯？"易简避开了她的手，意味深长地眯了眯眼。

易北北抿唇，只得张嘴，咬了一口。

"这就乖了。"易简勾起嘴角，绽开一个惊艳众人的笑来。

让用人将切好的蛋糕一一分派下去，易简又拉着易北北走到了台上，一只手握住面前的立式话筒："今天请大家过来，不仅是因为我妹妹过生日。还因为，我有一件重要的事情要宣布。"

所有人都立即竖起了耳朵去听。

看着易简俊美的侧脸，易北北的心里，突然生出一股强烈的不安来。

"众所周知，北北是我的妹妹。但是，她并不是我的亲妹妹，而是——我认定了要呵护疼爱一辈子的人！"

宾客们都愣住了。

"所以，借着今天这个机会，我宣布，北北是我的未婚妻，现在她已经满十八岁了，过一段时间，我就带她去国外登记结婚，让她成为我的妻子！以后，我会努力去成为一个好丈夫，永远爱她，保护她。在此，请你们做个见证！"易北北呼吸一滞。

而易简的话，就如同一个重磅炸弹，朝着宾客们扔了过来。

"哈哈，这也可以说是青梅竹马了。挺好的，从小就一起长大的话，感情必定深厚！易少，恭喜了啊！"

一个人这么说了，其余的宾客也纷纷送上祝福。

易简的心情很好，易北北却完全高兴不起来。

那些祝福她和易简的声音，更是让她头晕脑涨，忍不住开口："哥，我想去洗手间。"

"嗯，去吧。"易简揉揉她的头发。

得到允许，易北北立即转身朝楼上走去。

回到自己的房间，远离了大厅里的喧嚣，她松了口气，拿出手机。

有一条未读短信？

【臭丫头，我在花园等你。】

易北北惊住，心脏瞬间乱了节奏。

她连忙跑到阳台往外看去，夜色下，花园里一片静谧，树木郁郁葱葱的，根本看不到人。

肯定不能从正门出去，易北北干脆抓住阳台的栏杆，小心地爬了下去。

趁着黑衣人都在大厅那边，她潜进了花园，紧张地寻找着凌意的身影。正想着，她忽然听到身后有人走近的声音。还没回过头，就被人从后面拦腰抱住了。"我在这儿。"

易北北一阵欣喜，立即转过了身。他太高，她只得仰起小脸看他："凌意，你不是说不来了吗？"

凌意眼底闪烁着星辰般璀璨的光："因为想见你，所以来了。臭丫头，生日快乐。"

易北北心一动，嘴角不由得上扬："谢谢！对了，你是怎么进来的呀？"

"这种小事能难得住我？"

易北北嫌弃地嗤了一声："切，臭贫吧你。"

凌意笑了起来，将一个粉色的礼物盒递给她："这个给你。"

易北北迫不及待地把它拆开，当看到里面的东西时，她好笑道："这一坨是什么啊？"

一坨？凌意凑过去一看，脸色顿时变了。

因为急着见她，他走得很快，蛋糕在盒子里已经晃变形了。

"这个蛋糕虽然很丑，但是，我很喜欢！"易北北拿起小勺子，挖了一块放进嘴里："很好吃！"

凌意半信半疑："真的？"

易北北笑着点头："对呀，你在哪里买的？味道真好。"

"咳。"凌意的脸色有些不自在。他很想告诉她，这是他亲手做的。而且……做了整整一天，才终于做出来一个比较满意的。

他傲娇又别扭地哼了一声："你管我在哪儿买的，收下就是了！"

易北北又是扑哧一笑，忽然感觉到，心底一直压抑着的东西，好像消失了。在凌家的那段日子，算得上是她最自由最快乐的时光了。可惜，以后都不会有机会去了……

正失落着，远处突然传来保镖的声音："小姐？小姐你在哪儿？"

她顿时紧张了起来，推了推身前的少年："凌意，有人来了，你快走。"

凌意却不慌不忙，邪气地挑眉："你亲我一下我就走。"

没有办法，易北北只好踮起脚，在他的唇上亲了一口："这样可以了吗？你快走吧，被发现的话就糟了！"

"好，那我走了。"凌意恋恋不舍地放开她，目光如同火炬般灼亮坚定："臭丫头，总有一天，我会光明正大地来见你！"

他的身影很快消失在黑暗之中，易北北松了口气，伸手摸上自己的唇。

想起刚才那个吻，她脸红心跳了起来。不过，他送的这个蛋糕，怎么办？易北北有些苦恼地看向手里的蛋糕，扔掉肯定是舍不得，也不能带回去……

趁那些保镖没找到这边，她在花丛后面蹲下身来，借着夜色掩藏自己。然后，又挖了一块蛋糕塞进嘴里。特别好吃……可是越吃，眼眶就越酸涩。

不行，今天是自己的生日，不能哭的。没想到，自己连见一个人，吃个蛋糕，都只能偷偷摸摸的。易北北一口一口地把蛋糕吃完，这个蛋糕不小，吃到后面已经撑得不行了。

　　总算是吃完了，那些保镖也找到了这里："小姐，你在这儿做什么？"

　　易北北连忙把蛋糕盒子藏在花丛里面，佯装若无其事地站起身："我……没什么，只是出来透透气而已。"

　　保镖们焦急得不行："您快跟我们回去吧，别让易少等急了。"

　　见到易北北回来，易简悬着的心才放下。等到宴会结束，所有宾客都散去，易简才在沙发上坐下。他阴恻恻地看向她，开始审问："之前去哪儿了？"

　　易北北站在他面前，努力让自己看上去镇定一些："我是觉得这里有点闷，所以去花园走了走。"

　　好在易简似乎并没有发现什么异常，只是说："北北，以后不要再乱跑了。"易北北点点头。

　　"对这个生日宴会还满意吗？"

　　"满意。"

　　她冷淡的表情，让易简的心猛地一沉。现在，她真的连对他笑一下都吝啬了。

　　易简的喉头滚动了下，迟疑地开口："北北……"

　　易北北看向他，等着他继续。

　　易简的薄唇动了动，话到嘴边，还是咽了回去。

　　易简话锋一转："还有没有想要的东西？告诉我，我都可以送你。"

　　"没有了，我已经很满足了。"易北北摇头，脸上仍旧没有什么表情。

　　"是吗？可我还没送你礼物，你忘了？"易简说着，站起了身，从长裤口袋里拿出一个紫罗兰色的丝绒盒，打开。

　　里面静静地躺着一条精致的白金项链，在灯光下闪烁着耀眼的光，一看就价值不菲。

"北北，这是我送你的。"易简朝着她走去："我给你戴上。"

易北北僵硬着身体，看着他一步步走近，修长的手指挑着项链，另一只手拨开她的头发，认真地给她戴上了。

"很漂亮。"易简满意地打量着她。

脖子上传来微凉的触感，易北北低头看去，这才发现，这项链有吊坠的，是两个英文字母。

YJ，易简？

易简理了理她的头发，放轻声音："北北，这项链是我亲手为你打造的。就这样一直戴着，好吗？"

"好。"易北北乖巧地点头，已经无力跟他辩驳。

易简扬唇一笑，凑近她耳边低声说："还有一份礼物，在你的房间，希望你喜欢。"

回到房间，易北北没有去看另一份礼物，而是直接走进浴室，对着镜子，试图把项链给摘下来。

戴着这样的项链，有着易简名字的项链，总觉得很不舒服。可没想到，努力了半天，那扣子像是上了锁似的，怎么都解不开。

易北北诧异极了，仔细地观察了下，竟然发现……还真有一个暗锁，而且是密码锁！

不认真看的话，是看不出来的。易北北突然有一种耻辱的感觉。感觉自己就像一只宠物，上面有主人的名字。别人一看，就可以知道是谁家的。易北北咬牙，气恼地走出浴室。

她进来的时候没有开房间的灯，光线昏暗。于是，装饰柜上一样散发着淡淡光芒的东西，瞬间吸引了她的视线。

那是……一座水晶城堡？

易北北愣住了。

她走过去，发现这座城堡有半人高，完全是仿造童话书上面建造的，也是她小时候一直幻想的那种。

整座城堡精雕细琢，几乎找不到瑕疵。可见，是下了很大功夫的。这个……应该也是易简亲手打造的吧？

怪不得，有时候她半夜起来倒水喝，会看到书房的灯还亮着。易北北的心里，忽然说不出是什么滋味。对于易简，她一直把他当成哥哥。他为她做了很多，也付出了很多，她很感激，又很愧疚。

只是，凌意……

易北北倒在大床上，手再次抚上自己的唇。

她跟凌意，注定了不能够在一起。两人之间，就像是隔着一片海，难以跨越。

易北北拿出手机，想了想，还是忍不住给凌意发过去一条信息。

【凌意，谢谢你今天过来看我。还有，你的礼物，我很喜欢！】

凌意很快回复：

【喜欢我吻你？】

只是这么看着他回复的话，易北北都能想象到他此时坏坏的表情。

【才不是！你正经点好不好，你明知道我说的不是那个。】

【哦？可我只记得那个。】

易北北一窘，又有些想笑，继续跟他发着信息。却不知道，此时保镖按照易简的指示，在花园里搜了一圈，找到了蛋糕盒。

保镖将蛋糕盒呈到易简面前："易少，我们在花园里找到了这个，应该是小姐留下的。"

易简看向那个蛋糕盒，脸色蓦地冷了下来。

不用想，他也知道这是谁送她的！

哪怕冒着被他惩罚的风险，北北也要去见凌意吗？

她……真的喜欢上凌意了。

易简示意保镖们退下。

北北，我不想揭穿你，更不想责怪你。

翌日，易北北很早就醒了，她从床上坐起来，揉了揉惺忪的睡眼。

想到今天还要继续听那些老古董讲课，就很头疼，也不知道自己要被关在家里多久。

这时，房门被人敲响，易简的声音传来："北北，你醒了吗？"

易北北一怔，随口应了声："嗯，醒了。"

"那就快下来吃早餐，等会儿送你去学校。"

学校？易北北以为自己听错了，她连忙跳下床，跑过去打开了门："哥，你说的是真的吗？我可以去学校了？"

看着她眼底闪现出一抹自己这些天从未见到过的光彩，易简竟然一点儿也高兴不起来。

易简的心口堵着："是真的。不过，你知道我的要求。"

易北北先是愣了一下，然后低下头："我知道。"

来到学校之后，从易简的车上下来，周围的学生纷纷看向易北北。

震惊、意外、羡慕、嫉妒……什么样的眼神都有。

有些学生的父母是受邀参加了昨晚的生日宴会的，回家的时候兴奋得噼里啪啦说个不停，他们才知道，原来，易北北是传说中那个易少的妹妹。

刚知道的时候，他们吓得打跌。

易简也跟着下车，摸摸她的头发："北北，你进去吧，放学了我来接你。"

女生们围在校门口，对着易简犯花痴。

"那个男生就是易少吧？没想到他长这么帅！"

"是啊，跟会长有的一拼呢。虽然看上去有点凶，可是，超级霸气呢……"

女生们你推我挤着，只不过，即使真的觉得他很帅，也没人敢接近他。

"哎哎，对了，我听我爸爸说，易少跟易北北不是亲兄妹。易少昨晚在生日宴上宣布，等过一段时间就带她去国外登记结婚呢！"

"妈呀，这是真的？"

"那我们会长怎么办？易北北不是跟会长在一块儿了吗？而且，会长好像很喜欢她的样子……"

突然，一个水壶砰地扔了过来，差点砸到那女生身上。

女生抬头一看，见是一个陌生面孔，怒道："喂，你谁啊，干吗砸我？"

"你再多说一句，我还砸你！"乔可心恶狠狠地瞪着她，那张漂亮的脸蛋，因为气愤而变得有些扭曲。

这些天，她想来想去，为了凌意哥哥，她决定转学过来。

如果自己再不采取行动的话，就真的要失去他了！

更何况，刚才这几个女生也说了，易北北要跟她那个"哥哥"结婚的，为什么还吊着凌意哥哥不放？

易北北背着书包朝校门口走来，周围的学生都怯怯地看着她，给她让出一条路。

唯独一个人没动。

对上乔可心嫉恨的眼神，易北北微微皱眉。

她也转学过来了？

没有多想，也没理会乔可心，易北北收回了视线，权当没看见她。乔可心咬牙切齿，几步跑了上去，拦在易北北面前："易北北，你给我站住，我有话要跟你说！"

易北北斜睨她一眼："抱歉，我不想听你说。"

"跟凌意哥哥有关的，你也不想听吗？"

易北北皱眉："你想说什么？"

看出她也是很在意凌意的，乔可心更加气愤，冷笑了一声："想知道？跟我来吧！"

易北北警惕着："如果我说不呢？"

"不？那我保证，你会后悔——"

"好，那走吧。"易北北无奈，不知道她想搞什么鬼。

跟着乔可心走到学校的花园，易北北停了下来："这里没什么人了，你可以说了吧？"

乔可心转过身，冷冷地笑着，二话不说，扬手就是一巴掌打了过来："贱人！"

脸上一阵火辣的痛感，易北北拧眉，咬牙，当即也抬起手，狠狠地甩了一巴掌回去！

"啪！"

她的速度太快，乔可心的手甚至还没收回去，她疼得龇牙咧嘴，愤怒地瞪着易北北："你——易北北，你打我？"

"你动手在先，我当然要还回去！"

易北北不疾不徐地说着，拍了拍自己的手，仿佛上面有什么脏东西："你要说什么就快说，我可没时间跟你在这儿耗着！"

乔可心捂住自己被打痛的脸，怒道："好，易北北，我说，你既然要跟你那个哥哥结婚，就不要再招惹凌意了好吗？"

易北北抿唇，转头就要走。

"怎么，心虚了？"乔可心在身后叫嚣："现在谁不知道你哥哥是什么人，你再纠缠凌意，可是会害死他的你知道吗？"

她做不到和凌意断绝来往。

易北北回过头，冷冷地看着她："我要怎么做，是我的事。"

"易北北，我看你是冥顽不灵！我告诉你，我不管你背后有谁撑腰，我都不会放过你！"

乔可心说完掉头就走。

易北北懒得理她，朝着教学楼走去。就在走到花圃的时候，突然被人一把抱住！她连忙抬起头，果然是凌意。

乔可心的话，突然在脑子里回荡开来："现在谁不知道你哥哥是什么样的人，你再纠缠凌意哥哥，可是会害死他的你知道吗？"

易北北垂下睫毛。凌意放开她，皱眉打量着她神色复杂的小脸："怎么了？"

"凌意，其实……我们真的不应该再来往的。刚才乔可心已经找我了，再这样下去的话，我会害死你的。"易北北看着自己的鞋子，声音很小。

凌意"啧"了一声，捏了一下她的脸蛋："笨蛋。"

易北北转过身："那个……快要上课了，我先回教室了！"

说着，迈开了脚步就想跑。

凌意长臂一伸，轻而易举地将她拽了回来："怎么，你打算就这么一走了之，不对我负责了？"

易北北靠在他胸口，难受地咬了咬唇："我……不能。"

凌意似有若无地叹了口气："算了。在你走之前，再让我抱一下吧。"

而此时，两人都没有注意到，一道身影正躲在不远处的树干后面，拿着手机接连拍了好几张照片。随即，满意地勾起嘴角一笑。

易北北回到教室的时候，早读课的铃声也响了。

班主任走上讲台，对大家宣布道："今天我们班转来了一位新同学，大家要多多关照她，让她尽快融入我们这个集体当中哦！"

说着，她笑眯眯地冲着门外招了招手："进来吧。"

女生背着书包，从教室外面缓缓走进来。

看到她，男生们的眼睛，立马像灯泡一样噌噌地亮了起来。

这个女生的眼睛像小鹿般无辜清澈，她整个人看上去毫无攻击性，看了让人心生怜惜。

班主任笑眯眯地说："新同学先介绍一下自己吧！"

她面向全班同学，绽开一个柔和的浅笑："大家好，我叫乔可心。初来乍到，希望能跟大家成为好朋友，还请大家多多关照！"

柔软又甜美的声音，微微泛红的脸颊带着一丝羞涩，瞬间俘获了大部分男生的心。

男生们纷纷开口："乔可心同学，欢迎你来到我们班！"

"谢谢你们！"乔可心又笑了笑。

易北北翻了个白眼。

"乔可心同学，班上还有几个空位，你看看你想坐哪儿。"班主任说话的声音都不敢放大。

乔可心看到易北北前面的那个空位，伸手指了指，语气温柔地说："老师，我可以坐那个位置吗？"

班主任笑着点头："当然可以！"

见乔可心朝着这边走来，一旁的夏小葵凑了过来，小声道："北北，我怎么觉得，她看你的眼神好像不太对劲呀。"

连小葵都看出来了，易北北怎么会看不出来？

"我认识她，跟她关系很不好。"易北北也压低了声音。

"啊？"夏小葵愣住，然后，颇有义气地拍了下她的肩膀："北北你放心，我会站在你这边，不会让她欺负你的！"易北北感动地拍了拍夏小葵的肩膀。

乔可心在位置上坐下，扭头看向身后的易北北，脸上带着单纯无害的笑容，朝她伸出了手："易北北，以后，我们就是一个班的同学了，请你多多关照哦！"

易北北无视了她的那只手，冷冷道："算了吧，有那么多人愿意关照你，不缺我一个。"

乔可心收回手，暗自咬牙。

意外

1

易家，易简正在书房里批阅着一些文件，忽然，放在桌上的手机振动了起来，他拿起手机一看，是一个陌生号码发来的信息。

易简随手点开，看到短信内容时，脸色猛地一变。

那是几张照片……学校的花圃旁，早晨的阳光洒在少年和少女身上，笼着一层淡淡的金光，两人正紧紧地拥抱在一起。

易简一只手抓住了自己的头发，沉重地闭上眼。

早上的时候，他才告诫过北北，让她明白自己该做什么，不该做什么。没想到一去学校，她转眼就又跟凌意待在一起！

还是……他们已经在一起了，只是他不知道？易简突然觉得，自己就像一个插足于他们之间的第三者，抑或是强行拆散他们的坏人。可是，北北原本不就属于他吗？

他站起身，大步朝外面走去。

他走得很快，像是要找谁去寻仇一样。保镖连忙跟上他，却见他走到一半的时候，突然停了下来。

刚才，他的确是想着去弄死了凌意，把北北抓回来。

可是，他突然想起，自己答应过北北，只要她乖乖留在他身边，他不会去伤害别人。

该死——

易简看着手机上的照片深深地吸了口气，然后折返回了书房。

保镖一头雾水。

下午放学的时候，虽然自己现在还是会长助理，可易北北没有再去学生会那边，而是直接在校门口等着易简。

易简亲自下车，替易北北拉开车门，乔可心躲在不远处，看着易简体贴的模样，好像没有一点儿怒气，只觉得太诡异了。

不对啊，自己早上的时候，明明偷拍了那么多照片发给他，他怎么会是这样的反应？

既然已经宣布易北北是他的未婚妻，那么，对于自己未婚妻给他戴绿帽子，他都不会介意的吗？乔可心想不通。易简的联系方式，是她千方百计托关系弄到的，不会有错。他玩的是哪一出？

易北北坐进了车里，易简一上车，车内的气氛，就立马变得压抑了起来。

易简抓起她的一只手，把玩着她的手指："今天在学校怎么样？"

"挺好的。"易北北说着，想把自己的手从他手里抽回，却失败了。

"那些老师，讲课讲得比你给我请的老教授有意思多了。"

"是吗？"易简勾起嘴角，似笑非笑着："那不如……我请老师到家里给你上课？"

易北北愣了愣，连忙摇头："哥，我不需要家教。还是……你又想把

276

我关在家里？"

易简仍旧把玩着她的手："我是怕你在学校太开心，忘乎所以了。"

易北北睁大眼睛："我没有！"

易简没有纠结这个问题："没有就好。今晚想吃什么？"

"我……都可以。"

"那我们去餐厅吃，怎么样？"易简的声音，比以往任何时候都来得轻柔。可还是让人觉得心惊肉跳。他把她的手紧紧地握在自己的手心里。

易北北觉得，今天的易简怪怪的，却又说不出是哪里不对。

正要抬头，忽然，易简扣住她的后脑勺儿，让她正视着自己。

两人四目相对，他深深地看着她错愕的小脸，说着，就想要低头吻她。

易北北立即往后退了退，看出她的排斥，易简的心又是一沉。

看来，北北还没有办法接受他。但是没关系，他可以慢慢来。从现在开始，重新跟她培养感情。这么想着，易简的心就悸动得厉害，伸手理了理她微乱的头发："前面有家法国餐厅，我们去吃吃看？"

易北北点头。

她的反应，终究是淡漠了些。

易简眸色加深，有些不满："北北，我不喜欢你用点头或摇头表达自己的想法。我希望，你能跟我多说说话。"

易北北看向他，现在，她跟他好像并没有什么好说的。

这时，司机将车子停靠在路边，易简率先下车，然后走到另一边替易北北打开车门。

见餐厅里面的人有些多，易简冷冷地命令："清场！"

保镖领命，正要进去，易北北连忙说："哥，别这样。我们找一个安静的位置吃就好，不要把客人都赶走。那样的话，就没有餐厅的气氛了。"

"我不喜欢人多。"

"可是……"她还想说什么，易简却已经吩咐保镖进去了。

不一会儿，所有的客人就都被赶了出来，骂骂咧咧地离开。

易北北咬住唇。易简他，还是这么的我行我素。在这种一个人都没有的餐厅里吃饭，有什么意思？

"北北，这下没有人会打扰到我们了，我们进去吧。"

得知是易少过来用餐，餐厅经理立马屁颠屁颠地迎上来接待。精致可口的菜看很快就端上了桌，吃鱼的时候，易简细心地把鱼刺挑出来，这才夹起来，递到易北北唇边："来，张嘴。"

他又要喂她？易北北硬着头皮开口："哥，我不是小孩子了，我自己……"

还没说完，就被易简冷声打断："北北，同样的话，我不想重复第二遍。"

易北北无奈，只好张嘴吃了下去。

易简脸色好看了些，忽然，他的手机又响了起来。他拿出手机一看，没想到，又是早上收到的那些照片。

虽然打算不追究，但是，北北跟凌意拥抱在一起的画面，真的太刺眼了。他的瞳孔，微微紧缩。

易北北注意到了他表情微妙的变化，有些诧异。

与此同时，一条短信发送到易简的手机上：【易少，我是易北北班上的同学。我有话想对你说，方便约个时间见面吗？】

看来这个给他发照片的人——不简单。

此时，乔可心就躲在街边一棵梧桐树后面。从她的角度，可以看到餐厅里面的景象。她看到易简没有回复她，也没有生气，而是若无其事地放下了手机，继续喂易北北吃着东西。宠溺得不得了。

乔可心咬紧牙关，怕自己发错了人，所以她将那些照片重新发了一遍。她现在可以确定，易简收到了信息。

明明被戴了绿帽子，可是，易简竟然像什么事都没有发生过一样，这也太不可思议了。

乔可心很不甘心，想了想，又编辑了一条信息发过去：【易少，我知道你很重视北北。所以，她在学校里的人际关系，特别是跟男生的关系，想必你很在乎吧？不如……我帮你监督她怎么样？我可以每天把她的情况汇报给你。】

看着这条短信，易简若有所思。

之前让北北重新回到学校的时候，他就想，要不要安排一个人在她身边，替他看着她，不让她跟别的男生来往？

没想到，竟然有个人自告奋勇。有意思……

易简拿起手机，回复了句：【你的目的是什么？】

见他回复了，乔可心顿时心花怒放。

如果说易简是易北北的守护神，没人能动得了她，那么，就让他一次次地对她失望，总有一天，他的忍耐会达到极限。到时候，易北北的日子，就不会好过了。

乔可心已经开始期待，易北北被自己最亲的人收拾，会是一番怎样的画面了。

乔可心勾起嘴角笑了，正要回复，一个冰冷的声音传了过来："乔可心，你在这里做什么，又想玩什么花样？"

乔可心仓皇抬头，就看见一辆黑色兰博基尼跑车在自己面前停下。坐在里面的人，正冷冷地盯着自己。

"凌意哥哥？"

乔可心脸色有些苍白，然而，她的心底，突然冒出来一个主意。

"凌意哥哥，我有话想跟你说，你方便下车吗？"

凌意冷眼看着她："有什么不能直接说？"

乔可心干笑一声："是关于易北北的事，我现在跟她在一个班呢。一时半会儿说不清楚，我们找个地方慢慢说吧？"

凌意眉头紧皱，立即开门下车，站到了她的面前："就在这儿说！"

乔可心用眼角的余光瞥了餐厅一眼，然后便冲上去一把抱住了他："凌意哥哥，不管我做什么，都是因为喜欢你！我真的很喜欢你！"

凌意浑身一震。该死的，这个女人！仿佛面前的是一只苍蝇，凌意厌恶地想要甩开乔可心，可她也不知道哪来的力气，死死地抱住了他不肯撒手，惹来了一群围观群众。

外面的骚动，也引起了易北北的注意。

她嘴里嚼着食物，抬眸看出去。眼睛，蓦地睁大。

街对面的那个少年，只是看背影，她就认出是凌意了！

他是背对着她的，所以，从易北北的角度看去，她没有看见凌意脸上的厌恶，只看到扑到他怀里哭得楚楚惹怜的乔可心……

易北北攥紧了手里的餐叉，很想冲过去将她推开，易简还坐在身边，她只能装作什么事都没有发生，继续吃自己的东西。

隔着一条街，对上易北北看过来的目光，乔可心暗自得意着。如果自己这么做，能让易北北误会的话，那就再好不过了。

乔可心觉得，自己同时挑拨了她跟易简，还有凌意的关系，简直是一举两得。

只要自己再加把劲，继续挑拨，一定可以将易北北逼到众叛亲离的地步。

到时候，易北北就会变成一只软柿子，任由她搓圆捏扁了。这么想着，乔可心不由得加大了手中的力度，将凌意抱得更紧。

易北北咬住唇。他们两个，要抱多久？

"怎么了？"

见她看着窗外出神，易简也跟着看了过去。

此时，街对面的围观群众越来越多，他只是随便瞄了一眼，并没有注意到人群中的乔可心和凌意。

易北北连忙回神，收回了视线："没什么。那边……好像发生了点事。"

"那种事与你无关，吃饭吧。"易简说着，又往她的盘子里放了一块切好的牛排。

"好。"易北北低声应着，又起那块牛排塞进嘴里。

想到凌意现在还跟乔可心抱在一起，她的心里就很不是滋味。牛排是什么滋味，也尝不出来了……

街对面，已经被路人围了个水泄不通，都是来看热闹的。

"该死的，给我滚开！"凌意恼火着。

乔可心仍旧抱着他不放，哭得越发地楚楚惹怜："凌意哥哥，我喜欢你，就让我这么抱抱你，我就很满足了。"

周围不知情的吃瓜群众，还以为乔可心被凌意抛弃了，都开始窃窃私语了起来。

听到有人说自己是渣男，这么漂亮的女朋友也要抛弃，凌意更加不掩饰自己对乔可心的厌恶，毫不客气地一把攥住她的胳膊，将她给甩开了！

"啊！"乔可心惊呼一声，重重地摔倒在地。

"凌意哥哥……"她捂着被擦伤的手臂，委屈地抬头看他。

凌意阴沉着脸，居高临下道："你要说什么就快说！别装可怜，我可没什么耐心陪你在这儿演戏。"

乔可心吃力地站起来，泪眼婆娑："我说了，我们找个地方好好聊聊，可以吗？我会把我知道的，全都告诉你。"

凌意不留情面道："我说过了，有什么话就在这里说。别的地方，免谈！"

乔可心咬住了唇。

2

餐厅内，易简轻声问："吃好了吗？"

一顿饭易北北吃得索然无味。他这么一问，她就放下了刀叉："好了。"

易简满意地一笑，拿起纸巾，替她擦拭干净嘴角，然后拉着她站起身。

经理跟所有的服务生都上前恭送。哎呀妈呀，这个可怕的阎王终于走了，他们总算可以松口气了。

走到门口的时候，易北北再次朝着街对面看去，却只看到黑压压的人头。她没有看见凌意，可是，凌意却突然看见了她。

她跟着易简从餐厅走出来，两人的手还牵在一起。凌意的眼神，陡然暗沉了下去。

她刚才就在餐厅里吃饭吗？这么说，她有可能看到自己跟乔可心抱在一起的画面了？

凌意憎恶地扫了一眼还在掉眼泪的乔可心，然后打开车门上车，砰地用力将车门关上。

乔可心站在原地，呆呆地看着他离开，眼泪怎么都止不住。

黑色迈巴赫在街上不紧不慢地行驶着，易北北托着下巴，看着窗外发呆。

不知道凌意怎么样了，是不是还跟乔可心抱在一起？他有没有推开她？

易北北突然很不高兴，难道，这就是吃醋的感觉吗？

易简眼里暗光闪烁，抬手捏住了她的下巴，让她正视着自己："北北，我希望，在我面前时，你不要总是注意力不集中。"

就这么近距离地跟他对视着，看到他幽黑的眼里倒映着自己的脸，易北北一阵心悸。张了张嘴，正要说话，司机突然从后视镜里看到了什么，惊慌失措地开口："易……易少！不好了，好像有辆车朝我们冲过来了！"

易北北立即转头，就看见一辆白色的货车正朝这边直直地冲过来。她错愕着，易简一把将她抱到自己怀里，厉声命令司机："避开它！"

"是！"司机脸色煞白，拼命地踩油门，打方向盘。可是那辆货车的速度太快，根本来不及躲避！

砰！

下一秒，货车狠狠地撞了上来！

车窗玻璃被震碎的那一刹那，易简立即把易北北护在自己身下，两人一同跌落在了座位下方！

吱——车胎划过地面发出刺耳的声音，迈巴赫被撞了出去。然后，重重地撞上了路中间的栏杆！

巨大的冲击，让易北北短暂地晕眩。

等她恢复意识时，发现自己正被易简压在身下，好重……

"哥？"她动了动身体，易简一点反应都没有。

"哥，你还好吗？"易北北紧张地问着，搭在他身上的手，忽然摸到了一抹温热的液体。

血？

"哥！"易北北惊叫一声，扭头看到前面的司机，也是一脸的血，昏迷了过去！

那个货车司机，则当场死亡。后面的保镖迅速冲了过来："易少，小姐！你们没事吧？"

易北北抱住易简的头，因为太过害怕，她的声音都在发颤："易简受伤了，快送他去医院！"

凌意一路跟在后方，当看到那辆货车突然冒出来，疯狂地撞向易北北所坐的车时，他的脑子顿时一片空白。

他几乎是立即打开车门下车，朝着那边冲过去，见保镖将易简救出来放上保镖车，易北北跟着上去了，似乎没受什么伤，他那颗悬到了嗓子眼儿的心，这才落地。

保镖车朝着医院的方向呼啸而去，凌意连忙上车，再次跟了上去。一到医院，易简和司机就被送到了急救室。

易北北和一众保镖就守在外面，她在休息椅上坐下，紧紧盯着那盏红灯，眼神有些茫然，鼻子止不住一阵阵泛酸。易简和司机叔叔都受了重伤，可她只受了一点小擦伤。

又等了半个多小时，手术灯终于暗了下去，医生从里面走了出来。易北北立即跑上前，紧张地问："医生，我哥怎么样了？"

医生摘下口罩："司机有车内安全气囊的保护，伤势没什么大碍。但是易少内脏出血，左腿粉碎性骨折。还有，因为冲击太大造成了中度脑震荡，目前还在昏迷，不知道什么时候会醒来。"

易北北不喜欢这种不确定的说法，让人心慌。"医生，照你这么说，他到底是伤得严重，还是不严重？"

医生犹豫了下，然后点点头："算是严重的。"

"那我哥的腿能好起来吗？不会留下什么后遗症吧？"易北北焦急地追问。

医生的脸上流露出为难的神色："这个……治是能治好。但后遗症什么的，很难说。"

易北北心里一沉。这时，易简被医生和护士推出手术室，他躺在手术推车上，戴着氧气罩。双眼紧闭着，一动不动。

虽然自己有时候真的讨厌易简，但是，她绝不希望他会是这副模样。而他，又一次救了她。她欠他的，恐怕真的一辈子都还不清了吧？

3

此时医院的走廊，一个女生从尽头朝这边跑来，脚步匆忙。

夏若沫本来是打算今天回家看看自己爸妈的，没想到一下飞机，就接到了易简受伤的消息。她没有迟疑，立即就赶到了这边。

"易简他怎么样了？"

"易少出了车祸，还在昏迷当中。"

夏若沫急忙推开病房的门走了进去，看到躺在病床上伤痕累累、一动不动的易简，她的脸色微微发白，焦急地问一旁的保镖："医生怎么说？"

"医生说，少爷腿部骨折，另外中度脑震荡，不知道什么时候才会醒来。"

怎么会这样……她在病床边坐下，担忧又心疼地看着易简。

这个永远都如同王者一般高高在上，让人畏惧的少年，现在却以这副样子躺在病床上，夏若沫的心难受至极。

环视了一圈病房，她诧异地问："北北呢？她有没有事？"

保镖回答道："小姐没事。"

"那她现在在哪儿？"易简受了伤，北北应该陪在这里才对啊，怎么没看见她？

"小姐陪了易少很久，我们让她去休息一会儿。"

这么说，北北没什么大碍了。

夏若沫了然地点头："好吧。我在这儿陪着易简好了。"

这……保镖忍不住劝道："夏小姐，你刚从国外回来，不如你也去休息吧，这儿有我们就好了。"

夏若沫摇摇头，目光定格在易简的脸上："不。我想等他醒过来。"

看着她纤弱的背影，保镖们都不由得叹息。可惜，易少喜欢的人不是她……

或许是刚才听到有人提起北北，易简混沌的脑子里，忽然恢复了一丝意识。他蹙起眉，似乎很不安稳的样子，薄唇微启，低喃了一声："北北……"

夏若沫愣了愣，然后，眼睛一亮："易简，你醒了吗？易简？"

不知道是谁在对自己说话，易简的眉头皱得更深，又低低地重复了一遍："北北……"

突然，易简猛地睁开眼，就这样坐了起来。他眼神罕见的慌乱，脸色苍白，急促地喘着气。

他刚才梦到，北北受了重伤，医生说没有办法救她了，让他节哀顺变。然而醒过来，入眼的是一片白色，四周还弥漫着一股淡淡的消毒水味，易简就知道，这是医院病房。

揉了揉晕痛的眉心，眼角的余光看到床边有个女生。以为是北北，他连忙侧头看去。

易简转向一旁的保镖："北北呢？"

有人上前一步说："易少，我们看她状态不太好，就让她去休息了。"这件事情上，他们擅做主张了，也不知道易少会不会怪罪他们。

所幸易简关注的重点并不是这个，只是紧张地追问："你们给我说清楚，什么叫状态不太好？"

保镖连忙回答："易少，我们不是那个意思……小姐没有受伤，只是有点累了，去休息了而已。"

易简的表情明显地放松了下来，浑身上下散发出来的冷厉气息，也缓和了不少。

夏若沫自然察觉到了他的变化，抿了抿唇，担心地问："易简，你感觉怎么样了？"

"没事。"易简淡淡地回答了句，突然看到自己绑着石膏的左腿，整个人蓦地一怔："我的腿怎么了？"他的声音，森冷得可怕。

"少爷，您左腿骨折，医生说可以治好。只是……"保镖战战兢兢道："您近期内都不能下地活动了。"

见他垂着眸子，若有所思，夏若沫试探性地开口："易简，你饿不饿，要不要吃点东西？"

他现在迫切地想要见到北北，确定她真的没有受伤，又问手下："北北现在在哪儿？"

"这个……对不起，易少，我们也不清楚，应该还在医院。"

对于他们不确定的回答，易简再次暴怒："找死？"

"易少，您息怒，我们马上去找！"保镖惶恐地说着，赶紧出去了。不一会儿，他们就回来了，脸色很不对劲："易少……"

见他们吞吞吐吐的，好像有什么难言之隐，易简有了某种预感，冷声道："说！"

"易少，我们找到小姐了，她正在另一间空病房里休息呢。"

然而易简说的下一句话，又让他吓破了胆："北北现在在哪间病房，我要过去。"

保镖紧张道："易……易少，您伤势严重，还是不要乱动了吧？医生也说了要您静养的！"

"废话少说，我要过去，立刻，马上！"不敢违抗易简的命令，保镖即使心惊胆战，也只能去叫医生。

夏若沫坐在一旁，握紧了手指，他到底喜欢她到了什么样的一个地步？

保镖找来医生的时候，看到一个人从走廊尽头急匆匆地赶来，仿佛看到了救星，保镖三两步走上前，激动道："小姐，你回来得正是时候！易少醒了，正想见你呢！"

"嗯，我知道了。"易北北点头。为了不让他怀疑，她只能跟凌意分开，急忙赶了过来。

推门走进病房，看到那个靠坐在床头的少年，易北北快步走了过去："哥！"

见夏若沫也在，易北北愣了愣："若沫姐姐，你回来了？"

夏若沫抬头看向她，艰难地扯出个笑容："是啊，听说易简住院了，所以我赶过来了。"

易简浑身的寒气和怒火瞬间消失殆尽，定定地看着她的小脸，沉声道："北北，过来一点。"

易北北抿唇，走近了他，在病床边上坐下。她低下头，哽咽着开口："哥，看见你被推进急救室的时候，我很害怕。"

"我怕……像是电视剧里面放的那样，医生推着你出来，已经盖上了白布，对我说：'对不起，我们已经尽力了。'"

易简先是有些错愕，而后"扑哧"一声笑了："傻丫头，我命硬，没那么容易死。"

说着，他摸摸她的头发："况且，在娶到你之前，我怎么舍得死？"

夏若沫觉得，自己真的很多余。从小到大，自己都是多余的那一个。

借了医院的厨房，易北北做了一份蛋包饭。她将蛋包饭递到易简面前："哥，我给你做了这个，趁热吃吧。"

易简只是定定地看着她，说："喂我吃。"

易北北虽然抗拒，但是，看在他救了自己的分儿上，还是照做了。

易简的脸色缓和了些，享受着这难得的待遇。

其实她做的饭并不是很好吃，但他却觉得格外甜蜜。盘子里的蛋包饭一点点地减少，易北北的思绪，忽然有些飘忽。

不知道凌意怎么样了……自己刚才说的那些话，会伤害到他吧？

易简打量了她一会儿，然后眯了眯眼："北北，如果你累了的话，就回去休息，不用在这儿陪我。"

说着，他冲门外的人命令道："来人，送小姐回去。保护好她，不许出任何差池！"

其实，他很想让北北陪着他，可是，只有让她待在家里，他才能放心。

易北北不知道自己是什么时候回到家的，只觉得身心疲惫，倒在床上就迷迷糊糊地睡下了。

一整晚都睡得很不安稳，直到天快亮的时候，才熬不住睡着了。

等她醒来，已经是日上三竿。

刺眼的光线透过落地玻璃窗洒入，易北北有些睁不开眼，想翻个身，突然听到咔嗒一声。

好像是门落锁的声音。

易北北一怔，下意识地从床上爬起来，跑到门边想要开门，果然打不开，被人从外面锁上了！

难道说，易简知道她昨天跟凌意见面了，所以才把她关起来？

她已经想象到了自己以后的生活，如果惹易简不高兴了，他会变着法子地惩罚她。

她不想被他禁锢在身边一辈子，可是，又有什么办法？她是个孤儿，无依无靠，无权无势，拿什么跟易简斗？

易北北的鼻子酸涩得厉害，忽然，手机响了。

她抬头看了一眼，见屏幕上跳动的是凌意的名字，还犹豫着要不要接，可手上已经有了动作——就这样摁下了接听键。

"喂？臭丫头？"凌意担心的声音从那头传来。

易北北想要说话，可喉咙哽咽着却发不出声音，只含糊地应了声："嗯……"

似乎听出了她语气不太对劲，凌意追问道："臭丫头，你还在医院吗？我守了一天，都没看见你！"

他说什么，守了她一天吗？

易北北一直忍着的眼泪，突然间就掉了下来："凌意……"

凌意脸色一变，立即问："这么了？你现在在哪儿？"

"我现在在家……易简把我关起来了。所以，你也回去吧，不要待在医院了。"易北北很担心他。

"他居然又把你关起来了？"凌意咬牙。

"没什么的，等易简消气了，他自然会放了我。"易北北努力让自己的声音听上去平静一些。

其实，这确实也算不上什么事。反正她从小到大，被易简罚的次数还少吗？

另一边，凌家。

听凌意打完电话，一旁的凌老爷子看向他，严肃又担忧地问："北北怎么样了？"

看凌意刚才的表情，似乎不太好。而易简是什么人？就算北北是他喜欢、宠爱的人，在他身边也不会得到真正的快乐。

凌意攥紧了手机："她被易简关起来了，我想去把她带回来。"

老爷子当即拍板道："那就去啊！"

凌意看了他一眼，有些没想到爷爷会答应得这么爽快，没有丝毫顾忌。

他欲言又止。老爷子知道他在担心什么，拍拍他的肩，慈祥道："上次易简能闯进我们凌家大门，是因为所有人都去找你了，让他钻了空子，我不会再给他这样的机会。你记着，不管发生什么，爷爷永远都站在你身后。"

凌意的胸腔里突然一热，喉头滚动了下："谢了。"

虽然老爷子平时总是嫌弃他，对他进行人身攻击，但他知道，爷爷会一直站在自己这边。

正这么想着，凌松忽然哼了一声，用拐杖戳了他一下："哼，老头子我都这么支持你了，你要是没把我的孙媳妇儿带回来，那就太没出息了！"

凌意勾起嘴角，信心十足道："不会让你失望的。"

4

夜深，易北北坐在床边，眼神放空地看着外面的夜空。

女佣端着一个餐盘站在她面前，不停地请求："小姐，你就吃一点吧？你一整天都不吃东西，是不行的！"

易北北沉默不语，仿佛没有听到。

"小姐……"

女佣还想劝她，突然，手机铃声响了起来。

那铃声就如同一颗定时炸弹，把女佣吓了一跳。

见易北北一动不动，没有要接的意思，她只能战战兢兢地拿起手机接听，然后递给易北北："小姐，易少要跟你说话。"

易北北只是瞄了手机一眼，没有要听的意思。女佣没办法，只能摁下了免提键。

易简冷冷的声音通过手机传过来："北北,我听说你这一天都没吃东西。怎么,是在跟我闹脾气?"

她扯了扯唇,转过头,对着手机苦涩地开口:"哥,我已经拒绝了凌意,让他去寻找适合他的女孩子,然后回到你身边,乖乖跟着你的手下回家,你还要我怎样?"

"可你还是跟他见面了!"

"那好,哥,你就把我关起来吧。永远关在家里,不要让我看到别的男生!每天都只能看着你,这样你满意了吧?"

听出她声音里的哽咽,易简心里也很不是滋味。他知道北北的心不在自己身上,所以,他才会那么紧张她跟别的男生见面,怕她喜欢上别人。

易北北不想再听,直接摁了关机键。

医院病房,听着手机那头传来的"嘟嘟……"声,易简的脸色瞬间变了,然后,二话不说就掀开被单,想要下床!

一旁的保镖大惊失色,连忙上前:"易少,你要做什么?"

"回去!"

"可是……易少,医生说您还要留院观察的啊。"况且,易少腿部骨折,怎么回去?

夏若沫跟着劝道:"是啊,易简,你可不能拿自己的身体开玩笑!"

"我要做什么,轮得到你们干涉?我说回去就回去,立刻,马上!"他不要像个废人一样躺在病房里。

时间一点一滴地过去,易北北心情愈发沉重。她索性倒在床上,伸手关了灯,然后闭上了酸涩的眼睛。

只要睡着了,就不会再想到那么多难过的事了……

窗外夜色浓郁,突然,啪的一声。

一个黑色的身影利落地翻进了阳台,悄无声息地潜入了卧室。

易北北迷迷糊糊中，突然感到有一只温暖的手，抚上她的脸："臭丫头……"熟悉的声音贴着她的耳朵响起。

这是……幻觉？

易北北浑身一僵，猛然睁开了眼睛。易北北震惊着，不敢置信会在这里看到凌意。她连忙伸手掐了一下自己的脸。会痛！

"扑哧"，凌意被她这个小动作逗笑了，捏了捏她的鼻子："是我，你没做梦。"

易北北呆愣着开口："你怎么会在这里？"

"当然是来找你的。"凌意深深地看着她："跟我走吧。"

她愣了几秒才回过神来，摇头道："不行……我不能跟你走，也不会跟你走的。凌意，你走吧，不要再过来了。"

没想到她又拒绝了他，凌意眸光一沉："你不想跟我走？宁愿被易简关在这儿？"

易北北睫毛微垂，抿了抿唇说："我没关系。"

凌意一把拉住了她的手腕，坚定道："跟我走。"

"我能走去哪儿？"易北北苦涩地把手从他手里抽出来："易简不会放了我的。而且，我真的不打算走。"

凌意紧皱着眉，盯着她苍白的小脸，暗怒道："那你打算被他关一辈子？可你承认了，你喜欢的人是我！既然你喜欢我，为什么不跟我走？"

易北北鼻子一酸，没有回答，只是小声说："你走吧……"她的声音里，竟透着一丝请求。

"跟我走！"凌意目光如炬，又重复了一遍。

他话音还没落下，突然，砰的一声巨响！

房门被猛地踹开，然后，十几个保镖拥了进来，迅速将整个房间围了个水泄不通。

易北北大惊失色。第一反应就是，易简回来了！

果然，保镖们让开了一条路，神情无比恭敬。

当看到易简坐在轮椅上，出现在自己眼前时，易北北浑身僵硬，连呼吸都快停止了！

两个少年的目光对上，碰撞出激烈的火花！

见凌意攥住易北北的手，易简能想象得到，刚才发生了什么。

他的脸色难看到了极点，眼中迸发出杀人的锐气："你敢带她走试试！"

凌意不慌不忙地支起身，冷笑一声："我为什么不能带走她，她喜欢的人是我！"

他浑身的杀气瞬间变得更加浓重，如同一只被击中了要害的狮子，想要将眼前这个挑衅他的人撕成碎片！

"易简，你冷静一点，有话好好说，不要这样……"他身后的夏若沫忍不住劝道，声音也有些颤抖。

易简恍若未闻，仍旧死死地盯着凌意，指关节捏得咯咯作响。

凌意的目光，却是落在易北北倔强的小脸上。虽然现在气氛剑拔弩张，可他的心，却是柔软得不可思议，仿佛变成了一团棉花。

他揉了下易北北的头发，在她耳边低低一笑："臭丫头，你这样护着我，我很高兴。"

她护在自己身前的那一刻，他心底有一个声音说……

就是她了。他生命中所要寻找的那一个对的人。

（敬请期待：怪你过分可爱·终篇）